글누림한국문학전집

백신애

백신애 작품선

지하련

지하련 작품선

책임편집·해설 – 전은경

문학평론가. 경북대학교 기초교육원 초빙교수.
대표 저서로 『근대계몽기 문학과 독자의 발견』, 『1910년대 문학과 근대』(공저), 『우리 영화 속 문학 읽기』(공저) 등이 있다.

표지 그림 – 인강 신은숙(仁江. 硯田)

철학박사(성균관대학교. 미학 전공) / 한국서가협회 초대작가 및 심사위원역임, 시인.

글누림한국문학전집 4
백신애 백신애 작품선
지하련 지하련 작품선

초판발행　2011년 6월 10일

지　은　이　백신애·지하련
펴　낸　이　최종숙
펴　낸　곳　글누림출판사

진　　　행　이태곤
책임편집　임애정
편　　　집　오수경
디　자　인　이홍주 안혜진
마 케 팅　문택주

주　　　소　서울시 서초구 반포4동 577-25 문창빌딩 2층(137-807)
전　　　화　02-3409-2055(대표), 2058(영업), 2060(편집)
팩　　　스　02-3409-2059
전자메일　nurim3888@hanmail.net
홈페이지　www.geulnurim.co.kr
등록번호　제303-2005-000038호(2005.10.5)

정가 10,000원
ISBN 978-89-6327-120-0 04810
ISBN 978-89-6327-116-3(세트)

출력·안문화사 인쇄·한교원색 제책·동신제책사 용지·화인페이퍼

*이 책의 판권은 저작권자와 글누림출판사에 있습니다. 서면 동의 없는 무단 전재 및 복제를 금합니다.
*잘못된 책은 바꿔드립니다.

ⓒ 글누림출판사, 2011. Printed in Seoul, Korea

글누림
한국문학전집
04

백신애
꺼래이 / 적빈 / 빈곤 / 턱부자 / 정현수 / 광인수기

지하련
결별 / 체향초 / 가을 / 산길 / 도정

책임편집 전은경

| 간행사 |

'글누림한국문학전집'을 새롭게 간행하며

　세계의 유수한 고전적 저작들의 목록 절반 이상이 소설이라는 것은 놀라운 일도 이상한 일도 아니다. 잘 짜인 한 편의 이야기인 소설은 사회가 지향하는 꿈과 소망을 고스란히 담고 있다. 소설을 언어로 직조한 시대의 세밀한 풍경화라고 하는 말은 그래서 가능하다. 소설이 그 짧은 역사에도 불구하고 인류 문화의 벗으로 자리 잡을 수 있었던 것도 이러한 특성과 무관하지 않다.

　시대의 격랑 속에 한치 앞도 전망할 수 없는 오늘날의 개인은 소설 속에 담긴 과거의 시공간과 만나면서 인간의 보편성을 확인하고 자신의 개별성을 확장하는 정서적 체험을 하게 된다. 소설과의 만남은 단지 즐거운 독서 체험에 그치는 것이 아니라, 가치의 기준과 삶의 저변을 확장하는 문화의 실천인 것이다.

　'글누림한국문학전집'이 지향하는 기획 의도는 다음과 같다.

　첫째, 이 기획은 문학교육 전문가들과 대학에서 문학을 강의하는 전공 교수들의 조언을 받아 이루어졌으며, 근대 초기로부터 한국전쟁 이전의 소설 중에서 특히 문학적 검증이 끝난, 이른바 정전(canon)에 해당하는 작품들을 중심으로 구성되었다. 정전이란 한 시대의 표준적 규범을 뜻하는 말로, 문학 정전이란 현대문학사에서 누구나 인정하는 성과와 질을 담보한 불후의 명작들을 의미한다. 이 전집을 통해서 근대 초기 이후 지금까지 삶의 이면을 관류하는 문학의 근원적 가치와 이념을 확인할 수 있을 것이다.

둘째, 이 기획은 교양과목을 수강하는 대학생과 시험을 앞둔 수험생, 풍요로운 삶을 소망하는 일반 독자들에게 작가와 작품, 작품의 배경이 된 당대 현실에 대한 이해를 돕는 교양서로 기능하도록 배려하였다. 수록 작품들은 본래의 의미를 최대한 존중하면서 다양한 이본들을 발표, 원문과 일일이 대조하면서 현대식으로 표기하였고, 박사과정 재학 이상의 국문학 전공자의 교정 및 교열 작업을 거쳐 모범적인 판본을 만들었다.

현재 우리 소설의 역사는 1백 년을 넘어서 새로운 전통을 쌓아가고 있다. 우리 소설들에는 우리 선조들이 고심했던 역사와 풍속, 삶의 내밀한 관심과 즐거움이 한데 녹아 있다. 독자들은 소설과의 만남을 통해 우리의 문화가 이룩해온 정체성을 확인하고 상상하는 즐거움을 만끽할 수 있을 것이다.

'글누림한국문학전집'이 21세기의 젊은 독자들에게 새로운 독서 체험을 제공해 주고 동시에 삶의 풍부한 자양분 역할을 하기를 희망한다.

글누림한국문학전집 간행위원회

차 례
Contents

간행사　004

백신애 작품선
꺼래이　009
적빈赤貧　038
빈곤　056
턱부자　071
정현수　094
광인수기　118

지하련 작품선
결별　149
체향초滯鄕抄　181
가을　230
산길　256
도정　279

낱말 풀이　308
작가 연보 / 백신애　315
작가 연보 / 지하련　317
작품 해설 / 전은경　318

백신애 작품선

꺼래이

끌려갔습니다.

*순이(順伊)들은 끌려갔습니다.

마치 병들은 거러지떼와도 같이…….

굵은 주먹만큼씩한 돌멩이를 꼭꼭 짜 박은 울퉁불퉁하고도 딱딱한 돌길 위로…….

오랜 감금(監禁)의 생활에 울고 있느라고 세월이 얼마나 갔는지는 몰랐으나 여러 가지를 미루어 생각건대 아마도 동짓날 그믐께나 되는가 봅니다.

고국을 떠날 때는 *겹저고리에 홑속옷을 입고 왔었음으로 아직까지 그때 그 모양대로이니 나날이 깊어 가는 시베리아의 냉혹한 바람에 몸뚱어리는 얼어 터진 지가 오래이었습니다.

순이의 늙으신 할아버지, 순이의 어머니, 그리고 순이와 그 외 젊은 사나이 두 사람, 중국 *'쿠울리' 한 사람 도합 여섯 사람이 끌려가는 일행이었습니다.

'뾰족샷게'를 쓰고 길다란 '빨도'를 입은 군인 두 사람이 총 끝에다 날카로운 창을 께어 들고 앞뒤로 서서 뚜벅뚜벅 순이들을 몰아갔습니다.

몸뚱어리들은 군데군데 얼어 터져 물이 흐르는데 이따금 뿌리는 눈보라조차 사정없이 휘갈겨 몰려가는 신세를 더욱 애끊게 하였습니다. 칼날같이 산뜻하고 고추같이 매운 묵직한 무게 있는 바람결이 엷은 옷을 뚫고 마음대로 온몸을 에내었습니다. 모든 감각을 잊어버리고 마치 로봇같이 어디를 향하여 가는 길인지, 죽음의 길인지, 삶의 길인지, 아무것도 모르고 얼어 빠지려는 혼(魂)만이 가물가물 눈을 뜨고 엎어지며 자빠지며 총대에 휘몰려 절름절름 걸어갔습니다.

"슈다!"
하면 이편 길로,
"뚜다!"
하면 저편 길로 군인의 총 끝을 따라 희미한 삶을 안고 자꾸자꾸 걸었습니다.

길가에 오고가는 사람들이 발길을 멈추고 애련하다는 표정으로 바라보며 어린아이들은 제 어머니의 팔에 매달리며 손가락질했습니다.

그러나 순이들은 부끄러운 줄 몰랐습니다.

"나도 고국 있을 그 어느 때 순사에게 묶여 가는 죄인을 바라보고 무서웁고 가엾어서 저렇게 서 있었더니……."

하는 생각이 어렴풋이 나기는 했습니다마는 얼굴을 가리며 모양 없이 웅크린 팔짱을 펴고 걷기에는 너무나 꽁꽁 얼은 몸뚱이였으며 너무나 억울한 그때였습니다. 그저 순이들은 바람받이에서 까물거리는 등불을 두 손으로 보호하듯 냉각해진 몸뚱어리 속에서 까물거리는 한 개의 삶이란 그것만을 단단히 안고 무인광야를 가듯 웅크려질대로 웅크리고 눈물 콧물 흘려가며 쩔름쩔름 걸어갔습니다.

걷고걷고 또 걸어 얼마나 걸었는지 순이의 일행은 거리를 떠나 파도치는 바닷가에 닿았습니다.

어떻게 된 심판인지 순이의 일행은 커다란 기선 위에 끌려 올라갔습니다.

어느 사이에 기선은 육지를 떠나 *만경창파 위에 술렁거리기 시작했습니다.

"아이구, 아빠! 우리 아빠!"

"순이 아버지 아이고, 아이고 순이 아버지."

"순이 애비 어디 있니? 순이 애비……."

순이는 할아버지와 어머니와 서로 목을 얼싸안고 일제히 소리쳐 울었습니다.

가슴이 찢어지고 두 귀가 꽉 먹어지면서 자꾸자꾸 소리쳐 불렀습니다.

"여봅쇼, 울지들 마오. 얼어 죽는 판에 눈물은 왜 흘려오."

젊은 사나이 두 사람은 순이들의 울음을 막으려고 애썼으나 울음소리조차 내지 못하는 순이의 할아버지는 그대로 털썩 갑판 위에 주저앉아 작대기 든 손으로 쾅쾅 갑판을 두들기며 곤두박질하였습니다.

"여봅시오. 우리 아버지가 저기서 죽었어요."

순이도 발을 굴리며 소리쳤습니다.

"죽은 아들의 뼈를 찾으러 온 우리를 무슨 죄로 이 모양이란 말이요."

할아버지는 자기의 하나 아들이 죽어 백골이 되어 누웠다는 ××× 란 곳을 바라보며 곤두박질을 그칠 줄 몰라했습니다.

그러나 기선은 사정없이 육지와 멀어지며 차차 만경창파 위에서 술렁거리기 시작했습니다. 그때 한 떼의 물결이 철썩하며 갑판 위에 내려덮이며 기선은 나무 잎사귀처럼 흔들리기 시작했습니다. 그 순간 일행은 생명의 최후를 느끼며 일제히 바람 의지가 될 만한 곳으로 달려가 한뭉치가 되었습니다.

그때 중국 쿠울리는 메고 왔던 보퉁이 속에서 이불 한 개를 꺼내서 둘러쓰려 하였습니다. 이것을 본 젊은 사나이 한 사람이 날랜 곰같이 달려들어 그 이불을 빼뜰어 순이의 할아버지를 둘러 주려고 했습니다.

중국 쿠울리는 멍하니 잠깐 섰더니 갑자기 얼굴을 꿈틀꿈틀 경련을 일으키더니 누런 이빨을 내놓고 벙어리 울음같이 시작도 끝도 분

별 없는 소리로,

"으어!"

하고 울었습니다. 그 눈에서 떨어지는 굵다란 눈물방울인지 내려덮치는 물결 방울인지 바람결에 물방울 한 개가 순이의 뺨에 때려 부쳤습니다.

순이는 한 손으로 물방울을 씻으며 한 손으로 이불자락을 당겨 쿠울리도 덮으라고 했습니다.

"아이그, 우리를 다리고 온 군인들은 어디로 갔을까?"

누구인지 이렇게 말하였으므로 일행은 고개를 들어 살펴보니 과연 군인 두 사람의 흔적이 없었습니다.

"모다들 추우니까 선실 안으로 들어간 게로군, 빌어먹을 자식들."

하고 젊은 사나이는 혀를 찼습니다. 그 말을 듣자 순이는 벌떡 일어나,

"우리도 이러다가는 정말 죽을 테니 선실 안으로 들어갑시다."

하고 외쳤습니다.

"안됩니다. 들어오라고도 않는데 공연히 들어갔다 봉변 당하면 어찌하게."

하고 젊은 사나이는 손을 흔들며 반대했습니다.

"봉변은 무슨 오라질 봉변이야요. 이러다가 죽느니보담 낫겠지요 점잔과 체면을 채릴 때입니까."

순이도 발악을 하듯 외쳤습니다.

"쿠울리에게 이불 빼앗을 때는 예사이고 선실 안에 들어가는 것은

부끄럽단 말이요? 나는 죽음을 바라 그대로 있기는 싫어요. 봉변을 주면 힘자라는 데까지 싸워보지요."

순이는 그대로 있자는 젊은이들이 얄밉고 성이 났습니다. 자기들의 무력함을 한탄만하고 앉았는 무리들이 안타까웠던 것입니다.

순이는 기어이 혼자 선실을 향하여 달려갔습니다. 기선은 연해 출렁거리며 이따금 물결이 철썩 내려덮치곤 하였습니다. 일행의 옷은 물결에 젖고, 젖은 옷깃은 얼음이 되어 꼿꼿하게 나뭇가지처럼 되었습니다.

선실로 내려가는 층층대를 순이는 굴러 떨어지는 공과 같이 내려갔습니다.

선실 안에는 훈훈한 공기가 꽉 차 있어 순이는 얼른 정신을 차릴 수가 없었습니다. 잠깐 두리번두리번 살펴보다가 한 옆에 걸터앉아 있는 군인 두 사람을 찾아내었습니다. 순이는 번개같이 달려가 군인의 어깨를 잡아 젖히며,

"우리는 죽으란 말이요?"

하고 분노에 떨리는 소리로 물었습니다.

군인은 놀란 듯이 잠깐 바라본 후 웃는 얼굴을 지으며 제 나라 말로,

"모두 이리 내려오느라."

라고 말했습니다.

순이는 선실 안의 사람들이 웃는 소리를 귀 밖으로 들으며 다시

갑판 위로 올라갔습니다.

　풍랑은 사나울 대로 사나워 잠시라도 훈훈한 공기를 쏘인 순이의 창자를 휘둘러 몸에 중심을 잡고 한 자국도 내어디디지 못하게 하였습니다. 그러나 순이는 일행이 있는 곳을 바라보았습니다.

　이제는 아주 얼음덩이가 된 이불자락에 머리를 감추고 모두 죽었는지 살았는지 움직이지도 않고 있는 것이 보였습니다.

　순이는,

　"모두 이리 오시오."

하고 소리쳤습니다마는 풍랑 소리에 그의 음성은 안타깝게도 짓밟히고 말았습니다.

　순이는 더 소리칠 용기가 없어 일행을 향하여 한 자국 내어놓자 사나운 바람결이 몹쓸 장난꾼같이 보드라운 순이의 몸뚱이를 갑판 위에 때려누이고 말았습니다. 다시 일어나려고 발악을 하는 그의 귀에 중국 쿠울리의 울음소리가 야곡성같이 울려 왔습니다.

　이윽한 후 군인 한 사람이 갑판 위로 올라와 본 후 순이를 일으키고 여러 사람도 데리고 선실로 내려왔습니다.

　선실 안에 앉았던 사람들은 일행의 모양을 바라보며 모두 찌글찌글 웃었습니다.

　병들은 *문둥환자의 모양이 그만치 흉할지는 얼고 얼어, 푸르고 붉고 검고한 얼굴로 콧물을 흘리며 엉금엉금 층대를 내려서는 여섯 사람의 모양을 보고 우습지 않을 이 누가 있었겠습니까?

일행의 몸이 녹기 시작하자 시간은 얼마나 지나갔는지 기선은 어느 조그마한 항구에 대었습니다.

쌓아둔 짐뭉치에 기대 누운 순이의 할아버지는 뼈 끝까지 추움이 사무쳤음인지 한결같이 떨며 끙끙 앓기만 하고 순이의 어머니는 수건을 폭 내려쓰고 팔짱을 낀 채 역시 옹크리고 앉아 있었습니다.

"여기서 내리는 모양이구려."

젊은 사나이가 순이의 곁에 오며 말했습니다. 순이는 그 곳에서 또 다시 내릴 생각을 하니 다시 그 차운 바람결이 연상되어 금방 기절할 것 같이 소름이 끼쳤습니다. 그러는 중에 군인이 일어서 순이의 할아버지를 총대로 툭툭 치며 무엇이라고 말했습니다.

"안돼요. 여기서 내릴 수는 없소 이 추운데 노인을 어떻게……"

순이는 군인의 총대를 밀치며 말했습니다. 군인은 신들신들 웃으며 어서 일어나라는 듯이 발을 끌었습니다.

"아무래도 죽을 판이면 우리는 또 추운 데로 나갈 수 없소"
하고 할아버지를 가리고 앉으며 손을 내저었습니다. 군인은 한 번 어깨를 움쭉해 보이며 무엇이라 한참 지껄대니까 선실 안에 가득한 그 나라 사람들은 순이를 바라보며 혹은 웃고, 혹은 가엾다는 듯이 머리를 흔들고 서로 고개를 끄덕이며 중얼중얼했습니다. 순이는 그들의 중얼거리는 말소리에서,

"꺼래이 꺼래이……"

하는 가장 귀익은 단어가 화살같이 두 귀에 꽂히는 것을 느꼈습니다.

꺼래이라는 것은 고려(高麗)라는 말이니 즉 조선 사람을 가리키는 것이었습니다.

　꺼래이라는 그 귀익고 그리운 소리가 그때의 순이들에게는 끝없는 분노를 자아내는 말 같았습니다.

　"우리가 지금 웃음거리가 되어 있는 것이로구나. 추움에 못이겨, 또 아무 죄도 없이 죽음의 길인지 삶의 길인지도 모르고 무슨 까닭에 꾸벅꾸벅 그들의 명령대로만 따르겠느냐." 라고 순이는 부르짖었습니다. 그러나 사람들과 군인들은 순이를 무지몰식한 야만인, 그리고 무력하고도 불쌍한 인간들의 표본으로만 보였음인지 웃고, 떠들고 "꺼래이……" 만을 연발하는 것이었습니다. 그때까지 웃으며 무엇이라 중얼거리기만 하던 군인 한 사람이 갑자기 정색을 지으며 총대로 순이의 옆구리를 꾹 찌르고 한 손으로 길다랗게 땋아 내린 머리채를 거머잡고,

　"쓰카래……"

라고 소리쳤습니다. 이것을 본 순이 어머니는 벌떡 군인의 턱 밑에 솟아 일어서며 지금까지 눌러두었던 분통이 툭 퉁기듯이 군인의 멱살을 잡으려 했습니다.

　"여보십시오. 공연히 그러지 마시오. 당신이 여기서 발악을 하면 공연히 우리까지 봉변을 하게 됩니다."

하고 젊은 사나이는 순이의 어머니를 말렸습니다. 군인들은 그 당장에 자기들의 취할 태도를 얼른 생각해 내지 못하여 눈만 커다랗게

뜨고 있는 것을 보자, 순이도 히스테리 같은 웃음을 꽉 입 안에 깨물며 눈물이 글썽글썽하였습니다.

"할아버지 일어나세요. 아버지의 뼈를 찾지는 못했으나 아버지의 영혼은 고국으로 가셨을 것입니다. 공연히 남의 땅 사람과 발악을 하면 뭣합니까……"

순이도 울고 할아버지, 어머니, 모두 주루룩 눈물을 흘리며 그 조그마한 항구에 내렸습니다.

일행 여섯 사람은 또 다시 군인을 따라 이윽히 걸어가다가 붉은 기를 꽂은 ×××에 이르렀습니다. 그곳에 이르니 군인복색을 한 중국인 같은 사람이 일행을 맞았습니다. 같이 온 군인은 그곳 군인에게 일행을 맡기고 따뜻해 보이는 벽돌집 안으로 들어갔습니다.

순이들은 이제까지 언어를 통하지 못하여 안타깝던 서러운 생각이 일시에 폭발되어 그 중국사람 같은 군인의 곁에 따라갔습니다.

"여보십시오……"

순이는 그 군인이 행여나 조선 사람이었으면…… 하는 기대에 숨이 막힐 듯이 군인의 입술을 바라보았습니다.

"왜? 이러심둥."

의외에도 그 군인은 조선 사람 즉 꺼래이의 한 사람이었습니다. 일행 중 중국 쿠울리를 빼고는 모두 너무나 반갑고 기뻐서,

"아이그…… 당신 조선 사람이셔요?"

하고는 그 군인의 팔에 매어달리듯 둘러섰습니다.

"네! 나 고려 사람입꼬마."

그 군인은 이렇게 대답하며 순이를 바라보았습니다. 순이는 무슨 말을 먼저 해야 좋을지 몰랐으므로 잠깐 묵묵히 조선 말소리의 반가움을 어찌할 줄 몰라했습니다.

"저 젊은이 당신 남편이요?"

하고 군인은 아무 감동도 없는 무뚝뚝한 표정으로 순이에게 젊은 사나이 둘을 가리켰습니다. 그제야 순이는 오랫동안 잊어버렸던 처녀다운 감정을 느끼며 얼어붙은 얼굴에 잠깐 부끄러운 표정을 지었습니다.

"아니올시다. 이 야는 우리 딸이야요. 이 늙은이는 우리 시아버지랍니다. 저 젊은이들과 중국 사람은 ×××에서 동행이 된 사람인제 알지도 못하는 사람입니다."

순이의 어머니는 지금까지 같이 온 젊은이들보다 자기들 세 사람을 어떻게 구원해 달라는 듯이 이렇게 말했습니다.

"여기가 어데야요."

순이만 자꾸 바라보는 군인에게 순이는 머뭇거리며 물었습니다.

"영기 말임둥? 영기는 ×××××라 합니!"

"여보시요."

곁에서 젊은 사나이가 가로질러 말을 건네었습니다.

"우리 두 사람은 해삼위에 있는……"

하고 말을 꺼내었으나 그 군인은 들은 척도 아니하고,

"어서 들어갑소! 여기 서서 말하는 건 안됩니!"
하고 일행을 몰아 마주 보이는 허물어져 가는 흰 벽돌집을 가리켰습니다.

"여보시요. 우리를 또 감금한단 말이요? 우리 두 사람은 '코뮤니스트'입니다. 우리는 감금 받을 이유가 없습니다."
라고 두 젊은이는 버티었으나 군인은 들은 척도 하지 않고 앞서 걸었습니다.

"여보셔요. 나으리 우리 세 사람은 참 억울합니다. 나의 남편이 삼년 전에 이 땅에 앉아 농사터를 얻어 살았는데 지난 봄에 그만 병으로 죽었구려. 우리 세 사람은 고국서 이 소식을 듣고 셋이 목숨이 끊어질지라도 남편의 해골을 찾아가려고 왔는데 ×××에서 그만 붙잡혀 한 마디 사정 이야기도 하지 못한 채 몇 달을 가두어져 있다가 또 이렇게 여기까지 끌려왔습니다. 어떻게든지 놓아 주시면 남편의 해골을 찾아서 곧 고국으로 돌아가겠습니다."
라고 순이 어머니는 군인에게 애걸을 하듯 빌었습니다.

"여보시요. 나으리 이 늙은 몸이 죽기 전에 아들의 백골이나마 찾아다 우리 땅에 묻게 해주시요. 단지 하나뿐인 아들이요. 또 뒤이을 자식이라고는 이 딸년 하나뿐이니 이 일을 어찌 하오."
순이의 할아버지도 숨이 막히며 애걸하였습니다.

"당신 아들이 왜 영기 왔음둥?"
군인은 울며 떠는 노인을 차마 밀치지 못하여 발길을 멈추고 물었습니다.

"내……후! 우리는 본래는 남부럽지 않게 살았습니다. 내……그런데 잘못 되어, 있던 토지는 다 남의 손에 가 버리고 먹고 살길은 없고 하여 삼 년 전에 내 아들이 이 나라에는 돈 없는 사람에게도 토지를 꼭 나누어 준다는 말을 듣고 저 혼자 먼저 왔습지요. 우리 세 식구는 오늘이나 내일이나 하고 우리를 불러들이기만 바랬더니 지난봄에 갑자기 죽었다는 소식이 오니……"

노인은 더 말을 계속할 수 없어 그대로 목이 메이고 말았습니다.

군인은 체면으로 고개만 끄덕이더니,

"영기서 말하면 안되옵니! 어서 들어갑소 들어가서 말 듣겠으니!"

하고 다시 뚜벅뚜벅 걸어 흰 벽돌집 안에 들어갔습니다.

조금 들어가니 나무로 만든 두터운 문이 있는데 그 문에는 참새들의 똥이 말라붙어 있고, 먼지와 말똥, *짚수세 등이 지저분하게 딸려 있어 아무리 보아도 마구간이었습니다. 집 외양은 흰 벽돌이나 그 집의 말 못할 속치장이 일행을 놀라게 하였습니다.

덕커덕하고 그 나무문이 열리자 그 안을 한 번 바라본 일행은 하마터면 뒤로 넘어질 뻔 하였습니다.

그 문 안은 넓이 칠팔 평은 되어 보이는데, 놀라지 마십시오. 그 안에는 하얀 옷 입은 우리 꺼래이들이 방이 터져라고 채여 있었습니다.

"아이그머니 조선 사람들……"

순이의 세 식구는 자빠지듯 방안으로 뛰어 들어갔습니다.

"동무들, 방은 잉것 하나뿐입꼬마 비좁더라도 들어가 참소"

맨 나중까지 들어가지 않고 버티고 섰는 젊은 사나이 한 사람의 등을 밀어 넣고 덜커덕 문을 잠그고 군인은 뚜벅뚜벅 가버렸습니다.

순이들은 잠깐 정신을 차려 방안을 살펴보니 전날에는 부엌으로 쓰던 곳인지 한쪽 벽에 잇대어 솥 걸던 부뚜막 자리가 있고, 그 곁에 *부시기 물통이 놓여 있으며, 좁다란 송판을 엉금엉금 걸쳐 공중(公衆) 침대를 만들어 두었습니다. 그 공중 침대 위에는 빽빽하게 백의 동포가 빨래장자의 상자 속 같이 옹기종기 올라앉아 있었습니다.

좌우간 앉아나 보려 했으나 가뜩이나 비좁은 터에 또 여섯 사람이나 새로 들어앉을 자리가 있을 리가 없었습니다.

땅바닥에라도 앉으려 했으나 대소변이 질벅하여 발붙일 곳도 없었습니다.

문이라고는 들어온 나무문과 그 문과 마주보는 편에 커다란 쇠창살을 박은 겹 유리문이 하나 있을 뿐이었습니다. 그 쇠창살도 부러지고 구부러지고 하여 더욱 그 방의 살풍경을 나타냈습니다.

"어찌겠소 양? 여기 좀 앉소 우리도 다! 이럴 줄 모르고 왔었꽁이!"

함경도 사투리로 두 눈에 눈물을 흠뻑 모으며 목메인 소리로 겨우 자리를 비집어 내며 한 노파가 말했습니다.

가뜩이나 기름을 짜는 판에 새로 온 일행이 덧붙이기를 해 놓으니 먼저 온 그들에게는 그리 반가울 것이 없으련마는 그래도 그들은 방이야 터져 나가든 말든 정답게 맞아주며 갖은 이야기를 다 묻고 또 자기네들 신세타령도 하였습니다. 그래서 어떻게 빈줄러 내었는지 순이의 세 식구와 젊은 사나이 둘은 올라앉게 되었는데 이불을 멘 중국 쿠울리는 끝까지 자리를 얻지 못하고, 아니 자리를 빈줄러 낼 때마다 뒤에 선 젊은 사나이들에게 양보하고 맨 나중까지 우두커니 서서 자리도 내어 주기를 기다리고 있었습니다. 순이들은 그래도 동포들의 몸과 몸에서 새어 나오는 훈기에 몸이 녹기 시작하자 노곤하니 정신이 황홀해지며 따뜻한 그리운 고향에나 돌아온 것 같이 힘이 났습니다.

"저! 됏놈은 앉을 자리가 없나? 왜 저렇게 말뚝 모양으로 서 있기만 해……"

하며 고개를 드는 노파의 말소리에 순이는 놀란 듯이 돌아보았습니다. 그때까지 쿠울리는 이불을 멘 채 서 있었습니다. 순이는 갑판 위에서 이불을 노파 덮던 그때의 쿠울리의 울며 순종하던 얼굴을 생각해 보았습니다. 능히 자기가 앉을 수 있었던 자리를 조선 청년에게 양보해 준 그의 마음속이 가엾었습니다. 쿠울리가 자리를 물려 준 그 마음은 도덕적 예의(道德的 禮義)에 따른 것이 아님은 뻔히 아는 일이었습니다. 그 자리에 자기와 같은 중국 사람이 하나라도 끼어 있었더면 그는 그렇게 서 있지는 않았을 것입니다.

그때의 쿠울리의 심정은 꺼래이로 태어난 이들에게는, 아니 더구나 보드라운 감정을 가진 처녀 순이는 남 몇 배 잘 살펴볼 수 있었습니다.

순이는 가슴이 찌르르해지며 벌떡 일어나 그 나무문을 두들기기 시작했습니다. 이윽히 두들겨도 아무 반응이 없으므로 그는 얼어 터진 손으로는 더 두들길 수가 없어 한편 신짝을 집어 힘껏 문을 두들겼습니다.

"왜 두들기오. 안 옵누마."
하며 방안의 사람들은 자꾸 말렸습니다.

그러나 순이는 자꾸만 두들겼더니 갑자기 문이 덜커덕 열렸습니다. 순이는 더 두들기려고 울러메었던 신짝을 그대로 발에 꿰어 신으며 바라보니 아까 그 조선 사람 군인이 서 있었습니다.

"어째 불렀음둥?"
하며 퉁명스럽게, 그러나 두들긴 사람이 순이였음에 얼마만치 부드러워지며 물었습니다.

"이것 보셔요. 이렇게 좁은 자리에 어떻게 이 많은 사람들이 앉을 수 있어요. 아무리 앉어 봐두 다는 앉을 수가 없었습니다. 다른 방으로 나누어 주든지 어떻게 해주세요."
하고 얼굴이 붉어지며 서 있는 쿠울리를 가리켰습니다. 군인은 고국 말씨를 잘 못 알아듣겠다는 듯이 자세히 귀를 기울이고 있더니

"동무 말소리 잘 모르겠었고마, 무시기 말임둥. 앉을 재리가 배잡단 말입꼬이?"

하고 말했습니다. 순이는 기가 막혔습니다.
"참 어이없는 조선 동포시구려!"
김빠진 비루같이 순이의 입 안이 민민하여졌습니다. 그때 노파의 손자인 듯한 소년 하나가 하하 웃으며 뛰어나와,
"예! 예! 그렇섯꼬이."
하며 순이를 대신하여 군인에게 대답하였습니다. 군인은 고개를 끄덕끄덕하며 두 손을 펴고 어깨를 웃쭉해 보이며,
"할 쉬 없었고마, 방이 이것뿐입꼬마."
하고는 문을 닫아버리려 했습니다. 순이는 와락 군인의 팔을 잡으며,
"한 시간, 두 시간이 아니고 오늘 밤을 이대로 둔다면 어떻게 하란 말이여요. 상관에게 말해서 좀 *구처해 주시오."
하고 말했습니다. 군인은 휙 돌아서며,
"동무들, 내가 뭐를 알 쉬 있음둥? 저어 우에서 하는 명령대로 영기는 그대로만 합꾸마. 나는 모르겠꿍이."
하고는 덜컥 그 문을 잠그려 했으나 순이는 한결같이 잠그려는 그 문을 떠밀며
"여보세요. 이대로는 안됩니다. 무슨 죄야요. 글쎄 무슨 죄들인가요. 왜 우리들, 죄 없는 우리를 이런 고생을 시킵니까. 다 같은 조선 사람인 당신이 모르겠다면 우리는 어떻게 하란 말이여요,"
군인은 난감하다는 듯이 다시 고개를 문 안으로 들이밀며,
"글쎄 동무들이 무슨 죄 있어 이라는 줄 압꽁이? 다 같은 조선 사

람이라도 저 우에 있는 사람들은 맘이 곱지 못하옵니. 나도 동무들같이 욕본 때 있었고마. ××에 친한 동무 없음둥? 있거든 *쇠줄글(電報) 해서 ×××에게 청을 하면 되오리……"
하고 이제는 아주 잠그어 버리려 했습니다.
"아니, 보십시오, 그러면 미안합니다마는 전보 한 장 쳐 주시겠습니까?"
이제까지 잠잠히 앉았던 젊은 사나이 둘은 무슨 의논을 하였는지 군인에게 이렇게 말했습니다.
"무시기?"
군인은 젊은 사나이의 말을 알아듣지 못하고 재쳐 물었습니다.
"전보 말이오. 전보 한 장 쳐 달라 말이오."
하고 젊은 사나이가 대답하려는 것을 노파의 손자인 소년이 또 하하 웃으며,
"안입꼬마. 쇠줄글 말입니……"
하고 설명을 하였습니다.
"아아! 쇠줄글 말임둥, 내 놓아 드리겠꽁이."
하며 사나이들에게 연필과 종이를 내주더니
"동무 둘은 이리 잠깐 나오오."
하며 두 사나이를 문 밖으로 데리고 나가 버렸습니다. 순이는 어이없이 서 있다가 문턱에 송판 한 조각이 놓인 것을 집어들고 문 앞을 떠났습니다. 그 송판을 솥 걸었던 자리에 걸쳐 놓고 그 위에 올라앉으

며 그때까지 그대로 서 있는 쿠울리를 향하여,

"거기 앉아……"

하며 자기가 앉았던 자리를 가리켰습니다.

"아! 이 됏놈을 그리로 보냄새, 당신이 이리로 오소"

방안 사람들은 모두 순이를 침대 위로 오라고 하였습니다. 쿠울리는 그 눈치를 차렸는지 순이의 자리에 앉으려던 궁둥이를 얼른 들며 손으로 순이를 내려오라고 하며 부뚜막 위로 올라앉았습니다.

그의 눈에는 눈물이 핑 돌며,

"스파시이보 제브슈까."

하였습니다. '아가씨 고맙습니다' 라는 뜻인가보다고 생각하며 순이는 침대 위로 올라앉았습니다. 쿠울리는 짐뭉치 속에서 어느 때부터 감추어 두었던지 새카맣게 된 빵뭉치를 끄집어내어 한 귀퉁이 뚝 떼더니 순이 앞에 쑥 내밀었습니다. 쿠울리의 얼굴은 눈물과 땟물이 겔겔 흐르고 손은 새까맣게 때가 늘어붙어 길다란 손톱 밑에는 먼지가 꼭꼭 차 있었습니다.

"꾸 쉬 꾸 쉬."

한 손에 든 빵쪽을 뭉텅뭉텅 베어 먹으며 자꾸 순이에게 먹으라고 했습니다. 순이의 눈에 눈물이 고여지며 그 빵쪽을 받아 들었습니다.

"고맙소……"

하고 머리를 끄덕여 보이며 급히 한 입 물어뜯으려 했으나 이미 하루 반 동안을 물 한 모금 먹지 않은 할아버지, 어머니가 곁에 있었습

니다. 순이는 입으로 가져가던 손을 얼른 머무르며 할아버지에게,

"시장하신데 이것이라두……"

하며 권했습니다.

"이리 다고 보자."

순이 어머니는 그제야 수건을 벗고 빵쪽을 받아 한복판을 뚝 잘라,

"이것은 네가 먹어라. 안 먹으면 안 된다."

하고는 또 한 쪽을 할아버지께 드렸습니다.

할아버지는 남 보기에 목이 막힐까 염려가 될 만치 인사 체면 없이 빵을 베어 먹었습니다.

"싫어, 난 먹지 않을 테야."

"왜 이래, 너 먹어라."

하고 순이 모녀는 한참 다투다가 결국 또 절반으로 떼어 한 토막씩 먹게 되었습니다마는 온 방안 사람이 빵 먹는 사람들의 입을 물끄러미 바라보고 있는 것이었으므로 순이는 차마 먹을 수가 없었습니다.

부뚜막 위에서 내려다보고 앉았던 쿠울리는 자기가 먹던 빵을 또 절반 떼어,

"순이 너는 이것 더 먹어라."

라고나 하듯이 순이에게 주었습니다.

순이는 얼른 손이 나가다가 문득 생각났습니다. 자기들은 중국 사람이라고 자리조차 내어주지 않던 것이…… 그러나 이미 주린 순이는 두 번째 빵쪽을 받아 쥐고 있었습니다.

*

  방안의 사람들은 모두 세 집 식구로 나뉘어 있는데 *도합 열아홉이었습니다. 늙은이, 노파, 젊은 부부, 총각, 처녀들이었습니다. 그들이 순이 모녀를 붙들고 하는 이야기를 들으면 모두 함경도 사람들이며 고국에는 바늘 한 개 꽂을 만한 자기들 소유의 토지라고는 없는 신세라 공으로 넓은 땅을 떼어 농사하라고 준다는 그 나라로 찾아온 것이었는데 국경을 넘어서자 ×××에게 붙들려 순이들처럼 감금을 당했다가 이리로 끌려왔다는 것이었습니다.

  "이 땅에는 돈 없는 사람 살기 좋다고 해서 이렇게 *남부여대로 와놓고 보니 이 지경입꾸마. 굶으나 죽으나 고국에 있었드면 이런 고생은 안할 것을……"

  젊은 여인 하나가 이렇게 한탄했습니다.

  "우리는 몇 번이나 재판을 했으니 또 한 번만 더하면 뉘우게 되어 땅을 얻어 농사를 하게 되든지 다시 이대로 국경으로 쫓아내든지 한답네!"

  속옷을 풀어 재치고 이를 잡기 시작한 노파가 말했습니다.

  "우리가 무슨 죄일꼬…… 농사 짓는 땅을 공띠어 준다길래 왔지……"

  늙은이 하나가 끙끙 앓으며 이를 갈 듯이 말하자,

  "참말 그저 땅을 띠어 준답두마, 우리는 바로 국경에서 붙들렸으니까 ××탐정꾼들인가 해서 이렇게 가두어 둔 거지!"

하고 늙은이의 아들인 성한 사나이가 말했습니다.

"아이구, 말 맙소. 아무래도 우리 내지 땅이 좋습두마, 여기 오니 '얼마우자' 미워서 살겠습디?"

하고 사나이를 반박하였습니다. '얼마우자' 이것은 조선을 떠나온 지 몇 대(代)나 되는 이 나라에 귀화(歸化)한 사람들을 이르는 말이니, 그들은 조선 사람이면서도 조선말을 변변히 할 줄 모르는 것이었습니다. 분명한 '마우자'(러시아인을 이르는 말)도 되지 못한 '얼'인 '마우자'란 뜻이었습니다.

"못난 사람을 얼간이라는 말과 같구려."

하고 순이 어머니가 오래간만에 웃었습니다.

"아까 그 군인도 역시 얼마우자로구먼."

하고 순이가 중얼거렸습니다. 이 말을 노파의 손자는 또 깔깔 웃었습니다.

"아이구, 어찌겠니야. 여기서 땅을 아니 떼어 주면 우리는 어쩌겠니……"

노파는 웃을 때가 아니라는 듯이 걱정을 내놓았습니다.

"설마 죽겠소, 국경 밖에 쫓아내면 또 한번 몰래 들어옵지요. 또 붙들려 쫓아내면 또 들어오고, 쫓아내면 또 들어오고, 끝내 가면 뉘가 못 이기는기강 해봅지요. 고향에 돌아간들 발 붙일 곳이라고는 땅 한 쪼박 없지, 어떻게 살겠습니……"

자기가 먼저 설두를 하여 데리고 온 듯한 사나이가 이렇게 말했습니다.

"아이고, 듣기 싫소, 이놈의 땅에 와서 이 고생이 뭣고…… 글쎄."

"아따 참, 몇 번 쫓겨가도 나중에는 이 땅에 와서 사오 일 가리쯤 (四五日耕) 땅을 얻어 놓거던 봅소"

"아이구…… 어찌겠느냐……"

노파는 자꾸 제대로 신음만 하였습니다.

*

한시도 못 참을 것 같은 그 방안의 생활도 벌써 일주일이 계속되었습니다. 아침에는 일찍 일어나 일제히 밖으로 나아가 세수를 시키우고, 저녁에는 한 번씩 불리워나가 대소변을 보게 하는 것이었습니다. 일정한 변소도 없이 *광막한 벌판에서 제 맘대로 대소변을 보게 하는 것이었습니다.

하루는 역시 대소변 시간에 순이는 대소변이 마렵지 않아 혼자 방안에 남아 있다가 쓸쓸하여 밖으로 나갔습니다.

그날 밤은 보름이었던지 퍽으나 크고도 둥근 달이었습니다. 시베리아다운 넓은 벌판, 이곳 저곳서 모두들 뒤를 보고 있고 군인 한 사람이 총을 집고 파수를 보고 있었습니다. 물끄러미 뒤보는 사람들을 바라보며 서 있는 순이에게 파수병이 수작을 붙였습니다.

"저 달님이 퍽으나 아름답지?"

라고나 하는지 정답게 제 나라 말로 순이의 곁에 다가섰습니다. 순이는 웬일인지 그 나라 군인들이 겁나지 않았습니다. 총만 가지지 않았으면 맘대로 친하여질 수 있는 정답고 어리석고 우둔스런 사람들 같게 느꼈습니다.

"……"

순이도 언어가 통하지 않으므로 말은 할 수 없고 하여 달을 가리키고 뒤보는 사람들을 가리킨 후 한 번 웃어 보였습니다.

군인은 아주 정다웁게 나직히 웃고 입술을 닫은 채 팔을 들어 달을 가리키고 순이의 얼굴을 가리키고 난 후 싱긋 웃고 순이를 와락 껴안으려 했습니다. 순이는 깜짝 놀라 획 돌아서 방안을 향하여 달음질쳤습니다. 군인은 순이를 붙들려고 조금 따라오다가 마침 뒤를 다 본 사람이 서 있는 것을 보고 그대로 서 있었습니다.

그 이튿날이었습니다. 아침에 식료(食料)를 가지고 온 군인의 얼굴이 전날과 달랐으므로 순이는 자세히 바라보니 그는 훨씬 큰 키와 하얀 얼굴과 큼직하고 귀염성 있는 눈을 가진 젊은 군인이었습니다.

'어제 저녁 파수보던 그 군인……'

순이는 속으로 말해 보며 얼른 고개를 돌리려 했습니다. 군인은 싱긋 웃어보이며 그대로 나갔습니다.

그날 하루가 덧없이 지나간 후 또 대소변 보는 시간이 되었습니다. 공연히 순이는 가슴이 울렁거려 문을 꼭 닫고 방안에 남아 있었습니다.

이윽고 뒤를 다 본 사람들이 돌아오자 문을 잠그러 온 군인은 역시 그 젊은 군인이었습니다. 순이는 가만히 구부러진 쇠창살을 휘여

잡고 달 밝은 시베리아 벌판의 한쪽을 내다보고 있었습니다.

"아이고, 어쩌겠느냐!"

노파는 밤이나 낮이나 이렇게 애호하며 늙은이는 끙끙 신음을 시작하였습니다. 언제나 밤이 되면 일층 더 심하게 안타까워하는 그들이었습니다.

젊은 내외는 트집거리고 여기저기서 신음 소리에 순이의 가슴은 더욱 설레여 적막한 광야의 밤을 홀로 지키듯 잠 못 들어 했습니다.

그 이튿날 아침 일찍 웬일인지 군인 두 사람이 들어와서 먼저 있던 여러 사람을 짐 하나 남기지 않게 죄다 데리고 나갔습니다.

"아이고, 우리는 또 국경으로 쫓겨나는구마. 그렇지 않으면 왜 이렇게 *일즉 불러내겠느냐?"

노파는 벌써 *동당발을 구르며,

"아이구 아이구 어쩌겠느냐?"

라고만 소리쳤습니다.

방안에는 순이들 세 식구만 남아 있고 그 외는 다 불리워 갔습니다. 갑자기 방안이 텅 비어지니 쌀쌀한 바람결이 쇠창살을 흔들며 그 방을 얼음무덤같이 적막하게 하였습니다.

세 식구는 창 앞에 가 모여앉아 장차 자기들 위에 내려질 운명을 예상하고 묵묵히 앉아 있었습니다.

그때, 한 떼의 사람들이 일렬로 늘어서서 앞뒤로 말을 탄 군인을 세우고 건너편 벌판을 걸어가는 것이 보였습니다.

"어찌겠느냐, 어디를 갑누마……"

노파의 귀익은 애호성이 화살같이 날아와 순이의 세 식구가 내다보는 창을 두들겼습니다.

'이리에게 잡혀가는 목자 잃은 양떼와도 같이, 헤매어 넘어온 국경의 험악한 길을 다시금 쫓겨 넘는 가엾은 흰옷의 꺼래이떼……'

눈물이 좌르륵 흘러내리는 순이의 눈에 꼬챙이로 벽에 이렇게 새겨져 있는 것이 보였습니다.

'이 몸도 꺼래이지 면할 줄이 있으랴.'

바로 그 곁에 또 이렇게 쓰여 있었습니다. 순이도 무엇이라고 새겨 보고 싶었으나 자꾸 눈물이 났습니다.

'아버지, 아버지는 왜 이 땅에 오셨습니까. 따뜻한 우리 집을 버리시고…… 할아버지와 어머니와 이 딸은 아버지의 해골조차 모셔가지 못하옵고 이 지경에 빠졌습니다. 아버지의 영혼만은 고향집에 가옵소 순이.'

라고 눈물을 닦으며 손톱으로 새겼습니다.

그날 해도 애처로이 서산을 넘고, 그 키 큰 젊은 군인이 문을 열어주어도 세 식구는 뒤 보러 나갈 생각도 하지 않고 울었습니다.

그렇게 몇 날을 지난 이른 아침이었습니다. 순이 세 식구는 또 밖으로 불리워 나갔습니다. 나가는 문턱에서 그 키 큰 군인이 아무 말 없이 검은 무명으로 지은 헌 *덧저고리 세 개를 가지고 차례로 한 개씩 등을 덮어주었습니다.

"추운데 이것을 입고라야 먼 길을 갈 것이오. 이것은 내가 입던 헌 것이니 사양 말어라."

하고 치어다보는 순이들에게 힘없는 정다운 눈으로 무엇이라 말했습니다.

"감사합니다."

순이들은 치하했으나 군인은 그대로 입을 다물고 순이의 등만 툭 쳤습니다. 비록 낡은 덧저고리였으나 순이들은 고향을 떠난 후 처음 맛보는 인정이었습니다.

넓은 마당에 나서자 안장을 지은 두 마리의 말이 고삐를 올리고 처음 보던 조선 군인이 손에 흰 종이쪽을 쥐고 서서,

"동무들 할 수 없었고마. 국경으로 가라합니……"

하고는 할아버지부터 차례로 악수를 해준 후

"잘 갑소……"

라고 최후 하직을 했습니다. 순이들이 아버지의 백골을 찾아가게 해 달라고 아무리 애걸했으나 다시 무슨 효험이 있을 리 만무했습니다.

"자! 갑누마, 잘 갑소"

그 '얼마우자' 군인도 처량한 얼굴로 길을 재촉하자 두 사람의 군인이 총을 둘러메고 말 위에 올랐습니다. 그중에 한 사람은 그 키 큰 젊은 군인이었습니다.

황량한 시베리아 벌판. 그 냉혹한 찬바람에 시달리우며 세 사람은 추방의 길에 올랐습니다. 벌판을 지나 산등도 넘고, 얼음길도 건너며,

눈구덩이도 휘어가며, 두 군인의 말고삐 소리를 가슴 위로 들으며, 걷고 걸었습니다. 쫓기어가는 가엾은 무리들의 건너간 자취 위에 다시 발을 옮겨 디딜 때, 자국마다 피눈물이 고여 있었습니다.

 말등 위에 높이 앉은 군인 두 사람은 높이 높이 목을 빼어 유유하게 노래를 불러, 그 노랫소리는 찬 벌판을 지나 산 너머로 사라지며 쫓겨다니는 무리들을 조상하는 것 같았습니다.

 이따금 추움과 피로에 발길을 멈추는 세 사람을 군인은 내려다보고 다섯 손가락을 펴보였습니다. 아직 오십 로리(五十露里) 남았다는 뜻이었습니다.

 한 떼의 싸리나무 울창한 산길을 지날 때 어느덧 산 그림자는 두터워지며 애끓는 시베리아의 석양이었습니다. 어머니와 순이에게 양팔을 부축받은 할아버지가 문득 발길을 멈추더니 아무 소리 없이 스르르 쓰러졌습니다.

 "할아버지! 할아버지."

 "아버님, 아버님."

 부르는 소리는 산등성이를 울렸으나 할아버지는 대답이 없었습니다.

 말에서 내린 군인들은 할아버지를 주무르고 일으키고 해보며 이윽히 애를 쓴 후 입맛을 다시고 일어서 모자를 벗고 잠깐 묵도를 하였습니다.

 키 큰 군인은 다시 모자를 쓴 후,

"순이!"

하고 부른 후 이미 시체가 된 할아버지 목을 안고 부르짖는 순이의 어깨를 가만히 쓰다듬었습니다.

그때 천군만마같이 시베리아 넓은 벌판을 제 맘대로 달려온 바람결이 쏴! 싸리 숲을 흔들며,

"순이야, 울지 말고 일어서라."

고 명령하듯 소리를 쳤습니다.

(『백신애 소설집』, 김윤식 편저, 조선일보사, 1987)

*적빈赤貧

　그의 둘째아들이 매촌(梅村)이라는 산골에 장가를 간 후로는 그를 부를 때 누구든지 '매촌댁 늙은이'라고 특히 '댁'자를 붙여 부르는 것은 이 늙은이가 은진 송씨(恩津宋氏)인 고로 송우암(宋尤庵)선생의 후예라고 그 동안 동리에서 제법 양반 행세를 해 오던 집안이 친정으로 척당이 됨으로서의 부득이한 존칭이다. 그러나 지금에 와서는 존칭으로 댁자를 붙여 준다고는 아무도 생각지 않았다. 아무래도 '매촌댁 늙은이'하면 으레 '더럽고 불쌍하고 남의 일 해주는 거지보다 더 가난한 늙은이다' 하는 멸시의 대명사로 여기는 것이었다. 그뿐 아니라 요즈음에 와서는 '매촌 늙은이'라고 '댁'자를 쏙 빼고 부르는 사람도 있어졌다. 그래도 늙은이는 그것을 노엽게 생각할 만한 양반에 대한 애착심이 낡아빠져서 아무런 생각도 느끼지 않았다.

몇 해 전 그가 늘 허드렛일을 해주러 다니는 그 동리 면장의 집 아들이 장난말 끝에,

"늙은이의 이름이 뭐요?"

하고 물었다.

"히잉 내 말인가 늙은이가 무슨 이름이 있어!"

"그래도 왜 없어요. 똥덕이었소 개똥이었소?"

하며 놀려대는 것이었다. 그는 젊은놈이 당돌하게 늙은이의 이름을 묻는다는 것이 와락 분해져서

"왜? 나도 예전에는 다 귀하게 큰 사람이오, 우리 할아버지는 송우암 선생의 자손이오, 글이 문장이라오. 내 이름도 할아버지가 귀한 딸이라고 귀남이라고 지었다오!"

하며 자기도 옛 세월 같았으면 너희들은 감히 나의 집에도 만만히 못 들어올 상놈들이다 하는 뜻을 암시하여 양반 자랑을 한 것도 지금 생각하면 다 우스운 일이었다.

"돈 없고 가난하면 지금 세상은 이런 것."

이라 하는 것은 날이 갈수록 더 똑똑하게 알리어질 뿐이었다.

가난하다면 이 매촌댁 늙은이보다 더 가난할 수는 없는 것이다. 그의 맏아들은 오래 전에 죽어 버린 자기 남편과 마찬가지로 '도야지'라고 별명을 듣는 멍텅이었다. 모든 일에는 도야지같이 둔하고 욕심궂고 철딱서니 없고 소견 없는 멍텅이면서도 술 먹고 담배 피우는 데는 *일당백이었다. 그래서 남의 집에서 품팔이라도 하면 돈이 손

에 들어오기 바쁘게 술집으로 쫓아가는 것이었으므로 몸에 입은 옷이라고는 자칫하면 감추는 물건이 벌름 내다보일 지경이었다. 그 동생은 스물여덟에 남의 집에서 고용살이로 모았던 몇 량 돈으로 매촌으로 장가를 들고 얼마 남은 것으로 형 되는 '도야지'도 장가를 들여 주려고 했으나 눈 빠진 사람이 아니고는 그에게 딸을 내어 줄 사람이 없었다. 그러나 이렇게 못난이 도야지라도 사위를 보려는 사람이 있었다. 그는 스무 살이나 먹도록 시집 못 보내고 둔 벙어리 색시의 아버지다. 도야지는 벙어리라고 힘으로 생각할 인물이 못되어 계집 얻는다는 것만이 좋아서 싱글벙글하며 넓적한 콧구멍을 벌름거리며 장가를 들었다.

늙은이는 아들 둘을 다 장가보내고 나니 이제는 걱정할 것이 없다고 생각했으나 장가를 보내고 나니 걱정은 더 많아졌다. 도야지는 한날 한시로 술만 찾아다니고 벙어리는 매촌의 아내와 같이 있는 늙은이에게 와서 배고프다고 우는 것이었다.

매촌이는 장가든 후에도 고용살이를 하는 고로 그의 아내는 늙은이와 날만 새이면 남의 집으로 돌아다니며 일해 주고 밥 얻어먹고 하여 살아오므로 고용살이로 받은 돈은 그대로 남겨 두게 되었다. 남겨둔다더라도 일 년에 십 원 내외이나 늙은이는 백만 재산같이 귀중히 여겨 몸에 걸칠 옷 한 가지 바꾸어 입을 것이 없는 것은 생각할 줄도 몰랐다. 아주 옷이 없어지면 산골로 돌아다니며 무명 베 짜는 데 품팔이를 한다. 산골에서는 예전과 같이 아직까지도 제 손으로 옷

감을 짜는 것이다. 한 필을 짜면 무명베 몇 척씩을 삯으로 받아 가지고 며느리 한 가지 자기 한 가지씩 옷을 해 입는 것이었다. 때에는 벙어리도 데리고 다니며 일을 거들어 주어 밥을 얻어 먹이기도 하는 것이었다. 밥 한 끼 얻어먹는다는 것이 무슨 큰 품삯이나 받는 것 같이 그들 셋은 뼈가 부서지도록 일을 해주고 돌아다녔으나 그래도 별 걱정은 없었다.

"어서 몇백 냥 모이게 되면 그것으로 남의 논이나 밭을 대지(貸地)로 얻어서 제 농사를 해 보리라."
하는 것만이 매촌의 부부와 늙은이의 유일한 희망이었다.

매촌이가 장가를 든 지 사년 만에 이럭저럭 뼈를 깎아 모은 돈이 이 원 모자라는 육십 원이나 되었다. 매촌은 그 돈 중에서 십오 원을 떼어 일간 토옥 다 허물어져 가는 것을 사 가지고 생전 첨으로 자기의 집이라는 것을 가지게 되었다. 늙은이도 기뻐했던 것이다. 그랬더니 남은 돈 사십삼 원으로 대지를 사기 전에 홀랑 날려 보내고 말았다. 동리에서도 똑똑하고 일 잘하는 신용 있는 매촌이었으나 한꺼번에 많은 돈을 쥐고 보니 가뜩이나 마음이 벙벙한데다가 돈 냄새를 맡고 달려든 동리 알부랑 노름꾼들에게 속아 넘어서 하룻밤에 휘딱 날려 보내고 만 것이었다. 매촌은 두 눈에 불이 켜지고 뼈가 녹은 것 같이 쓰라리게 아까워서 죄 없는 담뱃대만 힘껏 두들겨 부수었다. 손에 쥐인 것 같이 믿고 믿었던 농사한다는 그들의 꿈은 그대로 애처롭게 물거품으로 돌아가고 말게 되었으므로 늙은이는 온밤이 새도록

적빈 41

아들을 조르며 죽는다고 목을 놓아 우는 것이었다.
 "죽일 놈들 도적놈들 내 돈 사십삼 원을 그대로는 못 먹을 것이다."
 매촌은 딱 버티고 앉아 이를 갈았다. 그러나 한 번 낚인 돈이 아무리 간장을 녹인들 도로 제 손안에 들어올 리가 없는 것이었으나 그래도 매촌은 제 돈 찾으러 매일같이 노름판에 드나들었다. 그러는 중에 그는 제 자신도 모른 사이에 어느덧 동리의 알탕 노름꾼으로 변하고 말았다. 단순한 매촌이었던만큼 그의 변화는 쉽고 빠른 것이었다.
 늙은이와 며느리는 태산같이 믿었던 매촌이가 그 모양이 되고 오직 하나 희망이었던 제 농사짓는다는 것도 꿈으로 돌아간 후 죽지도 살지도 못할 판에 끼어 한결같이 남의 집에 다니며 입만은 살아갔다. 일 년 열두 달 남의 솥에 익혀 낸 밥만 얻어먹는 그들이라 비록 일은 해주고 먹는 것이라 해도 동리 사람들은 공밥을 먹이는 것 같이 그들을 천대하는 것이었다. 늙은이에게서 '매촌댁'의 댁자를 쑥 빼고 '매촌 늙은이'로 불리우게 된 것도 이때부터이다.
 큰아들 도야지나마 이제는 셈을 차릴 나이도 된 지 오래였건마는 그는 술 한 잔이면 제 목이라도 베어 줄 작자였으므로 죽도록 일을 해주고도 술만 얻어먹고 그대로 오는 것이었고 벙어리는 또 제대로 밥만 얻어먹고는 죽을 둥 살 둥 일을 해 주는 것이었다. 그러나 이중에 또 불행이 하나 더 덮쳐 도야지는 그 마을에서 쫓겨나게 되었다. 그것은 몇 날 술을 먹지 못하여 못살 지경에 이른 도야지가 한 꾀를 생각해 가지고 술집에 가서 "술 한 잔만 주면 나무 한짐 해다 주겠다"는 약속으로 먼저 술 한 잔을 얻어먹었다. 그리고는 갖다 줄 나무가 없어 나무 베기를 엄금하는 *사방공사(砂防工事) 해 놓은 데까지 한짐 잔뜩 베어 지고 내려오다가 일꾼 패장에게 들키어 나뭇짐은 나뭇짐대로 다 빼앗기고 죽도록 얻어맞고 술집 마누라까지 무한 욕을 먹고 한 까닭에 그는 그 동리에서 쫓겨난 것이었다. 그 길로 매촌에게 왔으나 매촌이 역시 알부랑 노름쟁이라 하는 수가 없었다. 그래서 그는 하는 수 없이 오 리(五里) 가량 떨어진 동리에 가서 남의 집 *곁방살이로 들어갔다. 방세는 내지 않더라도 그 집의 바쁜 일을 거들어 주겠다는 약속이었다. 그러나 당장에 입에 넣을 것이 없었으므로 벙어리를 두들기며 밥 얻어오라고 하는 것이었으나 벙어리는 이미 *당삭이 된 커다란 배를 가리키며 섧다는 듯이 우는 것이었다. 그래도 도야지는 어떻게든지 해서 양식을 얻어 올 궁리는 하지 못하고 벙어리를 조르다가 지치면 그의 어머니인 늙은이가 무엇이나 가져다 주지나 않나! 하는 턱없는 꿈을 꾸며 뒹굴뒹굴 구르기만 하는 것이었다. 이따금 담배 생각이 나면 들에 나가서 쓴 냉이의 꽃을 따다가 대에 넣어 가지고 쥐새끼 소리를 내며 빨아내는 것이었다.

벙어리는 자기 뱃속에서 꿈틀꿈틀하며 태아가 놀면 몸서리를 치며 무서워했다.

"빌어먹을 년 어린애가 그러지 않나 겁은 왜 내어?"
하고 벼락같이 소리를 지르나 알아듣지 못하고 끙끙……하는 소리로 울며 자기 배를 쿡 쥐어지르는 것이었다. 하루 한 끼도 얻어먹지 못하는 그들이라 벙어리의 커다란 두 눈은 쇠눈깔같이 험악하였다.

늙은이는 어느 날 밤에 큰 호랑이 두 마리가 꿈에 보이더라고 하며 그 이튿날 아침에 매촌의 아내를 보고 꿈 이야기를 하는 것이었다.

"아마도 오늘 내일 간에 너이들이 다 아들을 낳으르는가 보더라."

하며 신기하다는 듯이 며느리를 바라보는 것이었다. 매촌의 아내도 벙어리와 같이 *당삭이었던 것이다.

"한꺼번에 둘이 다 해산을 한다면 이 일을 어쩔까. 작은 며느리는 그래도 해산 후에 먹을 것이나 준비해 두었지마는 저 벙어리를 어떻게……"

늙은이는 혼자 중얼거리며 연방 체머리를 설레설레 흔드는 것이었다. 작은 며느리는 해산하면 먹는다고 쌀 다섯 되 보리 한 말을 준비해 두기라도 했거니와 벙어리는 지금 당장에 굶고 있는 판이니 그 일이 난감하였다.

혼자 생각다 못해 노란 것 흰 것 검은 것이 한데 섞인 몇 가락 안 되는 머리를 손가락으로 감아서 꽁쳐매고 누덕누덕 기운 적삼에 걸레 같은 몽당치마를 입고 빨리 집을 나섰다. 그는 그 길로 바로 단골로 다니며 일해 주는 집들을 돌아다니며 사정 이야기를 하고 얼마만큼만 뀌어주면 나중에 그만큼 일을 해주리라고 애원을 해도 한 집도 시원케 대답하지 않았다. 모두

"그 늙은이는 참 그런 아들을 자식이라고 걱정을 해. 먹을 것도 없

는 줄 알며 어린애는 왜 만들었어?"

하고 비웃고 핀잔주고 놀려주고 할 뿐이었다. 늙은이는 이지러지고 뿌리만 남은 몇 개 남지 않은 이빨을 드러내며

"히 에에."

하고 고양이같이 웃어 보이는 것이었다. 웃으면 곯아 비틀어진 *우봉 뿌리 같은 그 얼굴에 누비질한 것 같이 잘게 깊게 잡힌 주름이 보이며 주름 사이에서 햇빛을 보지 못한 살이 받고 기운 것 같이 여기저기 드러나는 것이었다.

"그러기에 말이지 자식놈들이 몹쓸 놈이지 그저 벙어리가 불쌍해서 그러는 거요."

하고는 다시 한 번 "히 에에" 웃어 보이고 돌아서 나오는 것이었다.

그는 행여나! 하는 생각으로 마지막으로 또 한 집에 들렀다. 오랫동안 천대받고 학대 받아 온 늙은이라 남들의 냉정한 것을 슬프게나 원망스럽게 느낄 줄 몰랐다. 그리고 낙심할 줄도 몰랐다. 마지막에 들린 집에서는 쉽사리 동정을 하는 것이었다.

"에구 불쌍해라. 아이는 하필 저런 데 가서 잘 태이거던……"

하며 쌀 한 되 보리 두 되 장 한 그릇 미역 한 쪽 명태 한 마리를 별말 없이 내어주는 것이었다. 밥 한 그릇에 왼 전신이 녹도록 고맙다고 생각하는 이 늙은이라 이렇게 과분한 적선에는 도리어 고마운 줄 몰랐다. 그의 고마움을 느끼는 신경은 너무나 한도적이었던 까닭이라 그의 신경은 모조리 감격에 차고 이 여러 가지에 대한 감사를 일

일이 다 느끼기에는 그의 신경이 모자랐던 것이다.

늙은이는 체머리만 쩔레쩔레 흔들며 연방 혀끝으로 콧물을 잡아뜯 듯이 닦았다. 아무 고맙다는 인사도 없이 그는 여러 가지를 바구니 속에 넣어 가지고 머리에 이었다.

그 집을 나와 한참 도야지 있는 마을을 향해 걸어가다가 그는 힐 끔 한 번 뒤를 돌아보고는 얼른 바구니에서 명태를 끄집어내어 품속 에 감추었다.

"이것은 작은 며느리 해산하거든 주지."

그는 벙어리만 중하게 생각하는 것 같아서 명태는 감추었다가 작 은 며느리를 주려는 것이었다.

도야지가 있는 방 지게문을 덜컥 열어젖히니 방 안에서는 더운 김 과 퀴퀴한 냄새가 물씬 솟았다. 도야지는 혼자 방에 누웠다가 부스스 일어나 앉았다.

"그것 뭐요. 배고파아라!"

하며 힐끔 아래서부터 옆으로 늙은이를 치어다보는 것이었다. 그 모 양이 정말 도야지 같아서 늙은이는 속으로 쓴웃음을 쳤다. 방안 모양 도 도야지 우리 같았거니와 그의 느린 동작과 조그만 눈이 슬그머니 흘겨보는 상은 병들은 도야지 그대로였다. 다만 한 가지 참도야지처 럼 살이 툭툭 찌지 않은 것만이 다를 뿐이었다.

늙은이는 지긋지긋하게도 못나고 망나니인 두 아들을 원망거나 미워하는 것도 이제는 그만 지쳐서 그대로 잠자코 방으로 들어갔다.

"그것 뭐요!"

입가장자리가 뽀얗게 침이 타 붙은 것을 손등으로 슬쩍 닦으며 배고파 못 견디겠다는 듯이 재차 묻는 것이었다.

늙은이는 혼자 중얼거리며 연방 채머리를 쩔래쩔래 흔드는 것이었다. 작은 며느리는 해산하면 먹는다고 쌀 다섯 되 보리 한 말을 준비해 두기라도 했거니와 벙어리는 지금 당장에 굶고 있는 판이니 그 일이 난감하였다.

"무엇이야 아무것도 아니지. 젊은 것이 해산을 하면 무엇을 먹일려고 밤낮 이러고만 있어."

늙은이는 목에 말라붙은 것 같이 작은 소리로 노하지도 않고 곱게 타이르는 것이었다.

"일하러 갈래두 배고파서……"

"그렇다고 누웠으면 하늘에서 밥이 떨어지나. 젊은 것은 어디 갔어?"

"뒷산에 나물 캐러 갔는가……"

늙은이는 네 손가락으로 뒤통수를 덕덕 긁으며 답답해 못 견디겠다는 듯이 벌떡 일어섰다.

"이것은 해산하면 먹일 약(藥)이다. 손도 대이지 말아라!"

하고는 가지고 온 바구니를 윗목에 밀어놓고 밖에 나와 짚을 한 줌 쥐어다가 그 위에 눌러 덮었다.

"정말 이것엔 손을 대이지 말아라. 아이를 낳으면 먹일 약이다."

늙은이는 열 번 스무 번 당부를 하는 것이었다.

"음, 그래 왼 잔소리는……"

하고 도야지는 온 몸뚱이의 껍질만 남겨두고 모든 정신이 그 바구니 속에 쏠려 늙은이의 말은 지나가는 바람소리로만 여기는 것이었다. 늙은이는 도야지의 속심판을 잘 들여다 볼 수 있었다. 아무리 당부해도 그 말을 실행할 도야지가 아닌 것도 잘 알았으나 조금이라도 아껴 먹도록 하라는 뜻으로 자기도 몇 번이나 부탁만은 하는 것이었다. 그러나 아무리 지혜 없는 축신이 도야지라 할지라도 사십에 가까운 사나이에게 양식을 약이라고 말하는 자기가 서글프기도 하였거니와 그들에게 있어서는 양식이라는 것은 생명줄을 이어 주는 귀하고 중한 약이 아니고 무엇이냐, 밥은 약과 같이 먹어야 하는 너희들이 아니냐, 하는 생각도 났으므로 늙은이는 다시 더 입을 떼지 않고 그 방을 나섰다. 집으로 돌아오는 길에도 행여나 벙어리와 마주칠까해서 명태 한 마리는 품에 숨긴 채 왼편으로 그 위를 누르고 빨리 돌아왔다. 작은 며느리는 일하러 나가고 없었으므로 부엌 한 옆에 구덩을 파고 넣어 둔 쌀항아리 뚜껑을 열고 명태는 쌀 속에 파묻어 두었다. 그리고 자기도 어디 가서 일을 좀 해주고 점심을 떼우리라는 생각으로 그대로 집을 나왔다.

그는 그 길로 면장의 집으로 갔다.

"늙은이 어서 오소, 이 애가 웬일이요!"

하며 면장의 마누라는 세 살 먹은 계집애를 안고 마루에서 어쩔 줄 몰라 하는 판이었다.

"왜? 어디가 아픈가?"

늙은이는 얼른 마루로 올라가서 익숙한 솜씨로 어린애의 이마와 가슴을 만져 보았다.

"지금까지 뜰에서 놀던 것이 갑자기 이 모양이야!"

어린애는 정말 열이 나고 괴로운 울음을 우는 것이었다.

"별일 없어요. 어디 봅시다."

늙은이는 어린애를 받아 안고 오므러진 입술을 더 오므려 가지고 가만가만히 가슴과 배를 만지는 것이었다. 평생에 하도 많이 남의 집에를 돌아다닌 늙은이라 남의 앓는 것도 많이 보았거니와 고치는 것도 많이 보고 듣고 해 온 것이라 지금에 와서는 웬만한 병은 자기의 생각나는 대로 *조약도 가르쳐주고 객귀도 물려주고 체증도 내려주고 하여 신출내기 의원보다도 동리에서는 믿는 것이었다. 그러므로 면장의 마누라도 늙은이에게 안심하고 아이를 맡기는 것이었다.

과연 어린애는 이윽고 소화되지 않은 음식을 토하기 시작하더니 한참만에 그대로 잠이 들었다. 늙은이는 후— 한숨을 하고 툇마루로 나와 앉으며

"한숨 포근이 자고 나거든 노글노글한 *조당수나 끓여 멕이고 저녁도 멕이지 말고 그대로 재우면 별일 없을 것이오."

하였다. 마누라도 안심한 듯이 늙은이에게 줄 밥을 참견하였다. 늙은이는 밥과 반찬 찌꺼기를 얻어 가지고 툇마루 한옆에서 씹지도 않고

뭉떵뭉떵 삼키기 시작했다.

"에구 늙은이 천천히 좀 먹으면 어떤가. 그렇게 막 삼켰다가 걸려 죽으면 어째……"

마누라는 늙은이의 밥 먹은 양을 바라보다가 주의를 시키는 것이었다.

"히엥—"

늙은이는 애교 있는 웃음을 웃고 간청어 꼬리를 뼈째로 모조리 뭉떵 베어 우물우물하더니 입이 움쑥하며 꿀꺽 소리를 내고 삼키는 것이었다.

"에그머니 뼈를 막 먹네."

"히엥! 걱정하지 마소 죽어도 먹다가 죽는 것은 복이 아니오?"

그는 그의 버릇인 "히엥"하는 고양이 웃음 같은 소리로 한 번 더 웃어 보이고 연방 주먹만큼한 밥숟갈이 오르내렸다.

"저 늙은이의 창자는 무쇠로 된 것이야!"

마누라는 자기도 침을 삼키며 *찬장에서 먹던 김치 찌꺼기를 더 내어주었다. 늙은이는 지금까지 먹으라고 주는 것을 사양해 본 적이 없는 판이라 주는 김치도 넙쩍 받아 국물부터 후루룩 삼켜 보는 것이었다. 그의 몸뚱이는 곯아 비틀어졌어도 오직 그의 창자만은 무쇠같이 억세고 튼튼하였던 것이었다. 지금까지 배앓이를 해 본 적이 없는 그였다.

그날은 이것저것 거들어 주고 저녁까지 얻어먹고 돌아 나올 때 마누라는 늙은이의 치맛자락에 보리 두어 되를 부어 주었다.
"에구 이것은 왜?"
하면서도 사양하지 않고 그대로 집으로 돌아왔다. 그는 그 보리를 가져다가 헌 누더기 조각에 싸가지고 며느리 몰래 부엌 나뭇단 밑에 감추었다. 벙어리의 양식이 없어지면 가져다주려고…….
그런 지 몇 날 만에 벙어리가 해산 기미로 누웠다는 통기를 듣고 부랴부랴 달려간 때는 오정이 훨씬 지나서이다. 방문을 덜컥 열어젖히니 벙어리는 죽겠다고 머리를 방구석에 틀어박고 끙끙하며 손으로 벽을 쥐어뜯고 있고 도야지는 조급한 듯이 연기도 나지 않는 담뱃대만 쪽쪽 빨며 쥐새끼 소리를 내고 앉아 있었다.
"언제부터 저러나?"
늙은이는 방에 들어가 앉으며 아들에게 묻는 것이었다.
"몰라요. 어젯밤부터 아직까지 물도 한 모금 마시지 않네요!"
늙은이는 벙어리의 고통을 잘 알았다. 아무것도 먹지 못해 기운이 없어 속히 어린애를 낳지 못하는 것이다 하는 생각이 들자,
"접때 가져다 준 것 어디 있어?"
하고 물었다.
"뭐요? 그것 다 먹었지."
"무어 어째?"
늙은이는 기가 막혔다. 그까짓 쌀 한 되 보리 두 되를 먹는다니 입에 붙일 것이나 있었으리요마는 미역까지 다 먹었다는 말에 와락 속

이 상했다.

"빌어먹을 놈 그것을 죄다 먹다니……"

기운이 없어 아이를 속히 낳지 못하고 끙끙하는 벙어리를 앞에 두고 늙은이의 가슴은 어리둥절하였다. 우선 조금 남아 있는 장으로 솥에 찬물 한 바가지를 붓고 물을 끓여 벙어리에게 두어 숟갈 먹였더니

"아버바!"

하는 고함소리와 함께 방바닥에 새빨간 고깃덩어리가 떨어지며 "으아!" 하고 힘 있는 첫소리를 쳤다. 늙은이는 탯줄을 끊으려 해도 가위도 아무것도 없어 생각하는 판에 도야지가 달려들어 입으로 탯줄을 서격 비었다. 방바닥이라 해도 문 앞에 다 떨어진 싸릿자리가 손바닥만큼 깔려 있을 뿐이었으므로 어린애는 맨 흙 위에 그대로 누워 새빨간 팔과 다리를 고물락거리며 입술이 오물락거리고 있었다. 늙은이와 도야지는 얼른 어린애의 다리 사이를 헤치고 보았다. 조그만 무엇이 달리어 사나이라는 것을 뚜렷이 증명하고 있었다. 늙은이는 갑자기 두 팔을 덜덜 떨며 두리번두리번 살피다가 하는 수 없이 손빠르게 자기의 치마를 벗어 어린애를 싸가지고 자리 위에 눕혔다. 벙어리는 죽은 것 같이 늘어져 누워 있었다. 도야지는 뜻도 없는 말소리를 혼자 분주히 중얼거리며 담뱃대를 쥐었다 놓았다 벙어리를 만져 보았다 하는 것이었다. 늙은이는 잠시 가만히 앉아 예순 셋에 처음으로 보는 손자라 그런지 그의 가슴은 감격에 꽉 차 가지고 웬일인지 눈물이 줄줄 흘러내렸다.

연해서 *안태(胎)를 낳자 그 많은 피를 감당할 수 없어 떨어진 가마니 쪽에다가 태를 움켜담아 도야지를 시켜 뜰 한옆에 가서 불사르라고 시켰다.

"저것을 무엇을 먹일까?"

늙은이는 자기 집 나무 밑에 감추어 둔 보리 두 되가 생각났으나 지금 그것을 가지러 가려 하니 몸을 빼서 나갈 수 없고 도야지를 시키려니 작은 며느리에게 들킬까 걱정이 되어 자기 팔이라도 베이고 싶었다. 그럴 때 집주인 마누라가 이 모양을 알아채고 쌀 한 그릇을 주는 것이었다.

늙은이는 그것으로 밥을 지어 벙어리에게 크게 한 그릇을 먹이고 남은 것은 바가지에 끌어 담았다.

"그년 어린애 낳고 아프지도 않나배. 밥이야 억세게 먹어댄다. 나도 배고파 죽겠는데 제에기."

도야지는 뜰에서 태를 태우며 버럭 소리를 지르는 것이었다. 늙은이는,

"빌어먹을 놈. 축신이같이."

하며 바가지의 밥을 덜어서 도야지를 주고 자기는 손가락에 묻은 밥알만 뜯어 먹었다. 어린애도 만지고 벙어리 몸도 단속하는 사이에 해는 저물어 갔다. 그는 남은 밥을 벙어리에게 먹여 놓고 차마 어린 것을 덮어준 치마를 벗기지 못해 떨어진 속옷 바람으로 어둡기를 기다려 자기 집으로 보리를 가지러 가는 것이었다.

적빈 53

작은 며느리가 알면

"보리는 뉘 것이요, 왜 숨기었다가 가져가오."

하고 마음을 상할까 하여 그는 가만히 자기 집으로 들어갔다. 매촌이는 또 노름방으로 갔는지 며느리 혼자서 까무락거리는 호롱불을 켜고 옷끈을 끌러놓고 벼룩 잡는다고 부시직거리고 있었다. 늙은이는 * 자취끼 없이 부엌으로 들어가 나무 밑에 손을 넣어 살그머니 보리 꾸러미를 끌어내었다. 진작 도로 나오려다가 조금 멈칫하고 생각한 후 재주있는 스리와 같은 손짓으로 쌀항아리 속에 손을 넣었다. 전날은 쌀 밑에 감추어 두었던 명태가 쌀 위에 쑥 빠져나와 있었다.

'아이구 며느리가 보았구나.'

하는 생각이 들자 그는 얼른 항아리에서 손을 빼어 집을 빠져나왔다. 보리 뭉치만을 옆에 끼고 번개같이 달려가서 도야지에게 갖다주고

"이것으로 죽을 쑤어 너는 조곰씩만 먹고 어린애 어미만 먹여라!"

고 몇 번이나 당부하고 자기는 다시 집으로 돌아오는 것이었다.

텅 비인 뱃가죽은 등에 가 붙고 입안과 목안은 송진으로 붙인 것 같이 입맛을 다시면 찢어지는 것 같이 따가웠다. 저까짓 보리 두 되로 몇 날을 지탱시킬까 하는 생각이 들자 그의 두 다리는 가리가리 힘이 빠지고 도야지와 매촌이의 못난 것이 새삼스럽게 얄미웠다. 그러나 눈앞에는 조그마한 어린애의 사나이라는 표적만이 얼럿얼럿 나타났다 사라졌다 하는 것이었다.

그는 이윽히 걸어가는 사이에 몹시 뒤가 마려워서 잠깐 발길을 멈

추고 사방을 둘러본 후 속곳을 헤치려다가 무엇에 놀란 듯 다시 재빠르게,

"사람은 똥힘으로 사는데……"

하는 것을 생각해 내었던 것이다. 이제 집으로 돌아간들 밥 한 술 남겨 두었을 리가 없음에 반드시 내일 아침까지 굶고 자야 할 처지이므로 똥을 누어 버리면 당장에 앞으로 거꾸러지고 말 것 같았던 까닭이다.

그는 흘러내리는 옷을 연방 움켜잡아 올리며 코끼리 껍질 같은 몸뚱이를 벌름거리는 그대로 뒤가 마려운 것을 무시하려고 입을 꼭 다문 채 아물거리는 어두운 길을 줄달음치는 것이었다.

(『개벽』, 1934. 11)

빈곤

"네까짓 것이야 단 주먹에 박살이 난다. 속히 내놓아라."

"……."

"이년 못 내놓을까?"

"……."

"이년아, 네 이년아, 이년아, 이년."

"……."

"아, 저년이 귓구멍이 멕혀 빠졌나? 이년아, 글쎄 돈 오십 전만 내란 말이다."

"……."

"오십 전이 없거든 이십 전만 내놓아."

"……."

"당장에 뱃대지를 푹 찔러 죽여 버릴 년, 돈 십 전만 내 놓아라 응."

"……"

"이년이 그래도, 벼락을 맞지 않아서 근질근질하구나, 돈 오 전이라도 내놓아라."

"……"

"이런 빌어먹을 년이 단돈 오 전도 안 내놓는다? 헛 이년이야……에라 이년……"

후닥딱……하며 마누라의 몸은 뜰 가운데가 큰 대자로 엎드러졌다.

"이년이 돈 오 전도 없다고 사람의 속을 이렇게 썩인단 말이지. 에이 네 이년."

연달아 박차고 밟고 두들기고 하다가 나중에는 기운이 빠졌는지 방안으로 뛰어들어가다 떨어져 가는 노란 장롱문을 뚝 잡아떼고 그 안에 든 의복을 되는 대로 방안에 펼쳐 놓으며 그중에 한 가지를 골라잡고 밖으로 뛰어나와 아직껏 뜰 가운데에 자빠진 마누라를 보자, 손에 쥔 의복으로 두서너 번 갈기고는 그대로 횡 사라져 버렸다.

마누라는 죽은 사람같이 쭉 뻗고 누웠다가 이윽고 간신히 일어나 앉았다.

"도적놈."

그는 단 한 마디로 입안에서만 중얼거리며 일어나려 몇 번이나 애를 쓰다가 그대로 슬슬 기어 방으로 들어가,

"어—아이."

하며 길게 한바탕 한숨을 쉬고 방안에 흩어져 있는 옷가지를 주섬주섬 한데 뭉쳐 농 안에 밀어 넣고 떨어진 농 문짝을 집어 농문을 닫으려다가 그대로 방 한옆에 밀어 놓았다.

"암만 생각하여도 할 수 없구나."

마누라는 천천히 걸어서 김문서(金文瑞)의 농장(農場)으로 일거리를 찾으러 갔다. 벌써 그 먼 옛날의 꿈으로 사라지고 만 그 행복스럽던 기억이 하나 둘 머리에 떠오르며 남편에게 얻어맞아 시퍼렇게 멍이 든 두 뺨이 화끈화끈하여졌다.

"사람의 팔자라는 건 정말 무섭다, 내가 왜 그때 그랬을까……아이구."

그는 자기 몸뚱이를 물어뜯고 싶을 만큼 안타까웠다.

"다—이년의 잘못이다."

"그때, 그이는 그렇게도 애를 썼는데 이 못된 년이 무슨 개지랄병이 덮쳐서 달아났던고……"

"아이고, 오오……"

길 가는 사람이 웃을 만치 그는 혼자 중얼거리며 섰다가 걸어가다가 하며 발끝을 망설이고 있었다.

그는 올해 스물아홉 살이었다. 벌써 네 번째 임신을 하여 배는 바가지를 찬 듯이 불쑥 내밀었다. 첫째와 둘째는 사십 구일 만에 죽고 말았다. 그 죽은 것도 남편인 최가가 때려죽인 것이나 다름이 없었고 셋째는 뱃속에 든 채 최가의 발길에 채여 죽어 나왔었다. 이번 넷째는 웬일인지 아무리 맞고 차이고 밟히고 하여도 그대로 펄떡펄떡 뛰며,

"엄마, 나는 기어이 살아 나가겠어요. 내가 나가면 엄마의 원수를 갚아 줄게."

라고나 말하듯이 좀처럼 낙태가 되지 않았다. 그러나 그가 김문서의 농장에 일하러 가지 않고는 위선 당장에 목숨 보존을 해 나갈 수가 없다고 생각이 든 뒤부터는

"이년아, 너는 전생이 죄가 너무 많아서 나를 배었는 것이다. 내가 나가면 아버지보다 더 골탕을 먹이겠다."

라고 하듯이 자기 창자를 휘어잡고 떨어지지 않는 것 같이도 생각이 들었다.

"에이구, 이 원수 놈의 씨(種)야……도대체 이번에는 왜 낙태도 되지 않고 남의 속에 들어 앉아 나를 괴롭게 구노 이렇게 배가 불러서 어떻게 그이를 대할고……"

그는 눈앞에 그 옛날의 김문서를 그려보며 이렇게 중얼거렸다.

그가 열일곱 살 때이었다. 그때 마침 한 동네에서 자란 김문서가 상처를 하고 난 지 얼마 되지 않았다. 문서는 동네 앞 샘터에 물 길러 간 그의 허리를 끌어안으며,

"옥남아, 너 내게 시집오지 않겠니?"

하고 달려들던 김문서였다.

"아이구머니, 놓아요."

소리를 빽 지르며 물동이도 집어던지고 그대로 달아나던 그이였었다.

"이 계집애야, 네만 허락하면 그날부터 너는 조선에 둘도 없는 호강을 할 것인데, 애야, 내가 정말 싫으냐?"

김문서는 간절히 그에게 사랑을 요구하였으나,

"아이구, 더러워라. 누가 상처한 남자에게 시집갈까."

하고 한없이 달아난 그이였으며 자기 부모도 같은 값이면 첫 장가오는 총각에게 자기 딸을 내어주려고 곧이듣지 않는 까닭에 근 이 년이나 끌다가 하는 수 없이 김문서는 다른 곳으로 장가를 가게 되고 그는 지금 최가에게 시집을 왔던 것이다.

얌전한 총각이요, 자기 집도 굶지는 않으며 더구나 동경까지 갔다 온 사람이고 좋다고 시집간 것이 불과 일 년도 못되어 최가는 갈보 궁둥이에만 따라다니며 술이나 먹고 노름이나 하는 알부랑자가 되더니 그의 부모가 죽고 난 후는 집 안에 있는 먼지까지도 들고 나가 팔아먹지 않으면 못 사는 인종지말이요, 잔인하고 무도한 비인간이 되고 말았다.

그와 반대로 김문서는 어떻게 된 셈인지 살림이 쥐새끼 일 듯 자꾸 불어서 지금은 동리 앞에다 큰 농장을 경영하며 봄철에서 가을까지는 매일 남녀 일꾼을 이삼십 명씩이나 부리게까지 되었다.

그러나 최가의 아내인 그는 아무리 굶주렸어도 이 농장에는 일하러 갈 생각이 없었다. 아니 생각은 간절하여도,

"아이구, 더러워. 상처한 남자에게 누가 시집가."
하고 뿌리치던 그때가 생각이 나서 차마 거지같이,
"나를 좀 써 주세요."
하고 들어갈 수가 없었던 것이었다.

그러나 오늘은 하는 수 없이 나섰다. 당삭이 되었으니 해산이 오늘 내일로 임박하였는데 남편은 집안에 단 하나 남은 솥을 들고 나간 지 사흘이 되어도 소식이 없고 입에 넣을 것이라고는 찬물밖에 없었다. 가만히 앉아서 굶주리고만 있을 수는 없게 된 사정이라 죽을 용기를 다하여 집을 나선 것이다.

그는 농장 앞까지 갔다. 철망 저편 농장 안에서는 여러 사람들이 일을 하고 있었다. 그는 우뚝 서서 바라보다가 가만히 그중의 한 사람을 불렀다.

"여보소, 덕동댁이."

"누구야? 아―옥계댁이요. 왜 불렀는가요?"
하고 불리운 여편네가 그를 바라보았다.

"좀 할말이 있어……."

그는 어물어물하며 조금 나와 달라는 듯이 말끝을 흐리어 버렸다.

"아이구, 지금 일을 하는데…… 주인이 보면 야단을 하니까 할말이 있거든 당신이 이리 와서 하소."
하고 덕동댁이란 여편네는 다시 허리를 굽혀 일을 시작하고 있었다.

그는 공연히 입을 삐죽하며 앞뒤를 휘이 한번 둘러본 후 허리를 조금 굽혀 부른 배를 감추듯이 하며 한 손으로 멍든 뺨을 가리고 농장 안으로 달음질하듯이 급히 들어갔다.
다행히 주인인 김문서의 얼굴은 보이지 않았으므로 얼른 덕동댁이 엎드려 있는 고랑으로 갔다.
"무슨 말인가요?"
하고 덕동댁은 고개를 돌렸다.
"아이고, 하는 수 없어 일 좀 할려고 왔는데 내가 할 일이 있을까요? 주인에게 말 좀 해주소"
그는 말이 잘 나오지 않아 와들와들 떨며 겨우 자기 뜻을 말했다.
"아—그 말 뿐인가요? 그렇지만 지금은 안돼요. 일을 시작하는 시간이 넘었는데 내일 다시 오도록 하오. 내가 말해 줄 테니."
덕동댁의 이러한 말에 그는 *금시에 눈물이 뚝 떨어질 것 같았다.
'설마 그이가 봤으면 좀 늦게 온 것쯤이야 어떨라고'
하는 생각이 들자 덕동댁에게 부탁하는 자기가 가소롭기도 하여 그대로 돌아서며
"주인은 어디 있는가요?"
하고 물었다.
"저기 배추밭에 엎드려 있는 게 주인인가 싶어요."
하고 덕동댁은 농장 서편을 가리켰다.
그는 달음질을 하여 그 자리로 갔다. 사람의 기척이 나자 배추벌레를 잡는 여편네들을 감독하고 섰던 사나이가 고개를 돌렸다. 그는

틀림없는 김문서였다. 넓적한 얼굴, 뚱뚱한 몸집, 찢어진 입, 그때나 틀림없는 김문서였다.

무턱대고 가깝게 다가선 그의 가슴은 쿵덕하며 내려앉는 것 같더니 갑자기 전신이 떨리며 가슴이 시끄럽게 벌떡거렸다. 말문이 탁 막히고 두 귀가 왱하며 정신이 재르르하여 그대로 선 채 두 눈만 멍하게 뜨고 있었다.

"어째서 왔소?"

김문서는 이상하다는 듯이 바라보며 물었다.

"일하러 왔는가?"

발골에 엎드렸던 한 여편네가 벌떡 일어서며 그를 바라보았다.

"네."

그는 간신히 대답을 하고 그쪽을 바라보았다.

"아이구, 그 마누라 배를 보니 일하겠소"

여편네는 문서를 돌아보며 빙긋 웃었다.

'아―저 사람이 이 사람의 마누라로구나. 그때 내만 허락했더면 나도 저렇게 복스럽게 되었을걸.'

하는 생각이 나며 그 자리에 더 섰기가 괴로웠다.

"좀 늦게 오기는 했지만 일이 바쁘니 여기서 배추벌레를 잡소. 늦게 온 대신 일이나 많이 해."

하고 김문서는 그를 그 예전의 어여쁘던 시악씨 옥남인 줄을 알았음인지 몰랐음인지 싱긋이 웃으며 돌아서서 저쪽으로 가 버렸다.

"아이구, 배를 보니 일도 많이 할 것 같지 않은데!"

문서의 마누라는 눈을 험상스럽게 치떠 남편의 뒤를 바라보더니 그냥 잠잠하며 자기도 남편의 뒤를 따라갔다.

그는 멍하니 서서 문서의 뒷모양을 한참 바라보다가 고개를 축 늘이고 밭고랑에 가 앉았다.

"아이고, 옥계댁이 웬일인가요?"

일하던 여인부들은 모두 그와 한동리에 사는 터이라 서로 인사를 하며 이런 농장에 일하러 온 그가 이상하다는 듯이 물었다.

"일하러 왔지요."

그는 고개를 내려뜨린 채 간신히 대답하였다.

그날 아침에 냉이나물 한 죽을 소금에 찍어 먹고 왔을 뿐인 그는 해가 점심때 가까이 되자 등줄이 당기며 두 눈은 목구멍으로 삼키려는 듯이 들어가고 배껍질은 배가 고프면서도 찢어질 듯이 따가웠다. 이마에 진땀을 흘리며 그래도 열심히 일을 계속 하였다.

점심시간이 되자 다른 일꾼은 제각기 밥 꾸러미를 들고 밭 이곳저곳에 둘러앉아 먹기 시작하였으나, 그는 가지고 온 것이 없어 슬그머니 밭 깊은 고랑에 가 숨어 앉아 남들이 밥을 먹기를 기다렸다.

"아이구, 이를 어째……"

그는 조금 전부터 자기의 몸에 이상이 있음을 느끼기는 했으나, 일을 중도에서 그만 두고 갈 수가 없어 참으랴 참을 수 없는 일이었으나 그래도 억지로 참고 있었던 것이었다.

만일 일을 그대로 두고 돌아가면 어떻게 해산을 할까, 벌써 세 끼니를 나물로만 채운 속인데 해산 후에도 입에 넣을 것이 없으면 어떻게 하나, 그리고 또 김문서가 고맙게도 일자리를 주었는데……하는 것을 생각할 때 그 자리를 떠날 수가 없었던 것이었다.

점심시간인 한 시간 반을 그는 고랑에 끼어 앉아 머리를 높은 고랑 위에 얹고 각각으로 밀려오는 고통을 진정하려고 이를 악물고 손을 갈고리 모양으로 오그려 흙을 박박 그러쥐었다.

"아이구, 암만해도 안되겠구나."

그는 허리가 척 무너지는 듯한 아픔이 자꾸자꾸 더하여지자 벌떡 일어섰다. 지금 당장에 입에 무엇이든지 넣어 주지 않으면 깜박 자지러질 것 같음을 느꼈던 것이었다. 희미한 그의 눈에 아직 채 굵지 않은 봄 무가고랑을 지어 있는 것이 눈에 띄자 번개같이 달려가 한 개를 뽑았다.

이리저리 흙을 닦고 나서 복판을 툭 잘라 입에 대며 다시 고랑으로 들어가 앉으려고 하였다.

"아이구, 저기 무를 뽑는 게 누구야?"

누구인지 소리를 질렀다. 그러나 그는 무를 빼앗으러 오기 전에 삽시간에 목구멍으로 씹지도 못하고 삼켰다. 무 꽁지, 무 잎사귀 하나도 남기지 않고 다 씹어 삼켰다.

"무를 뽑아 먹었지?"

하는 소리가 들릴 때는,

"으아—"
하고 빨간 새 생명 하나가 이 세상 속에 쑥 나오는 순간이었다.
어린 새 생명은 배추 고랑에 엎드러진 그의 속옷 가랑이에 끼인 채 연달아 울고 있었다.
밭 가운데서 어린애를 더구나 사내를 해산했으니 그 밭 임자에게 무한한 복이 올 징조라 하여 김문서의 마누라는 친히 산모를 일으키고 태를 끊어서 아기는 자기 치마에 움켜 싸았다. 쌀 한 되, 미역 한 묶음, 명태 다섯 마리를 사가지고 일꾼에게 산모와 아기를 업히여 그들의 집으로 돌려 보내주었다.
그는 희미하나마 모든 경과를 알아차릴 수가 있었다.
봄이라고는 하지마는 *냉돌에 그냥 드러눕기에는 전신이 떨렸으나 하는 수 없이 아기를 가슴에 안은 채 혼미한 잠 속에 빠져 버렸다.
이제는 쌀이 있고 미역이 있으나 그것을 익혀 낼 솥이 없었다. 이것을 안 문서의 마누라는 냄비 하나와 나무 한 짐까지 지워 하인을 보내 밥과 국을 끓여 먹이게 하였다.
"아이구, 고마워라."
그는 밥과 국을 받아 놓고 겨우 이 한 마디를 하고는 목이 메이고 말았다.
한 이레 동안은 김문서집 덕으로 무사히 지냈다. 그러나 어느 때까지 이러한 행복이나마 계속되지 못했다. 해산한 지 여드레 만에 그의 남편인 최가가 비틀거리며 문을 박차고 들어왔다.

"이년, 또 아이새끼는 왜 내질러 놓고, 당장에 뒤여지지 않고."
하며 덜석 주저앉았다.

"이년, 그래 소문을 들으니 김문서란 놈이 쌀을 보냈다더구나. 어디 나도 배고파 죽겠다. 밥 좀 지어내라."
하고 주먹으로 방바닥을 내려쳤다.

그는 와락 겁이 나며 애기를 벽 쪽으로 누이고 자기가 남편 앉은 쪽으로 누우려고 일어나 앉아 자리를 바꾸려고 하였다.

"이년, 왜 밥 지으라는데 또 자빠져 누워?"
하며 헝클어진 그의 머리채를 잡아 젖히며 *일변은 한 발로 애기를 걷어차며,

"이것이 다 뭐냐."
하고 소리를 질렀다.

"아이구, 맙소, 곧 밥을 짓겠으니, 네에 곧 밥을 가져오겠어요."

"이년, 이년, 아무리 이년, 남편이 못됐기로니 오래간만에 들어오는 것을 보고 제 배때기만 부르면 그만인가 빈드럿이 드러누워……"

"네에 곧 밥을 가져오겠어요. 네에 곧 밥을 가져올 테니."

그는 일어섰다. 그러나 그대로 나갈 수는 없었다. 애기를 치마에 싸안고 난 후 방을 나섰다. 떨리는 다리로 부엌에 내려가 냄비 뚜껑을 열고 보니 아침에 문서의 집 하인이 지어 두고 간 밥 한 그릇과 국이 있었다. 그것을 하나씩 방안으로 옮기고 난 후 자기도 들어가 앉았다.

"이년, 이것뿐이야?"

하며 단번에 밥과 국을 휩쓸어 삼켜 버렸다. 그는 차마 그 밥과 국을 먹는 양을 바라볼 수가 없었다. 그의 산후에 오는 맹렬한 식욕은 혓바닥이 뚫어질 듯이 침이 삼켜지는 까닭이었다. 그는 눈을 돌려 애기에게 젖꼭지를 물리려 했다. 그러나 애기는 젖꼭지를 물지 않았다. 조그마한 입에서 뽀얀 젖을 뽈쪽 내놓으며 두 눈은 연달아 뒤꼭지 쪽으로 넘어가고 있었다.

"아이구―"

그는 알았다. 이미 첫째와 둘째가 죽을 때 모양이 지금 애기의 모양에 복사(複寫)되었던 것이다.

"이년이, 소리는 왜 질러?"

하며 남편은 벌떡 일어서며 얼빠진 그의 뺨을 후려갈겼다.

"이년, 벌써 죽은 지가 오래다."

하며 휭 밖으로 나가버렸다.

얼마 전에 자기 머리채를 잡고 애기를 찰 때 애기는 그 몹쓸 발길에 채여 죽었고나 하는 것을 비로소 알았다.

그러나 그는 아무것도 몰랐다. 단 한 가지 알고 있는 것은 *호미를 들고 가서 공동묘지에 애기를 묻을 것과 동네 구장에게 가서 죽었다는 말을 하는 것뿐이었다.

*

    그날은 이 동리 ×××를 신축하므로 *상량식(上梁式)을 하는 날이었다.

    이날 음식을 장만하는데 그도 불리워갔다.

    "자―모다 내 말을 듣소 성동댁, 영동댁, 성남댁은 고기를 장만하고 명동댁, 매꼴댁, 옥계댁은 *남새를 장만하소 그런데 누구든지 장만할 때 간을 맞추느라고 맛을 보든지 남모르게 집어 먹든지 하면 당장에 큰일이 날 터이니 미리 그렇게 알고 각별히 주의를 해야 되오."

하고 구장인 김영감이 단단히 부탁을 하였다.

    "네에."

하고 모두 음식을 장만하기 시작하였다.

    "이년."

하는 소리가 어디서인지 우레같이 일어나자 그는 깜박 잊고 나물 국물을 뜬 숟갈을 입술까지 가져가다 말고 돌아다 보았다.

    "아이구, 나으리님, 먹은 것이 아니올시다. 잠깐 맛을 보려고 하였으나 입에는 넣지 않았어요."

하고 그는 본능적으로 몸을 피하려 하였다. 그러나 때는 늦었다.

    "이년."

    "요망스런 년."

하는 소리가 나며

"제(祭)에 쓸 음식이라고 맛을 보지 말라고 그랬는데도 불구하고 이년이 맛을 본단 말이야."

후닥딱 몇 사람의 손길이 그의 뺨으로 어깨로 가슴으로 내려 덮쳤다.

"아이쿠, 아야. 나으리님, 나으리님."

"이년."

"*꼬라!"

왁자지껄하던 소리가 이윽고 끊어지자 그는 가마 옆에 쓰러졌다.

"아이구, 무서워라."

"글쎄, 그저께 최서방이 들어와 김문서 집에서 가져온 밥과 국을 다 먹고 부엌에 들어가 남은 쌀을 가지고 나간 채 들어오지 않아서 오늘까지 사흘째 굶었는가봐요."

"글쎄 내가 그런 줄 알고 여기로 데리고 왔는 거 아니요. 돈벌이는 못하더라도 제사인가 상량식인가가 끝나면 좀 배부르게 얻어먹기나 할까 했더니……"

같이 일하던 여편네들은 눈물을 흘리며 서로 요란스럽게 떠들 뿐으로 누구 하나 그를 위하여 변명하러 나서는 사람이 없었다.

"제(祭)에 쓸 음식에 입을 댄 까닭에 지신(地神)과 목신(木神)에게 벌을 받아……"

라고 하였다.

(『비판』, 1936. 7)

턱부자

하나 남은 그의 어머니마저 돌아가시자 그대로 먹고 살만하던 살림이 구멍 뚫린 독 속에 부은 물같이 술술 어느 구멍을 막아야 될지 분별할 틈도 없이 모조리 빠져 달아나기 시작한 때부터이다. 어찌된 판인지 경춘(敬春)이란 뚜렷한 본이름이 있으면서도 '턱부자'라는 별명이 붙기 시작한 것이다.

이왕 별명을 가질 바에는 '꼴초동이', '생며루치', '뺑보'라는 등 그리 아름답지 못하고 빈상(貧相)인 별명보다도 귀에도 거슬리지 않게 들리고 점잖게 그 위에 복스러운 부자라는 두 자까지 붙어 '턱부자'라고 별명을 가진 편이 그리 해롭진 않을 것이지만 웬일인지 불리우는 그 자체인 경춘은 몹시 듣기 싫어했다.

동네에서 그래도 학교나 다니는 젊은 아이들도 '턱부자'라면 성을 내는 경춘의 성미를 아는 터이라 저들끼리 암호를 가지고 불렀다.

　돈많은 사람은 가네모찌[金待], 온갖 것을 다—많이 가진 사람은 모노모찌[物待]라고 하니까 경춘이는 아무것도 가진 것이 없고 유별나게 턱만 아주 길죽하게 가진 고로 아고모찌[顎待]라 하자……고 의논이 된 뒤부터는 경춘이 앞에서도 맘 놓고

　"아고모찌 아고모찌."

하고 찌글찌글 웃었다. 어떤 때는 멋모르는 경춘이도 남들 웃는 꼴이 우스워 같이 웃기도 하였다. 그러면 다른 사람들은 더 죽겠다고 구르며 웃어댔다.

　"이 사람이 모찌(떡)장사 좀 해 보지."

　"모찌장사?"

　"그래, 요새는 아고모찌라는 게 생겼는데 잘 팔린단다."

　"아고모찌가 뭐고"

　"허허 아고모찌를 몰라? 맨들맨들하고 속에 하얀 뼈다귀가 든 외떡이지?"

　"이—0"

　남들은 우스워 죽겠다는데 경춘이 혼자는 고개를 끄덕하였다.

　훌쩍 벗겨진 이마 위에 파리가 앉으면 "파리 낙상하겠구나" 하는 것은 흔히 보는 바라 그리 웃을 것이 없지만 경춘의 턱에 파리가 딱 붙게 되는 날이면

　"야—빵에 파리 앉는다. 쉴라."

하고 짓궂게 굴면 경춘이도 영문 모르고 웃는 꼴이야 흔한 것이 아닌 만큼 우스워 허리가 부러질 판이다.

아고모찌도 경춘이가 눈치챌까봐 또 한 번 넘겨서 '아고'는 떼어버리고 모찌만을 서양말로 번역하여 '빵'이라고도 하였다. 이 빵이 또 한 번 번역되어 떡이라고도 하였다. 그러므로 경춘이는 자기 앞에서는 모찌라는 둥 빵이라는 둥 떡이라는 둥 이야기만 하는 고로

"이 사람들은 밤낮 떡 말만 하네."

하고 넌지시 핀잔도 주는 때가 있다.

그러나 경춘이도 바보가 아닌 사람이라 어렴풋이 *제육감(第六感)이 그것이 모두 자기의 별명인 줄 깨달았다. 경춘이는 턱부자가 아고모찌가 되고 아고모찌가 빵이 되고 빵이 떡으로 변화된 줄은 모르고

"옳지, 떡, 턱자를 되게 붙여서 떡이라는게로구나. 떡의 서양말로 빵, 빵은 일본말로 모찌, 음…… 죽일 놈들."

경춘이는 다른 사람들과는 반대로 번역해 들어갔다.

그는 떨며 분해했다. 자기 집이 잘 살 때는 아무도 이 턱을 보고 턱부자라 않던 것이 살림이 줄고 궁색해진 뒤로 경춘이라면 몰라도 턱부자라면 더 잘 알게 된 터라 그까짓 별명 듣는 것이 분한 것은 아니다. 날 때부터 긴 턱을 가지고 나온 터라 턱이 길다고 한 것이 분할 건 없지만 한 가지 경춘의 가슴에 형용할 수 없는 분노가 타고 있었다.

'이름자에 부자가 붙더니 살림이 가난한 것이다. 어느 놈이 날 못

살라고 이름에 부자를 붙였나. 그놈은 내 살림을 저주하는 놈일 게다.'
하고 생각하므로 '턱부자'라고 한 번씩 불리우면 그만큼 자기가 부자될 복이 감해진다고 생각하였다. 그러나 남들이 턱부자라고 부르는 것은 이런 죄 많은 생각으로서가 아니었다.

살림이 줄고부터 *신병으로 몸이 자꾸 수척해지니 원래 유별나게 길죽한 턱이 두 볼이 말라붙은 까닭에 더욱 길게 뵈는고로 턱보라고 부르던 것이 어느 새 턱부자로 변하고 말았지만 경춘이는 그렇게 생각지 않았다.

끼니를 굶고 있는 날이면 턱부자라는 별명이 더욱 그의 분통을 찔러주는 것이었으므로 누구든 턱부자라 하면 당장 때려죽이고 싶었다.

"제길, 이놈의 턱이 내 살림을 다 잡아먹은 거야. 이놈의 턱이 자꾸 길어지니까 살림이 자꾸 없어지지."

없어진 살림이 모두 그 턱 속에 들어 있는 것 같이 쥐어짜듯 도로 내놓게나 할듯 사정없이 자기 턱을 꼬집고 할퀴고 하는 것이다.

"아이구, 그러지 마소 턱이 무슨 죄가 있는기요. 턱이 크면 늦복이 많다구마."

경춘의 얌전한 마누라는 진정으로 자기 남편을 위로하였다.

"흐응."

경춘이도 마누라에게는 둘도 없는 유순한 남편인 터라 한숨인지 웃음인지 모르는 큰 숨을 내쉬며 뒤로 벌렁 드러누웠다.

'아내의 말과 같이 늙어서 이 턱의 덕을 볼런지 알 수 있나. 세상 만물이 다 한 번 먹으면 한 번은 내놓는 법이라 턱 속에 들어간 복도 설마 나올 때가 있겠지.'

그는 어떻든 턱과 자기 살림을 함께 붙여 생각하였다.

*

"후유우."

뒷산을 올라가며 경춘은 가쁜 숨을 내쉬었다. 그리 높지 않은 산이건만 오늘은 유별나게 두 팔과 다리가 휘청거렸으므로 하는 수 없이 산등성에 가 지게를 내려놓고 비스듬히 지게에 기대 앉아 꽁무니에 찬 곰방대와 쌈지를 끌렀다. 쌈지에는 작년 가을에 뜯어 말린 약쑥 잎사귀가 담배 대신 서너 꼭지될 만큼 들어 있었다. 그는 세 손가락으로 한 꽁지 될 만큼 쑥을 꺼내 손바닥 위에 놓고 엄지손에 침을 묻혀 약쑥을 뭉친 후 대꼭지에 단단히 눌러 넣었다.

오른편 산기슭에서 시작된 동네는 둥근 조그만 토막집들이 한데 섞여 있고 동네에 잇단 먼—건너편 산 밑까지 시원스럽게 펼쳐 있는 들판은 군데군데 보리 모종이 푸르러 있었다.

그는 성냥 찾던 손을 멈추고 온 가슴 속에 사무친 원한을 한꺼번에

"흐어! 허."

하고 내뿜었다.

"들판이야 넓다만 내 땅이라곤 바늘 한 개 꽂을 곳이 없구나."

그는 깊이 탄식하며 담배에 불을 붙여 물었다. 시큼한 약쑥 연기가 입 안에 빨려 올라가자 그는 향긋한 담배가 무척 생각났다.

그는 올해 서른두 살이요, 그는 아내는 스물여섯이나 아직 자식이라곤 없었다. 원래 못 낳은 것이 아니라 셋이나 낳긴 했지만 모두 두세 살도 채 못 되어 죽어버렸던 것이다. 단 두 식구뿐이지만 제 것이라고는 아무것도 가진 것이 없는 터라 농사로만 생업을 사는 이 농촌에서는 품팔이할 곳도 농사할 뿐이었으므로 거러지 된 지도 오래요, 끼니 굶기도 부자 *이밥 먹듯 하였다.

오늘 이 산에 올라온 것도 그 아내가 다리와 허리가 저리고 아프다는 고로 솔잎사귀를 따다 찜질을 해 주려는 것이었다. 그러나 산지기에게 들키면 한참 승강이를 해야 될 것이니 차라리 산지기 영감에게 먼지 청을 해보리라고 생각하였다.

다 탄 담뱃대를 지게 목발에 툭툭 털고 일어서려 했으나 좀처럼 궁둥이가 떨어지지 않았다. 그때 산꼭대기에서 내려오던 산지기 영감이 경춘이를 내려다보며 벙글벙글 웃으며 내려왔다.

"턱부자 자네 오늘 산에 웬일인가."

산지기는 웬일인지 다정스럽게 말을 건넸다.

'제기랄 지 대가리는 왜 저렇게 벗겨졌노 남의 턱만 눈에 보이나?'

그는 대답도 않고 속으로 중얼거렸다.

"자넨 올해 농사 좀 했나?"

산지기는 저 혼자 벙글거리며 경춘 옆에 와 "어이쿠" 하고 내려앉았다.

"농사는 무슨 농사."

퉁명스레 대답을 하며 못마땅한 듯 고개를 외로 돌이켰다.

"이놈의 첨지 나보고 턱부자라 했겠다. 오늘 온 산의 솔잎은 모조리 훑어 갈까보다. 네까짓놈에게 청을 해? 어디 보자."

경춘은 몹시 속이 상해 산지기에게 청을 한 후 따가려던 솔잎을 가만히 얼마든지 훔쳐가리라고 혼자 중얼거렸다.

"허어참 이놈의 세상 참 기가 막혀."

첨지는 여전히 말을 꺼냈다.

"왜요, 이놈의 세상이 어떻길래!"

경춘이는 눈을 흘리듯 산지기를 바라보았다. 첨지는 창피하다는 듯 하얗게 깎인 머리통을 슬슬 쓰다듬으며

"어어참 봉변이었어."

산지기의 얼굴은 조금 흐릿해지며 경춘이를 바라보았다.

"아, 늙어가며 이런 꼴이 어데 있나. 그저께 장에 갔더니 상투를 넙럼 베었단 말야. 그저 다짜고짜 달려들어 덤비니 강약이 부동이라 하는 수 있나. 분한 말이야 다……"

경춘이는 본래부터 이첨지를 미워하는 터가 아니었고 다만 이제 '턱부자'라고 불리운 것만이 분하였던 고로 첨지의 말을 듣고 있는 동안 어느 새 불쾌하던 생각은 사라지고 없었다.

"깎으면 시원하죠, 잘됐네요."

"허, 그럴 수 있는가. 육십이 넘도록 지닌 것을 남의 손에 봉변을

했으니 목을 베인 것이나 다를 게 있나."

"아따, 영감. 그따위 호랑이 담배 피던 때 소리 마소. 지금이야 나라 임금도 머리를 깎는데 무슨 상관인가요. 육십 년 아니라 육만 년 지니고 있던 것이라도 좋지 못한 것은 없애버리는 것이 옳지요."

"어—그 사람 말도 않고 상투를 다 벤 후 난 손해가 많네. 바로 상투를 벤 날 밤에 보리 한 섬 도둑맞고 머리 깎은 후로 늘 몸이 시원치 못하고 골치가 띵하는 거야. 아무래도 내가 죽을려나봐."

"어어 그래요?"

경춘이는 깜짝 놀라며 고개를 저었다.

'자긴 턱부자라는 팔자에 과한 부자 자가 이름이 된 후 가난이 심해가고 산지기 첨지는 상투를 벤 까닭에 도둑맞고 몸도 성치 못하고……' 하는 생각이 문득 번개처럼 머릿속에 번득하자,

"암만 개화한 세상이라 해도 예전부터 내려온 귀신은 그대로 있는 거라오."

경춘이는 한탄하듯 자기의 긴 턱을 슬금슬금 만졌다.

"흥 있다말고. 난 이마가 좀 넓은 까닭에 머리가 있으면 좋다고 점쟁이가 그런 것을…… 깎고 보니 당장 화가 미친단 말야……."

"그럴 거요. 나도 저……."

경춘이도 자기가 '턱부자'라고 불리게 되자 가난해졌다는 이야기를 하려다 갑자기 입을 다물고 말았다. 너무 근거 없고 엉터리 같은 생각이 든 까닭이다.

"아이쿠, 난 내려가네. 자넨 어디 가는가."

첨지는 궁둥이를 툴툴 털며 일어섰다.

"네에 잘 내려가쇼. 그런데 청이 하나 있습니다."

경춘이는 아무래도 허락을 받는 것이 옳다고 생각되므로,

"솔잎사귀 좀 따게 해주소"

하고 덩달아 일어섰다. 첨지는 눈을 동그랗게 뜨며

"솔잎사귀? 뭣하려나."

"아내가 다리를 앓는데 찜질해 주렵니다."

"음, 자네 아내가 또 다리를 앓나, 어디 솔잎이 무슨 약효가 있어야지."

"아닙니다. 산꼭대기에 선 만리풍신 솔잎을 따서 찜질을 하면 좋답니다."

경춘이는 말을 미처 마치지 못하고 몹시 기침을 하였다. 첨지는 얼굴을 찌푸리며 조금 생각하더니

"나무는 상하지 말고 좀 따 가게나."

하고는 슬그머니 가버렸다.

"그놈의 첨지, 과연 이마빡은 매우 벗겨졌다. 저놈의 첨지는 턱이 짧으니 늦고생을 하는 게지. 내 턱이 이렇게 길지 말고 저 첨지의 이마가 저렇게 넓지 말고 했으면 피차 오죽 좋겠나."

경춘이는 산꼭대기로 올라가며 이렇게 중얼거렸다. 이마는 넓고 턱은 짧은 첨지, 이마는 좁고 턱은 긴 경춘, 그는 될 수만 있으면 둘

을 한데 섞어 다시 알맞게 갈라 가지고 싶었다.

"턱은 길더라도 나는 오래 살지 못할 것이니 관계없단 말야. 그렇지만 이왕 이렇게 타고 났으니 하는 수 있나. 이 턱의 덕을 볼 때까지 살아야지."

그는 혼자 혀를 차며 솔잎을 땄다.

경춘의 집은 폐병으로 망한 것이었다. 그의 부모, 형제, 자식 모두 기침하고 피를 토하며 얼굴이 종잇장같이 하얗게 되어 죽었다. 그런 까닭인지 경춘이마저 요즘은 몹시 여위고 기침이 심했다. 비록 못 먹고 고생은 하더라도 젊은 사람치고는 너무 헬쓱하고 뼈만 남은 경춘이었으므로 동리 사람은

"턱부자도 얼마 남지 않았을걸."
하고 그의 명줄을 예언하였다.

그 아내도 작년 가을부터는 마른기침을 시작한 것이 이젠 경춘보다 오히려 더 자주 토해냈다. 경춘이는 어떻게 하더라도 아내의 병만은 고쳐주고 싶었다.

자기는 이미 부모에게서 타고난 병이지만 그 아내는 시집 온 후 오늘까지 갖은 고생만 하고 병까지 옮았으니 생각하면 할수록 뼈가 아프게 가엾다.

산에서 따온 솔잎을 쪄가지고 방안에 *거적을 편 후 몸을 움직이지 못하는 아내를 누인 후 솔잎으로 찜질을 했다. 이 봄부터 걸음을 잘 못 걷던 마누라는 약 한첩 먹어 보지 못하고 오늘 이 찜질이 약

치료하는 처음이다.

　지난봄에는 보리가 *소두 한 말에 삼십 팔 전이던 것이 지금은 칠십 오 전이니 햇보리 날 때까지 그들은 밥 구경은 단념하고 있었다.

　몸이 점점 마르고 기침만 자꾸 하는 경춘의 근본을 잘 아는 동네에서는 *공일이라도 시키려는 사람이 없었다. 지난 가을에 말려 두었던 콩 잎사귀만으로 연명해 나가야 되는 터였다.

　경춘이는 하다못해 그곳서 오 리 밖의 방천공사(防川工事)하는 데로 일거리를 찾아갔다.

　한 *구루마 가득 흙을 파면 육 전씩을 받는 것인데 쉽사리 경춘이도 일을 맡아 흙을 파게 되었다.

　"하루 열 구루마는 할 수 있겠지."

　그는 이렇게 속셈을 해 보았다. 그러나 한 구루마를 하고 난 후 두 구루마 째 밀고 가다 컥하고 각혈을 하였다. 누가 볼까 겁이 나서 얼른 입술을 닦고 잠깐 쉬려고 펼치고 앉았다. 하늘이 노랗게 빙빙 돌며 땅덩이가 조리질하는 것 같았다. 그러나 그는 정신을 바짝 차리고 구루마를 밀려 했다. 두 팔은 녹은 엿 같이 맥없이 풀어지며 두 귀를 잡고 내흔드는 것 같이 두 눈이 휭그렸다. 그는 다시 정신을 차리려고 신을 고치는 척하고 덕컥 주저앉았다.

　"여보! 당신 이름 뭐요. 일패 봅시다."

　경춘의 혼미한 정신은 무슨 뜨거운 불덩이로 얻어맞은 것 같이 깜짝 놀라며 가슴이 섬뜩하였다.

"여보 일패 내놓소."

아물아물 까무러질 듯한 경춘의 눈동자에 일꾼 패장이 버티고 선 것이 비쳤다.

"네!"

그는 꽁무니에 찼던 일패를 내보였다.

"당신 어데 사요."

"네에 저기 윤농이라는 데 삽니다."

"당신 그래서 일하겠소, 보아하니 몸이 많이 편찮은 것 같은데."

패장의 말소리는 부드럽지 못했다.

'아아 일자리를 뺏으려는구나, 이것도 못해 먹으면 어찌 될고' 하는 생각이 번쩍 들자 경춘의 정신은 찬물같이 번쩍 들어왔다.

"아니올시다, 어젯밤에 좀 늦게 잤더니 어떻게 괴로운지, 내일은 좀 기운 있게 하지요, 일찍 좀 자고 나면야."

경춘이는 이렇게 변명같이 말을 하나 무슨 말을 하고 있는지 자기도 인식할 여유 없이 입술이 떨렸다.

"성명이 누구라 하오?"

"네에 김경춘이라 합니다."

"김경춘이라는가요, 네에 이 사람은 이명수요, 인사하고 지냅시다."

의외로 패장의 말소리가 점점 부드러워졌다. 그러나 경춘은 안심이 되지 않았다. 세상이란 것은 처음 시작과 같이 간단하고 쉽고 좋은 것만이 아닌 것을 얼마만큼 알고 있는 터이라 한결같이 가슴은 두근거렸다.

'나를 내쫓으려고 일부로 친절하게 하는 거지.'

그는 이렇게 겁도 났다. 어떻게든 닷새 동안만 일을 하면 품삯이 삼 원이니까 그것으로 아내에게 밥 구경도 시키고 북천동에 있는 의원에 가서 약이라도 한 첩 지으려고 예산하던 것이 그만 허물어지고 마는가 생각하니 두 눈은 다시 캄캄해지고 체면 없는 기침은 자꾸 나왔다.

"보소, 당신 내 말을 듣겠소? 내가 한 번 입을 떼면 당신은 여기서 일을 못할 것이지만."

패장의 말소리는 위엄과 친절이 반반이었다.

"네?"

"좌우간 당신 내 말 들으면 돈벌이가 될 텐데 어떤가요?"

패장의 얼굴은 갑자기 정다워졌다.

"네? 당신 말을 들으라고요? 듣고말고요, 죽으래도 죽겠습니다."

경춘의 두 귀는 번쩍이며 가슴이 요란하게 두근거렸다.

"그럼 말하겠소 이 일터에서 제일 잘하는 사람이 하루 열 구루마씩 하는데 당신은 몸이 약하니 다섯 구루마도 어려울 것이요. 그러니깐 내일부터는 당신이 한두 구루마만 하더라도 열 구루마 했다고 내가 도장 찍어 줄 터이니 어떻소"

"온 종일 두 구루마만 파도 열 구루마 했다는 헛도장을 찍어 주신

단 말이지요."

"옳지, 그렇지요."

경춘이는 고맙다는 생각보다 겁이 와락 났다.

'세상이란 이렇게 횡재가 있는 법이 없는데 내가 꿈을 꾸고 있나, 그렇지 않고야 내 사정을 이렇게 봐주는 사람이 요즘도 남아 있을 리 있나.'

그는 이렇게 생각되었다.

"염려 말고 남에게 말하지 마오. 내일은 일패를 두 개 맡아가지고 한 구루마에 한 개씩만 담아 오면 도장은 스무 개 찍어 줄 테니 나중에 품삯을 탈 때는 아무 도장이나 관계없으니 두 개만 가지고 와서 친구의 것을 대신 받는다고 하오, 그리고 그 품삯의 반은 당신이 먹고 반은 날 주오, 알겠소?"

패장은 경춘의 귀에 대고 이렇게 속삭이었다.

"네에 나는 못 알아들었습니다. 시키는 대로 하기는 하지만 무슨 영문인지……."

경춘이는 겨우 이렇게 입이 떨어졌다.

"이 친구 정신없구나. 내가 보아하니 당신은 종일해도 두세 구루마도 겨우 할 것 같으니 하루 두 구루마만 하고 열 구루마 삯을 받도록 해 준단 말이오.

"왜 일패는 두 개를 맡나요?"

"하아 아직 모르겠소? 한 사람이 하루 열 구루마 이상은 못하니까 두 개를 가져야 스무 구루마 삯을 탈 수 있지 않소, 그러면 열 구루마는 당신이 먹고 열 구루마는 내가 먹자는 심판이지……."
 경춘의 가슴은 벙벙해지며 입이 비틀거렸다.
 '그럼 그렇지 이놈의 세상에 원 남의 사정을 봐 선심 쓰는 사람 있을 리 있나. 이놈이 *고마까시를 해 먹자는 게로구나.'
 그는 이렇게 짐작이 들며 쫓겨나지 않는 것은 고마우나 얼른 대답이 나지 않았다. 그러나 만일 반대를 하면 당장 쫓겨날 것이고 원주인에게 이 말을 고자질하면 패장이 쫓겨날 것이고 패장도 돈에 쪼들리니까 이런 생각을 한 것이라 쫓겨나면 불쌍하니 좌우간 입에 오른 거라 그대로 순종하는 것이 옳다고 생각하였다.
 "그만하면 알겠지?"
 "옳아 그렇구먼……"
 그제야 경춘이는 고개를 끄덕끄덕 해보였다.
 그 이튿날부터 경춘이는 패장이 시키는 대로 일은 하는 척만 하고 겨우 두 구루마만 퍼다 놓고 도장은 스무 개 맡았다. 삼백여 명 일꾼이 한데 어울려 제가끔 많이 하려고 애쓰는 판이라 아무도 알아채는 사람도 없었다.
 그러나 경춘이는 가슴이 늘 움찔하며 공연히 미안하고 주춤거렸다. 그래서 죽을 힘을 다하여 하루 네 구루마씩 흙을 팠다. 단 네 구루마를 파도 두 귀에서 앵 소리가 나며 잔등에 진땀이 나며 코에서 단내가 무럭무럭 났다.

저녁에 일을 마치고 집으로 돌아와서도 그 아내에게 진실을 말 못하고 하루 열 구루마를 한 까닭에 몸이 괴롭다고 할 뿐이었다.

그는 스스로 양심이 부끄러워 몇 번이나 그만둘까 하고 망설였다.

'이놈의 세상 모두 야바우판인데 요만한 것쯤 무슨 큰 죄가 되겠나. 아니다. 내 몸이 성하면 이런 고마까시를 할 리 있나. 좌우간 몸만 성해지면 두 배로 일을 해주면 그만이다.'

그는 늘 이런 생각을 하며 혼자 주고받고 했다.

지난 밤부터 갑자기 피를 토하며 다리가 저린다고 고함을 치는 아내에 시달려 뜬눈으로 밤을 새웠다. 종일 피곤하던 몸이라 곤한 잠이 올 것이건만 웬일인지 뒷꼭지가 서늘한 것이 머릿속이 새파랗게 날카로워지며 잠은 오지 않았다. 마른 기침만 자꾸 연달아 나오며 가끔 두 눈이 핑 돌리기만 하였다.

그러나 오늘은 기어이 일터로 나가야 하는 날이었다. 오늘은 *간조하는 날이라 그동안 일품을 받는 날이다. 오랜만에 삼 원이란 많은 돈이 손에 들어오는 날이다. 경춘의 가슴은 까닭 없이 울렁거렸다.

마누라는 백지 모양 희고 여읜 얼굴을 돌이키며 움푹 들어간 두 눈을 크게 떴다.

"오늘은 돈을 타오는 날이다. 먹고 싶은 것이 뭐요. 저녁때쯤 북천동 의원에게도 가 볼 테요."

경춘이는 벌써 훤하게 새어 오는 지게문을 열고 한 번 가래를 내뱉고 아내의 손을 쓰다듬었다.

"아무것도 먹고 싶은 게 없어요. 아무래도 죽을라나봐."

어스름한 새벽 별 속에서 아내의 큰 눈이 힘없이 내려 감기며 굵은 눈물방울을 떨어뜨렸다.

"어어 별소리 다 하네, 죽긴 왜 죽어 쌀밥 먹고 약 먹고 하면 곧 낫지."

경춘이는 가슴이 서늘해졌으나 힘을 내 꾸짖듯 위로했다.

"그렇지만 당신이 그처럼 쇠약해진 몸으로 어떻게 하루 열 구루마씩 일을 하려면 오죽 힘이 들겠어요."

아내는 여윈 손을 경춘의 무릎 위에 얹어 놓았다. 경춘의 가슴은 콱 막히는 것 같이 아팠다. 그러나 하루 두 구루마만 해도 열 구루마 품을 받는다고 하여 아내의 염려를 덜어주고 싶었으나 차마 부끄러워 입이 떨어지지 않았다.

"별소릴 다 하는구나. 그까짓 일도 못해내. 인제는 걱정 없다. 닷새만큼 삼 원씩 꼭꼭 타 올 것이니 쌀밥을 먹어도 관계없지."

경춘이는 일부러 불퉁하여 이렇게 말하며 하염없이 흘러내리는 아내의 눈물을 이불자락으로 이리저리 닦아주었다.

"혹 죽어서 다시 태어나거든 우리도 잘 한번 살아봅시다."

묵묵히 눈물만 흘리던 아내가 목이 메이며 이렇게 슬픈 말을 했다.

"재수 없게 새벽부터 울긴. 제에기 왜 구태여 죽어 다시 태어나 잘 살아. 난 이대로 *이생에서 한 번 잘 살아볼 텐데. 이 턱을 좀 봐, 오래지 않아 이 턱의 덕을 볼 거야……."

경춘이는 일부러 버럭 소리를 지르긴 하였으나 말소리는 부드럽게 아내를 위로하는 것이었다.

"턱이? 아이고 내가 그 턱의 덕을 볼 때까지 살겠는가요."

일부러 길다란 아래턱을 아내에게 쑥 들이밀고 있는 경춘의 움쑥 들어간 뺨을 아내는 가만히 어루만졌다.

"왜 그래 턱이 길면 늦복이 많다고 그러지 않았나? 인제 곧 늦복이 올 꺼야."

경춘은 아내의 목을 끌어안으며 뺨을 맞대 놓았다.

"오늘은 그만 일터로 가지 말았으면."

아내는 경춘의 턱을 쓰다듬으며 약간 어리광 비슷이 미소하였다.

"어어 오늘은 돈 받는 날인데, 그 대신 내일은 안 갈 테요."

"아이고……"

아내는 경춘의 뺨이 무거운지 한숨을 쉬며 움츠렸다.

경춘이도 벌떡 일어나 밖으로 나가 아침 죽을 끓였다.

솥에다 물 한 바가지를 붓고 콩나물 한 *죽이를 썰어 소금 한 줌과 같이 솥에 넣어 불을 땠다. 이것이 경춘의 그날 종일 연명할 양식이었다.

부글부글 끓자 곧 양푼에 퍼서 방에 들어가 대접에 국물을 조금 떠서 윗목에 밀어놓고 자기 혼자 훌쩍 먹기 시작했다. 돌아누웠던 아내가 경춘을 향하여 입맛을 다셨다.

저것은 병이 들어 누웠다기보다는 먹지 못해 굶어 저렇게 된 것이다. 이까짓 죽 남의 집 개도 먹지 않는 나물죽, 이나마 저것은 마음껏 먹어보지 못했으니…… 경춘이는 오늘이 처음이 아니련만 유별나게 온갖 생각이 다 났다. 그러나 그것도 오늘 돈을 탈 것이니까 공연히 좋아서 온갖 생각이 다 나는 거지…… 하고 생각하며 차마 걸음이 내키지 않는 것을 억지로 일터로 나가고 말았다.

패장이 경춘에게서 그의 아내가 앓는다는 얘길 듣고 삼 원씩 갈랐던 돈을 일 원 더 보태어 사 원을 경춘에게 주었다.

"구차할 때는 서로 도와야지. 후에 갚으시면 되지 않소"

패장의 말소리가 떨어지자 웬일인지 경춘의 가슴이 덜컥 하였다. 그는 깜짝 놀라며

"고맙습니다. 후일에……"

*총망히 인사를 하고 불길한 느낌이 문득 나 갑자기 망치로 생철을 두들기는 것 같이 머릿속에 요란해졌다.

"아이쿠, 저것이 죽지나 않았나."

그는 급히 집을 향해 달렸다. 한참 달리다 그는 가슴이 깨어질 것 같아 멈추어 섰다.

"아니다, 죽을 리 있겠나."

그는 한숨을 후우 쉬고 그 돈을 아내에게 보일 것을 생각하였다.

"그것이 눈치채고 있지나 않나……"

그는 또 가슴이 불안하여졌다. 새벽에 다른 때보다 태도가 이상하던 아내의 얼굴이 생각나 손에 쥐었던 돈을 펴보고 일 원짜리 한 장을 꼭꼭 접어 쌈지에다 넣었다. 하루 열 구루마씩 했으니 그동안 닷

새 일을 했겠다.
 오륙 삼십이라 삼 원이다. 쌀 두 되, 보리 반 말, 명태 세 마리, 명태는 국을 끓이고 오늘 저녁은 쌀로만 밥을 짓고⋯⋯내일은 쌈지의 돈을 쓸 셈치고 북촌동 의원에게 가고 그는 짓다를 짓다를 걸으며 이런 궁리를 하였다.
 "몹시 배고플걸⋯⋯."
 그는 방안에 들어서며 혼자말같이 중얼거리며 윗목을 보았다. 아침에 떠 두었던 죽 국물은 손도 대지 않고 그대로 있고 아내는 눈을 멀건히 뜬 채 꼼짝하지 않고 누웠다.
 그는 아내의 곁에 가 털석 주저앉으며 손에 든 돈을 방바닥에 늘어놓았다. 그러나 웬일인지 입술이 딱 붙어 떨어지지 않고 눈물이 뚝뚝 서너 방을 떨어졌다. 중도에서 쌀을 팔아가지고 오려다 돈을 아내에게 먼저 보이려고 그대로 온 것이 후회도 나며 또 쌈지 속에 일 원을 감추고 삼 원만 내놓는 것이 부끄럽고, 죄송한 것 같기도 하고 마음이 설레대며 이까짓 돈에⋯⋯
 양심과 아내를 속이고 부끄러운 생각만 하게 되고⋯⋯그는 이런 저런 슬픈 생각이 들었다. 아내가 먼저 뭐라고 입을 떼어주었으면 하는 생각이 들었으나 아내는 조금도 움직이지 않고 누운 대로 가만히 그대로 천장만 바라보며 눈에서 눈물이 주르르 흘러내려 있을 뿐이었다.
 "왜 오늘은 울기만 해! 재수 없이."
 경춘이는 획 돌아앉으며 슬쩍 아내의 얼굴을 바라보았다.

"아이구!"

그는 가슴이 뭉클하여 아내에게 바싹 다가앉았다. 아내는 이미 숨이 끊어져 있었던 것이나 경춘이는 오래도록 깨닫지 못하였다.

경춘의 머릿속에서는 끊일 새 없이 생철 부수는 요란스런 소리만 나며 자칫하면 숨이 꼴락 넘어갈 것 같았다. 숨구멍에는 바늘을 꽂은 것 같이 아프기만 하여 시원스레 숨이 쉬이지 않았다. 그러나 그는 자꾸 걸었다.

"북촌동 박의원 집이 어데요."

그는 길가의 사람을 보고 되는 대로 물었다. 이래서 어두워진 골목을 겨우 찾아 박의원 집으로 들어갔다. 그러나 의원은 다른 데 병 보러 가고 없었다.

"어디 사시는 누구신가요. 들어오시면 곧 보내드리겠소."

의원의 아들인 듯한 사람이 이렇게 말하였다. 경춘이는 또 한 번 가슴이 콱 찔리우는 것 같았다.

"네에 율동, 저어 율동에 있어요. 김경춘이, 아니 율동에 와서 턱부자 집이 어디냐고 물으면 다아 알지요. 어서 보내주소 꼭 부탁이요. 꼭 보내주시오."

경춘이는 신신부탁하였다. 의원의 아들은 힐끔 경춘의 얼굴을 쳐다보며 슬그머니 입을 비슷 열며 웃음을 참았다.

"턱부자 댁이라고요."

다시 한 번 다짐을 하였다.

"네에 턱부자 집이요. 꼭……"

그는 또 다시 걸었다. 자기 집을 향해 걸어갔다. 그는 아무리 생각해도 그 아내가 죽지는 않았으리라고 생각하였으나 남의 눈을 속이고 고마까시해 온 돈이라고 그 아내가 성이 나서 잠잠히 있는 것이라고 생각하였다.

"이까짓 거 내버리지."

그는 집에 돌아오자 또 아내를 흔들며 자꾸 말을 건넸다. 그러나 아내는 꼼짝도 하지 않았다. 그는 참지 못하고 밖으로 뛰어나왔다. 한 바퀴 뜰을 돌고 다시 방안에 들어가 앉았다. 내버리려고 가지고 나갔던 돈은 그대로 손에 쥔 채였다.

"턱부자 집이 여기요?"

의원이 찾아온 것이었다.

경춘이는 멀거니 앉아 지게문을 열었다. 웬일인지 오늘은 그의 귀에 송충이같이 찡글치던 턱부자라는 별명이 하나도 귀에 거슬리지 않았다.

"턱부자……네. 내가 턱부자요."

그는 크게 대답을 했다.

점잖을 빼고 방안에 들어온 의원은 단번에 엉거주춤하였다.

"어 벌써 글렀구려."

"엉?"

경춘이는 깜짝 놀란 듯 목을 놓아 울기 시작하였다.
손에 쥐었던 돈을 그제야 문을 열고 힘껏 내던졌다.

(『신조선』, 19350. 8)

정현수

　明姬 李明姬氏 盧僞 假飾

　치과의사(齒科醫) 정현수(鄭賢洙)는 테이블에 접혀진 채로 놓여 있는 그 날 신문지 위에다 *모잽이 글씨로 이렇게 휘갈겨 써 보았다. 그때 건너편 기공실(技工室)에서 조수(助手)로 있는 병일이가 더위를 못 이겨서인지 바쁘게 부채질하는 소리가 들려오자 그는 얼른 펜 끝에 잉크를 듬뿍 찍어 박박 긁어낼 듯이 이제 쓴 글자를 도로 지워 버렸다. 그리고 담배를 한 개 꺼내 물고 아침에 문을 연 후 아직까지 환자(患者)라고는 그림자도 보이지 않아 깨끗하게 정돈된 그대로 있는 치료실 안을 휘휘 돌아본 후 반질반질한 치료 의자 위에다 이파리 속에 숨어 있는 봉선화 같은 명희의 환영을 그려 안았다.

　그는 두 눈에다 모든 정력을 집중시켜서 치료 의자가 놓인 편 공간을 응시하였다.

가느다란 두 눈을 옆으로 흘기듯이 굴리며 살짝 웃는 발그레한 입술 통통한 어깨위에 아래턱을 얹고 눈을 쫑긋해 보이는 귀여운 표정, 겨울이나 여름이나 옥색 치마만 입으려는 그 명희의 환영에 현수는 혼을 잃고 앉아 있었다.

"명희씨 당신은 왜 옥색 치마를 그렇게 사랑하십니까?"

"옥색 치마를 좋아하는 것이 아니에요 옥색이란 그 빛깔이 좋아요"

"왜 구태여 옥색입니까?"

"모르겠어요. 어쩐지 옥색을 보면 *천변만화하는 이 세상에서 영원과 무궁이란 것을 알려주는 것 같아요."

"그런가요. 나는 흰빛과 색깔은 흑색이 더 좋데요. 옥색은 곧잘 변하지 않습니까?"

"사람의 손으로 된 옥색이야 잘 변하지요만, 저 *광대무변의 하늘색이야 어디 변합니까. 구름이 끼고 밤이 오고 하면 없어지지만 그것은 다만 우리의 육안(肉眼)이 보지 못함에 불과하지 않아요 비록 내 치마에 들인 하늘빛이 변하여 누렇게 된다하더라도 내 맘속에 비쳐 있는 그 맑은 옥색, 하늘색, 저 바닷물 색이야 변할 줄 있어요."

"분홍색은 어떻습니까?"

"아주 슬퍼요. 아무리 고운 꽃이라도 그 색깔이 붉은 계통의 것이나 누런 계통의 것이라면 자주 싫습니다. 나는 작년 봄부터 푸른 꽃, 즉 옥색 꽃만 찾아보려고 높은 산으로 저 언덕 끝으로 쏘다녀 보았

정현수 95

어요. 그래도 없더고만요."

"옥색 꽃이야 꽃 장사 집에 가보면 더러 있지요."

"그렇습니까? 나는 암만 찾아 봐도 없어서 아주 낙망을 했었어요."

"왜요?"

"허위와 가식만으로 이 세상을 저주하는 나의 동지가 하나도 없는 것 같애서요. 푸른 꽃은 많은 꽃 중에서도 가장 심각한 진리의 탐구자같게 생각되어요."

"그렇습니까. 나는 새까만 꽃이 있다면 더 심각한 맛이 있게 보이겠는데요."

현수는 명희와 몇 날 전에 이러한 대화를 하던 것이 생각나며 눈이 스르륵 감기었다.

"아아."

그는 버럭 속이 상하듯이 갑자기 벌떡 일어섰다.

"네. 그렇습니까. 나도 푸른 저 하늘색과 저 망망대해의 그 물빛을 사랑합니다. 이놈의 세상은 허위와 가식으로만 된 사회입니다. 모조리 초랑이를 쓴 사회이지요. 참다운 인간사회가 아닙니다." 라고 왜 내 속마음을 그대로 솔직하게 말하지 않았든가. 그는 나와 이상을 같이 하는 유일한 동지이다. 그렇다. 명희 씨는 천박하게 입으로나 행동으로서 나를 사랑한다는 표현을 하지 않는다. 나도 그렇다. 결코 서로의 맘속을 말하지 않는다. 그러나 그의 맘 안에는 내라는 이 정현수가 꽉 차여있다. 뻔뻔스럽게 무슨 자랑같이 마음속을 서로 고백

할 수 없는 것이야, 세상 놈들은 부끄러워서 어떻게 '당신을 사랑합니다.' 라고 고백을 하는지."

현수는 팔짱을 끼고 턱 버티고 섰다.

"이 세상에서 심각한 진리를 탐구하여 마지않는 사람은 오직 명희 씨와 나뿐이다. 그는 옥색을 사랑한다. 무궁무진한 광대분변의 우주 끝까지 비추는 그 파란색을 사랑한다. 저 망망한 바다의 색도 파랗다. 오! 아니다. 아니다. 그렇다. 참! 현해탄(玄海灘)의 바다라도 왜, 왜 물빛이 검을까!"

현수는 갑자기 이런 엉뚱한 생각이 들자 뚜벅뚜벅 걸어서 거리로 향한 창턱에 가 턱을 고이고 기대섰다.

거리에는 오후 세 시의 뜨거운 태양이 불같이 내려 쪼이고 있는데 한 대의 택시가 기운 좋게 가고 있었다. 바람결이라고는 실가락만 한 것도 살랑하지 않고 택시가 지나간 뒤에 일어나는 뿌연 먼지는 지옥에서 타오르는 유황불꽃같이 거리를 휩싼다. 길가의 가지각색 사람들은 모조리 외면을 하며 먼지를 피했다. 그런데 한 늙은이, 촌이라고 아주 구석진 촌에서 건너온 듯한 텁텁한 옥색 두루마기에 큰 갓을 쓴 보전교도인 듯한 그 늙은이는 유별나게도 그 더러운 먼지에는 전혀 무관심하고 아래턱을 쑥 내밀고 입을 해 벌린 채, 찬란스런 거리의 좌우에 정신을 잃고 두리번하며 천천히 걷고 있었다.

명희가 좋아하는 옥색 두루마기를 입은 탓인지 현수는 그 늙은이가 입을 벌리고 더러운 먼지를 죄다 마시는 것이 안타까웠다.

"저런 멍텅구리 자식. 제 목구멍에 먼지 들어가는 줄도 모르고 에, 속상해. 아, 그래도 주둥이를 닥치지 않네."

그는 아주 성이나 꾸짖듯 중얼거리며, 쫓아가 그 늙은이의 아래턱을 한 주먹 갈겨 철커덕 부쳐주고 싶어 가슴이 서물거렸다. 그러나 그 촌 늙은이는 한결같이 입을 벌린 채 저편 구비를 돌고 말았다.

현수는 얼른 테이블 곁에 달려가, 부채를 집어 활짝 펴 들고 슬렁슬렁 부치며 또 다시 창턱 가에 턱을 고이고 기대섰다.

"그 놈의 자동차, 건방진 놈의 자동차, 누구 한 사람들에게 미안하다는 인사도 없이 웬 길거리를 제 혼자 독차지나 한 듯이 의기양양하게 맘대로 쫓아다니는구나. *행포 무례한 놈의 새끼."

그는 갑자기 무럭무럭 분노가 타올랐다.

넓은 길바닥을 제 집들같이 활개를 치고 쫓아 달아나는 자동자들이 행포 무례 막심하게 보여져서 당장 달려가 시비를 하고 싶었다.

현수는 자기 맘속을 표현하기 어려울 때나, 분이 날 때나, 기쁠 때나, 어색할 때나, 또는 너무 감격할 때는 반드시 목에다 잔뜩 힘을 주며 턱을 안으로 높게 길게 젖혀 빼 올리고 다섯 손가락을 따로따로 쫙 벌리고서 '카라' 만이에다 둘째손가락만 꼬불 당하게 넣어서 목울대 곁을 가만가만 긁는 것이 버릇이었다. 그는 지금도 쫙 벌린 오른손 둘째손가락으로, 쭉 빼올린 목울대 곁을 두어 번 가만가만 긁었다. 그리고

"에—이."

한숨을 한바탕 한 후, 다시 창턱에 가 기대섰다. 그때, 길거리에는 고삐를 잔뜩 잡힌 말 한 마리가 헐떡거리며 짐 구루마를 끌고 지나 갔다. 현수는 또 다시 감개무량하여 슬렁거리던 부채를 접어 문턱을 탁 치며,

"어, 가엾어라. 저 놈의 말이 왜 저 모양이야. 그만 뚝 뛰어 달아나, 한발만 걷어차면 나동그라질 사람 놈에게 일부러 매여 달리니 저런 고생을 하는구나. 어— 빌어먹을 놈의 말 새끼."
하고 부르짖었다. 또 다시 그의 속은 버럭 상해지며 가슴이 설레었다.

"아니다. 저 말이 멍텅구리가 아니다. 그렇다. 그는 힘없는 사람 놈들을 위하여 자기의 한 몸을 희생하고 있는 것이다. 악한 사람 놈들은 고마운 줄도 모르고 순종하면 할수록 자꾸 더 두들겨 부리겠다."

현수는 대구리를 꿈벅이며 구루마를 끌고 가는 그 말이 흡사 명희와 자기 같게 생각이 들었다.

"이 망할 놈의 세상에게 희생해주는 것이 옳은 일일까? 아니다. 아니야. 과거의 인류역사란 고삐에 나는 단단히 묶여 있다. 나는 용감하게 묶은 줄을 끊고 일어서야 한다. 이 현실에 희생한다는 것은 조금이라도 더 이 더러운 현실을 조장시킴에 불과한 것이다."

그는 주먹을 쥐고 문턱을 탁 치려다가 말고 그 손을 쫙 펴가지고 목울대를 가만가만 긁었다.

"그러나 참는 것이다."

그는 다시 창턱에 기대섰다.

정현수 99

"아니, 이 자식 무엇이었지. 인간이란 본래 허위, 가식으로 된 거야. 죽어 없어지기 전에는 이 세상, 면천은 못하는 거다. 아니다. 이 자식이 무슨 이런 생각을 해. 참으로 인간이란 허위 가식을 버리지 못한다면 나는 이놈의 세상에는 살아 있지 않을 터다. 아니다. 그러지도 않을 것이다. 말똥에 굴러도 이 생이 좋다는데……."

그는 다시 부채를 슬녕슬녕 부치기 시작하였다.

"에— 공연히 온갖 오라질 생각을 다 하는구나. 차라리 저 말새끼놈이 나보다 행복하다. 이따위 밑도 끝도 없는 생각도 할 줄 모르고. 아니다. 말새끼같이 무위무식한다면 나을 게 뭐 있나. 그렇지도 않다. 마찬가지로 말도 무슨 번민이 있는지 알 수 있나. 어떻게서든지 돈이나 좀 있었으면 형님의 은혜를 조금이라도 갚아야겠는데."

현수는 자다 깨인 사람처럼 창턱을 떠났다.

"선생님. 손님 오셨습니다."

그때 기공실에는 병일이가 바쁘게 뛰어 나오며 낭하에 선 중년 신사 한분을 치료실 안으로 안내해 드렸다. 사흘 만에 처음 대하는 손님이다. 병일이는 부리나케 신사에게 치료 의자를 가리키고 컵에 물을 떠서 들고 섰다. 현수는 뻣뻣하게 선 채 움짝도 하지 않았다.

"더러운 이 놈 정현수야. 돈을 벌기 위하여 살살 쥐새끼처럼 손님에게 아첨을 하려느냐."

그는 창턱에서 돈을 벌겠다고 생각하던 자기의 가슴을 쥐어 뜯고 슬플만치 구역이 났다.

현수는 치과 의원을 개업한 지가 이 년이 넘었으나 한 번도 양심에 꺼리는 치료를 해준 적이 없었다. 그는 환자를 대하면서건 어느 사이엔 자기란 것은 없어지고 마는 동시에 치과 의사란 것이 자기의 직업이라는 것도 잊어버리고 마는 것이었다. 개업 시초에는 꽤 많았던 환자가 차차 줄기 시작하여 이 해부터는 일주일에 겨우 둘 셋이 있을 뿐이었다.

그러나 이것은 현수의 치과 의사로서의 기술이 부족함도 아니요, 성의 없는 무책임한 치료를 하는 까닭도 아니었다. 단순히 현수가 환자의 비위를 맞추어 주지 않는 까닭이었다. 그것도 현수가 거만스러워 그런 것이 아니라 맘속으로는 백배 천배 친절하나 다만 입으로나 행동으로 표현하기가 가식 같아서 언제든지 묵하고 있는 까닭이었다. 세상 사람이란 위선, 눈앞에 살랑거리는 감정에만 홀리는 것이라 참으로 정성껏 장래성 있는 치료를 해주는 현수는 알아주지 않는 것이었다.

그럼으로 조수인 병일이는 마치 어진 아내처럼 충고도 하고 타이르듯 달래기도 하면,

"금새 주의한 터요."

하고 대답은 시원스러우나 다음에 환자가 오면 컵에 물을 따라서 입에 대어 주기가 '이 놈, 돈벌이 하려고 손님에게 아첨하는 구나.' 하고 바라보는 것 같아서 컵을 *배타기(排唾器) 위에 철커덕 놓고,

"양치하시오."

정현수 101

하고 명령하듯 버티고 서 버리는 것이었다.

　이러한 현수의 성미를 잘 아는 병일이는 오늘도 손님과 무슨 충돌이 생길까 해서 미리 겁을 먹었다. 그것도 손님이 돈푼이나 있어 보이는 사람이면 반드시 한 번씩 충돌이 일어나는 것임을 잘 알고 있는 까닭이었다.

　'설마 저도 사람이니까.'

　병일이는 이렇게 속으로 중얼거렸다. 벌써 삼 개월 째 수중에서 낙찰이 된 현수의 속판을 아는 것이 엿들은 까닭이다.

　병일이는 미리 현수에게 슬금슬금 시선을 보내서

　"먼저 양치부터 해보실까요."

하고 신사에게 친절하게 서비스를 했다.

　신사는 묵하니 서 있는 현수를 힐끔 바라보다가 입 안을 씻은 후, 뒤로 재껴 누우며 입을 벌렸다.

　"어째서 오셨습니까."

　현수는 그제서야 치료 의자 곁에 다가서며 탐침에다 탈지면을 홱홱 감아 조그만 면구를 만들어 퉁명스럽게 물었다. 신사는 좀 이상하다는 듯한 표정으로,

　"이가 아퍼 왔시오."

하였다.

　"어―그런 줄이야 모르겠습니까."

　현수는 여전히 면구만 만들어 태연스럽게 응수하였다.

"……."

신사는 성이 불쑥 났는지 잠자코 벌떡 바로 앉았다.

"이캬, 또 야단나는 구나."

병일이는 입맛을 다시며 얼른 곁에 가 섰다.

"허허허, 많이 앓으셨습니까. 전에는 어디서 보였었어요."

현수는 병일의 시선과 마주치자 이렇게 어색한 웃음을 웃으며 *치경(齒鏡)을 들고 허리를 구부렸다. 신사도 입맛을 다시며 입을 벌렸다.

"아하, 이것이로군요. 많이 앓으셨습니까? 왜 이렇게 나빠지도록 그대로 두셨습니까? 미련하게 그대로 두면 나을 줄 아셨어요."

현수는 그만두어도 좋을 말이었지만 신사에게 턱없이 머리를 숙이면 아첨하는 것 같게 보일까봐 일부러 되는대로 중얼거렸다. 신사의 얼굴에는 불쾌한 빛이 역력히 떠올랐다.

"자 이러니까 아프십니까."

현수는 치경으로 새까맣게 구멍 뚫어진 어금니 한 개를 두서너 번 뚝뚝 두들겼다.

"아야, 아야!"

신사는 버럭 소리를 지르며 입을 다물려 했다.

"그까짓 것이 무엇이 아파요."

현수는 신사의 붉어져가는 얼굴에는 무관심하고 열심히 어금니를 치료하기 시작하였다.

그는 이 심는 엔진을 들고 신사의 입 안을 긁기 시작한지도 한 시

정현수 103

간이나 되었다. 병일이는 벌써부터 혼자,

"오늘은 대강해가지고 보낸 후 내일 또 오라면 어떤고."
하고 속을 졸이는 판인데 다른 환자가 또 하나 들어왔다. 그러나 현수는 신사의 입 안에서 엔진을 떼지 않았다.

다른 의사 같으면 십오 분 내외에 마치고 몇 날이던지 끌며 치료를 시켜 돈을 버는 것이었으나 현수를 그렇지 않았다. 아무리 오래 치료를 해 주고 공력을 많이 들여도 그는 자기의 직업의식을 떠나 손님 본위로 치료를 해주는 것이었다.

등에서는 땀이 개골물 같이 솟아 내리면서도,

'더운데 손님이 몇 날이나 어떻게 치료받으러 다니겠나. 될 수 있는 대로 단시일에 맞춰야지.'
하는 생각에 자기의 *전심전력을 다해 열심히 치료를 하며 시간 가는 줄도 모르고 있었다.

"아마도 내 이는 충치가 아니라 풍치인 듯 한데, 원 치료를 이렇게 오래 하십니까?"

신사는 현수의 맘속과는 반대로 기술이 부족하여 오래 끄는 줄만 알고 이렇게 화를 내었다.

"풍치라요? 아닙니다. 충치올시다."

현수는 너무나 세상 놈들은 자기의 맘을 몰라주는 것이 슬슬 화가 났다. 자기가 정성껏 해주면 해줄수록 세상 사람들은 그를 원망하는 것이 슬슬 화가 났다.

"그래도 아픈 폼이 풍치라오. 그만해두시죠."

신사는 지지 않으려는 듯이 말했다. 현수는 불쑥 성이 났다.

"아, 당신이 의사입니까. 어떻게 풍치인줄 단정하시나요. 충치라면 충치로 알 것이지 어째서 풍치란 말씀이요."

현수는 엔진을 쥔 채 이렇게 꾸짖듯 버티고 섰다.

"에— 여부 그만 두오."

신사는 그만 벌떡 일어서고 말았다.

"아니 여보십시오. 잠깐만 앉으시지요. 그대로 두면 또 앓습니다. 우선 약솜이라도 막아 가지고 가시오."

현수는 예사라는 듯이 태연한 얼굴로 신사의 팔을 잡았다.

"그만 두오. 당신만이 치과 의사가 아니오. 그대로 참고 있으려니 더 불친절한 소리만 탕탕 하는구료."

신사는 기어이 치료 의자 아래 내려서고 말았다. 현수는 그제야 불쑥 성을 내며 신사의 팔을 꽉 잡고,

"여보십시오. 아니 이 못난 자식 잠깐만 참으라면 참아보는 것이 신사이지 무슨 변덕쟁이가 이 모양이야. 잔말 말고 도로 앉아라. 그대로는 내 목이 떨어져도 못 보내겠다."

"아하, 이 자식 정신병자로구만. 이것 못 놓을 텐가?"

신사는 금방 주먹이 올라 갈 것 같이 씩씩거리며 입술이 풀어졌다.

"어허 그러지 말고 도로 앉아라. 한번 내 손으로 치료하는 것을 그대로 무책임하게 너 놈이야 죽든 살든 내버려 두지 못하는 것이 내

성격이다. 좌우간 우선 분은 참아두었다가 이 치료나 하거든 격투라도 하자."

현수는 두 눈을 부릅뜨고 한결같이 우겨댔다.

"아! 이런 봉변이 어디 있나. 이런 망할 놈이."

신사는 덜덜 떨며 분을 내었다.

"이 자식, 너만 분하노 나도 분해 죽겠다. 어서 치료를 하고 결투하자. 어—분해."

현수의 기세는 점점 올라가고 있었다.

"선생님. 참으십시오. 의사 선생님은 본래부터 성질이 있었습니다. 잘 이해하십시오. 보시면 결코 노하실 것이 아닐 것입니다."

병일이도 속이 상해 바라보고만 있다가 마지못하여 신사의 앞에 가 빌었다. 현수는 이윽히 신사의 팔을 붙들고 있다가 한 걸음 물러서서 팔을 놓았다.

"잘못했습니다."

현수는 신사의 앞에 머리를 숙였다. 그의 가슴 속에서 의사로서의 자기 태도가 잘못이었음을 뉘우쳤던 까닭이었다.

신사는 이 아프던 것을 생각하고 그대로 가기가 위험하게 여기어졌는지 마지못하는 척하고 도로 걸어가 앉았다.

현수는 아주 기쁜 듯이 다시 엔진을 들고 치료를 시작했다. 먼 데 있는 사람의 흉이나 보듯 그는 궁시렁궁시렁 신사의 욕을 해가면서도 늘 싱긋싱긋 웃었다. 신사도 처음은 욕이 나올 때마다 분을 내드니 차차 성이 풀리니 픽 웃었다.

"어— 이제 다—되었습니다. 그렇게 가시고 싶은데 얼른 가십시오. 애인이 기다리십니까?"

현수는 신사를 치료 의자에서 내려놓은 후 소독수에 손을 씻었다.

"그만치 해놓았으니 인제는 누구에게 가서 마저 치료를 하셔도 좋습니다."

그는 양심에 거리낌 없는 치료를 하고 난 것이 기뻤다.

"얼마요."

신사는 지갑을 꺼내들고 병일에게 물었다.

"돈, 일 없다. 이 자식, 어서 가그라."

현수는 돈 말이 나오자 또 성을 내며 와락 신사를 밀어 밖으로 밀어낸 후 안으로 잠그고 말았다.

현수는 얼른 창턱에 기대서서 허리를 창밖으로 꺼내었다. 밖에 멍하니 서 있는 신사는 조금 생각하더니 천천히 걸어서 저편 길굽이로 돌아가려다가 현수와 시선이 마주쳤다. 현수는 얼른 코 위에다 손을 세우고,,

"코 섯소—."

를 해보이며 장난꾸러기 어린아이같이 웃었다. 신사는 깜짝 놀란 듯이 두 눈을 휘둥그레 하드니,

"그 놈 미쳤군."

하는 표정을 짓더니 픽 웃고 가버렸다.

웬일인지 현수의 가슴은 갑자기 쓸쓸하였다.

"저 자식도 점잖스런 사람 놈이구나."

어린이 같았으면 저도 코 섯소―를 해보이고 웃고 갔을 것이다. 이후에 만날 때도 데면 사과도 없이 그대로 전같이 굴 것이다. 저 놈도 본래는 단순하고 천진스런 어린이었을 것이다. 나이가 들면 왜 점잖스런 가면을 써야 되는고.

그는 깊이 단식하며 창문을 떠났다.

"선생님 왜 그랬습니까. 그만 대강해서 보냈으면 될 것을 다른 환자도 왔다가 그대로 가버렸어요. 이제는 그만 이 병원도 지탱해 나갈 수 없을 것 같습니다."

하고 병일이는 바가지를 긁기 시작하였다. 과연 아까 왔던 환자는 가버리고 말았다.

*

현수의 형 되는 찬수는 사흘 전부터 앓아누웠다. 현수는 한 지붕 아래서 오늘까지 신세를 입고 있을 뿐 아니라 그 형의 힘으로 학교 졸업도 했고 치과 의원도 내 놓았던 것이요, 늘 결손해오는 현수에게 눈살 하나 찌푸리지 않고 돌보아주는 그 형이었다. 그러나 이 두 형제는 한자리에 앉아 정답게 이야기 한번 하지 않았다.

서로 이야기 할 일이 있으면 찬수의 부인이 중간에서 이편저편의 의견을 소통시키는 전화통이 되는 것이었다.

길거리에서 서로 만나도 생면부지의 남남같이 본 체 만 체하며 먼

여행에서 돌아와도 서로 시선만 마주쳐 보고는 그만이지 입 한번 대는 일이 없었다.
그러므로 그 형의 힘으로 살아오는 현수임을 잘 아는 남들은 현수를 체면도 염치도 없는 미련꾸러기라고 하였다.
"형님이 앓아누웠는데 한번쯤은 들어가 보셔요."
현수의 형수되는 부인은 체면 차릴 줄을 모르는 시동생이 얄밉다기보다 남편보기 민망하여 어떻게 라도 병실에 한번 들어 보내려고 애를 썼다.
"……"
"형님과 원수졌어요?"
"……"
"형님은 늘 아우님을 찾는데!"
이 말을 듣자 현수의 얼굴은 비틀거려지며 턱을 아주 쭉 빼고 목울대를 긁고 나서
"글쎄 형님보고 아무 할 말도 없는데."
하고는 꽁지가 빠져라고 자기 방으로 달려가고 말았다.
그는 자기 형이 앓아누운 것을 처음 보는 까닭에 왠지 불길한 것이다— 생각하며 조금도 맘이 가라앉지 않았다. 손님도 없는 치과 의원에 나와 앉았다 섰다 조금만 내다가 저녁에 집에 돌아가도 남 보는 데는 자는 척만 하고 누웠다 앉았다 가슴을 졸이는 것이었다.
아침을 먹은 후 혼 잃은 사람처럼 치과 의원으로 나온 현수를 보고

"병환이 어떻십디까?"

하고 병일이는 한번도 병실에 들어가지 않는 현수를 잘 알고 있으면서도 일부러 캐묻는 것이었다.

"모르네. 죽을지도 알 수 없지."

현수는 금방 울 것 같이 말소리가 떨렸다.

"무슨 그런 말씀을. 오늘도 별로 손님이 없을 것입니다. 돌아가셔서 간호나 하시지요."

병일이는 넌지시 충고를 하였다.

"볼일도 없이 뭣 하러. 간호는 형수씨가 하는데!"

"그래도 곁에 가서 계시면 좋지요."

"무엇이 좋아. 간사하게 내가 곁에 있으면 나은가. 나는 부끄러워 못 가."

"선생님 친형님 앓으시는데 가보는 것이 부끄러워요?"

"싫어. 그런 간사스런 말은 말아주게. 자네 얼른 집에 가서 책 하나 가져오게."

"네―."

병일이는 마지못하여 일어서며

'공연히 병인의 염려가 되니까 집에 가 보구 오라는 거지. 뭐 책은 무슨 오라질 이름도 없는 책이 있어.'

하고 속으로 중얼거리며 밖으로 나갔다. 병일이는 찬수가 앓아누운 날부터 하루에 수십 차례씩 이러한 애매한 *사환을 가는 것이 있음으로 현수가 무턱대고 책 가져 오라는 그 진의가 어디 있다는 것을 잘 알았다. 그래서 병세만 들어가지고 얼른 돌아오면 현수는 판에 박은 듯이 벌떡 일어나며

"형님 죽겠다던가?"

하고 진땀을 흘리는 것이었다. 병일이는 일부러

"책은 무슨 책을 가져 오랬어요. 깜박해서요."

하고 엉뚱한 대답을 하면

"이 사람 정신 잃었구나. 누가 무슨 책이야. 형님이 어찌됐어?"

하고 화를 내었다.

"선생님 가보십시오. 묻지 않고 왔습니다."

하고 병일이는 깜찍스런 여인같이 살살 피하면 그는 당장에 뒹굴며 고함을 칠 것 같이 분을 내며 빙빙 한바탕 돌다가는 다시 책 가져오라고 야단을 하는 것이었다.

그는 병일에게 형님 병세를 물어오라고 하기가 부끄러웠던 것이었다.

찬수가 앓아누운 후 현수는 밥 한 술 목구멍에 넘어가지 않고 잠한 숨 자지 않았음으로 비록 병실에 들어가지는 않아도 그 염려하는 꼴은 곁에 사람의 눈에도 겁이 날만하였다. 그의 얼굴은 여위고 입술은 부르텄으며 두 눈은 달아서 바로 뜨지도 못하였다.

찬수가 누운 지 닷새째 되는 날이었다.

현수는 일부러 아침밥을 먹는 척하고 신문지에가 밥을 절반이나

덜어서 둘둘 뭉쳐 놓고 상을 내보낸 후 치과 의원으로 곧 나갈 것 같이 일부러 바쁜 척하고 서두르며 안방편만 자꾸 바라보고 있었다.

찬수의 부인은 안방에서 이 눈치를 채고 얼른 현수의 방으로 건너왔다.

"이제는 안심하십시오. 애들 아버지가 이제 좀 열이 내렸습니다. *장질부사가 아니라 몸살이었던가 봐요."

하고 보고를 하였다. 찬수의 부인은 현수를 슬쩍 보기만 하면 그의 속마음을 다 알아채는 것이었다. 그가 아무리 묵하니 있어도 '옳다. 병세가 알고 싶구나' 하고 알아차리고는 진작 보고를 해야 되는 것이었다. 그러나 현수는 못 들은 척 하고

"좀 낫다고 자꾸 밥이나 꾸역꾸역 먹이지 마시구려."

탁 뱉듯이 한마디 집어던지고 꽁지가 빠지게 달아나가고 말았다. 찬수의 부인은 그래도 픽 웃으며

"별난 성질도 다 보겠다. 염려는 죽도록 하면서 왜 남에게 나타내 보이기 싫어하는지."

하고 건너가고 말았다.

현수는 급히 치과 의원으로 나갔다. 그의 어깨는 날러갈 것 같이 가뿐하였다.

그 형의 병실에 들어가 보기는 아첨하는 것 같아 싫었으나 이미 병이 차도가 있다는 말을 듣고 나니 와락 그 형의 얼굴이 보고 싶어 견딜 수가 없었다. 그는 참다못하여 자기 집으로 달려갔다. 그는 뒷

문으로 몸을 숨기고 엿보며 그의 형수는 안방에 누워 있고 어멈은 뒷마루에서 약을 짜고 있었다. 그는 사람을 죽이려 가는 자객과 같이 날쌔게 몸을 날려 병실인 뒷방으로 달려들었다.

그 형은 감았던 눈을 스르르 뜨면서 현수를 바라보았다. 현수는 몇 날 사이에 수척해진 그 형을 바라보자 가슴이 금방 깨어질 것 같이 아팠다. 그는 묵하니 윗목에 가 버티고 서 있었다.

"네 얼굴이 왜 그 모양이야. 밥을 잘 먹어야 한다. 덥다 나가거라. 나는 곧 낫겠지."

찬수는 돌아누우며 이렇게 또박또박 말하고 입을 닫아 버렸다.

"네— 형님. 저."

현수는 주먹만 한 눈물을 한 방울 뚝 떨어뜨리고 목울대를 박박 긁고

"저— 염려 없습니다."

현수는 더 입을 뗄 수가 없어서 얼른 병실을 나서고 말았다. 불과 이 분 간의 병문안이었다.

그는 마루 한 켠에서 눈물을 이리저리 주워 닦았다.

"약이 다 됐어요."

어멈이 약대접을 들고 찬수의 부인을 깨우자 현수는 마루 한 켠에 빗겨서 몸을 숨기었다.

"현수 얼굴이 왜 그 모양이야."

찬수는 약을 가지고 들어간 그 부인에게 버럭 소리를 질렀다.

"왜 반찬을 주의해 먹이지 않았어? 사람이 영 죽게 되었더구나."

받쳐 들고 고함을 치며 부인을 꾸짖었다. 현수의 가슴은 뜨거운 총알을 맞은 것 같았다. 그는 달음박질로 치과 의원으로 달려가 치료 의자에 가 덜썩 주저앉으며 목을 놓고 엉엉 울기 시작하였다.

현수를 찾아 왔던 명희는 병일이와 기공실에서 있다가 깜짝 놀라 달려 나왔다.

"엉엉엉, 엉……."

현수는 자꾸 울기만 했다.

"왜 이러십니까."

"무슨 일이야요."

명희와 병일이는 *질겁을 하여 어리둥절하였다.

"형님. 엉엉. 형님."

그는 울면서 가슴으로 부르짖었다. 허위와 가식으로 된 이 세상에서 절망하고 저주하던 현수는 자기 형에게서 비로소 거짓 없는 진실한 참다운 사랑을 보았던 것이었다.

"명희 씨, 우리 형님이 좀 나으십니다."

현수는 이윽히 울다 감격에 떨며 고개를 명희에게 들었다.

"그러세요. 왜 우셨나요."

현수는 대답대신 명희의 가느다란 두 눈을 바라보며

"명희 씨, 저하고 결혼하십시다."

하고 두 팔을 내밀었다.

"아이 선생님도."

명희는 깜짝 놀란 듯이 얼굴을 찡그렸다.

그제야 현수도 자기가 한 말에 스스로가 놀랐다. 무의식간에 나온 말이었든 까닭이었다. 절망하였던 현실에서 새 광명을 보는 감격에 꽉 찬 현수의 이 한 말은 시인의 입에서 무의식간에 흘러나오는 즉흥시와도 같은 것이었다.

"명희 씨, 나는 우리 형님이 나를 사랑하는 것 같이 나는 당신을 사랑합니다."

현수는 이 말로서 자기가 명희를 얼마나 사랑한다는 것을 충분히 표현한 것으로 믿었다.

"아이 선생님, 그 무슨 말씀이여요. 전 몰라요."

명희는 새침하여 밖으로 사라져버렸다.

현수는 이상하다는 듯이 벌떡 일어섰다.

"명—."

그는 명희를 부르려다가 입을 닫고 말았다. 그의 문아래 몇 날 전에 싸움하는 그 신사가 우뚝 서 있는 것이었다.

현수의 눈은 핑 도는 것 같았다.

모두가 말뿐이야. 말이라는 것으로 공연한 이유를 붙여 제가 제일 옳다고 야단들이지. 명희가 다 뭐냐. 나 혼자 남달리 심각한 사상을 가졌다고 고집을 하며 세상을 욕했지만 모두 다가 잘못이었다. 이 세상이 나를 제일가는 위인이고 성인이고 부자고 미남자라고 하면 꾸리—하게 되지 못한 생각들은 하지도 않을 것이다. 모두가 이 내 못난 짜증이었지 아니 내 못난 것을 자위하려는 비루한 수단으로 끌어다 붙인 이유이겠지.

필연히 저 신사와 쌈을 했구나. 형님 병실에 자주 가보는 것이 왜 부끄럽겠나. 남다른 생각을 한다는 것이 진리가 아니다.

진리란 것은 내가 미워하는 허위 가식으로 된 세상에 있다.

나는 가슴속으로 부르짖었다. 푸른색을 좋아한다는 그 명희의 남다른 말에 혼을 잃고 있는 자기가 우습게 생각되며 제법 태를 빼물고 나가버리는 명희가 아니꼽게 여겨졌다. 그는 얼른 신사의 앞으로 머리를 숙이며

"그저께 실례가 많았습니다."

하고 사죄를 하였다.

"네?"

신사는 놀란 듯이 현수를 바라본다.

"그런 첫인사는 그만둡시다. 나는 무조건 하고 당신의 성격이 맘에 듭니다. 자 이로부터는 서로 좀 친해봅시다."

신사는 쾌활하게 웃었다. 현수는 어리벙벙하여졌다. 두 번 다시 오지 않으리라고 생각하고 욕했던 신사는 다시 오고, 믿었던 명희는 가버렸다. 그는 신기한 새 세상에 들어서는 것 같이 가슴이 탁 트이며 시원하였다.

"자— 이리 앉으십시오."

현수는 치과 의원 개업 이후 처음 보는 명랑한 얼굴로 친절하게 신사를 치료 의자에 앉혔다.

"자! 양치합시다."

그는 '컵'을 '배타기' 위에 턱 놓았다가 다시 벌떡 들어 신사의 입에 대려 하였다.

"저번 치료한 후 아주 이가 아프지 않아요."

신사는 현수가 망설이고 있는 컵을 받쳐 들었다.

"네—."

현수는 무턱대고 길게 크게 한숨 하듯 대구를 하고 똑바로 서서 턱을 쑥 빼낸 후 목울대를 가만가만 두어 번 긁었다.

(『조선문단』, 1935. 12)

광인수기

아이고―.

비도 비도 경치게 청승맞다. 이렇게 오면 별것 없이 흉년이지 뭐야.

아―이 무서워라. 또 큰물이 나가면 어떡해요. 그 싯누런 큰물 아이 무서워.

글쎄 하느님! 제발 덕분에 비를 좀 거두시소……. 그래도 안 거두시네!

허허, 참 사람 죽이는구나. 글쎄 이 *양통머리 까지고 *소견머리가 홀렁 벗겨진 하늘임아. 내 말 좀 들어봐라.

이렇게 자꾸 쓸데없는 물을 내려 쏟으면 어떻게 하느냐 말이다. 큰물이 나가면 다리가 떠나가고 사람이 빠져 죽고 별일이 다― 생기지요.

또 흉년이 지면 두말없이 백성이 굶어 죽지요—. 하나도 이익될 게 없는데 왜 그렇게 물을 내려 쏟는가 말이오!

아이 아이고 무서워라! 하느님이 제 욕한다고 벼락을 내리칠라. 히히히 벼락이라니, 나는 암만 해도 마음속으로는 당신을 그리 밉게 여기지는 않는다오. 용서하시소

아니다. 네 이 놈, 하느님아. 에이 빌어먹을 개새끼 같은 하느님아! 네가 분명 하느님이라면 왜 그 악하고 악한 도둑놈의 연놈을 그대로 둔단 말인고. 당장에 벼락 천둥을 내려 연놈을 한꺼번에 박살내어 버릴 일이지—. 아니올시다. 아이 무서워, 아니올시다. 거짓말이올시다. 일부러 하는 말이올시다. 그 연놈에게 죄가 있을 리 있나요. 다 내 팔자지요. 부대부대 벼락은 치지 말고 잘 살도록 해주시소

하하하! 웃기는구나.

우스워 죽겠네.

저 빌어먹다 낮잠이나 잘 하느님은, 저를 위해 주고 두려워하면 할수록 점점 더 건방이 늘고 심술이 늘어가더라.

이 나를 점점 사람으로 여기지 않더라.

내가 모두를 팔자에 돌리고 조용히 굴며 좋다고만 하니까 아주 나를 바보로 아는 모양이지. 나를 이 지경으로 만드는 것을 보면…….

아이고 아이고 흑흑…….

하느님, 당신을 욕하면 무엇하는기요. 당신도 이미 빤히 내려다봤

으니 알 일이지마는 내 말을 다시 한 번 들어보소

거짓말할 내가 아니지……. 아이고 추워라. 오뉴월 무덕더위라고 한창 더울 이때에 빌어먹을 비 까닭에 이렇게 추운 거지…….

아이 참, 그 놈의 다리는 경치게도 높다. 조금만 더 낮았다면 비가 덜 들이칠 텐데, 아이 이것도 내 팔잔가…….

어떤 연놈은 팔자 좋아 시원한 집에서 더우면 전기 부채 틀어 좋고, 비가 와서 이렇게 추워지면 따뜨무리하게 불을 때서 번 듯이 드러누워, 남편놈과 우스개 놀이나 주고받고 하지마는…….

그뿐이겠나. 무어 또 맛있는 것 사다 놓고, 먹기 싫도록 처먹어 가면서…….

아따, 참 그 빛깔 좋은 과실 한 개 먹어 봤으면……. 아이고, 생각하면 무엇 하나. 왜 이렇게 추운가. 옳지 비를 이렇게 많이 맞았구나.

아이구, 이것이, 말이 저고리지 걸레나 다름없지 뭐……. 아이고 아이고 흑흑…….

오뉴월 궂은비는 처정처정 청승맞게 오는데 이 떨어진 옷을…….

이것이 옷인가? 걸레지. 벌벌 떨며 이 다리 밑에 혼자 쭈굴치고 앉았으니 거지나 다름없지……. 벌써 해가 졌는가…… 왜 이리 어두침침하노. 대체 구름이 끼었으니 해가 졌는지 있는지 알 수가 있나.

사람의 새끼라고는 하나도 없구나.

비는 몹시도 들이친다.

하느님아, 할 수 없구나. 당신하고 나하고 둘이서 이야기합시다.

그때 말인가요?

내 나이는 열일곱 살, 그이 나이는 열여덟이었지요. 그이가 나에게로 장가들게 되는 것을 아주 기뻐한다고 중매하던 경순이네 할머니가 나에게 말해 주더군요.

그래서 나도 속으로는 은근히 좋아서 어서어서 혼인날이 왔으면 싶어서 몹시도 기다려졌지요. 그럭저럭 혼인식도 끝내고 첫날밤이 됐지요. 히히히.

참, 히히히. 무척도 부끄럽더라. 문밖에서 모두들 들여다보느라고 킥킥거리며 웃는 소리가 들리기도 하는데 그이는 부끄럽지도 않던지 온갖 재롱을 다 부리겠지요.

참 술잔을 따라 나에게 자꾸만 받으라고 졸라대겠지요.

"색시요! 이 술잔 받으시오. 어서어서."

하며······. 그렇지만 얼마나 얌전한 색시였다고, 덥석 손을 냈을 리가 있는 가요. 어림도 없지요. 암!

아주 쭉 빼물고 흔들림 없이 앉아서 곁눈 한번 떠 본 일이 없었지요. 히히히.

그래도 신랑 얼굴이 얼마나 잘생겼는지 보고 싶은 마음이야 말할 수 있소 그래 그이는 권하다 못하여 나의 손목을 슬쩍 잡아당기겠지요.

"자, 술잔 받으시오."

하며, 그때 나는 손을 움츠리며 얼른 한번 흘겨보니 머리를 빡빡 깎았지마는 우뚝한 코, 얌전스런 입, 눈도 그리 밉잖게 생겼고, 눈썹이 새까만 것이 아주 맘에 쏙 들어 가슴이 찌릿해지고 어떻게 새삼스럽게 부끄러운지 눈물이 핑 돌았어요.

아이 참, 지금 생각해도 등에 땀이 난답니다. 그이는 그 날 밤에 왜 그리도 술잔을 받으라고 조르는지요. 중매한 늙은이가 아마도 신부는 술 꽤나 마신다고나 했는지. 기어이 술잔을 받으라고만 성화였어요.

"이 술잔은 우리 두 사람이 백년가약을 맹세한다는 뜻인데, 당신이 받아주지 않으면 나는 이대로 돌아가는 수밖에 없지요. 아마도 당신이 술잔을 받지 않는 것을 보니 나를 싫어하는 것이지요. 아마도 당신은 나보다 더 좋은 사람에게 시집가고 싶은가 합니다."

하며 아주 성을 내는 것 같더군요.

그래서 나는 하도 딱하고 기가 막혀 말은 할 수 없고 그만 참다못하여 울어 버렸지요.

그랬더니 갑자기 바싹 다가앉으며

"여보시오. 그래도 내 술 한 잔 안 받을 터이시오?"

내 손을 잡아당기겠지요. 나는 흑흑 흐느끼며 못 이긴 체하고 그 술잔을 쥐어주는 대로 받아 들기는 했지마는 어디 마실 수가 있어야지요. 그래서 방바닥에 살며시 놓았지요.

아이그머니, 그랬더니 창 밖에서는 아주 킥킥 하며 웃어 재끼는데 그 부끄러움이야 어디다 비할 수 있을까요.

그제야 그이가 벌떡 일어서더니 병풍으로 창을 가려서 빙 둘러 쳐

버리고 내 곁에 와 앉더니 내 머리도 쓰다듬어 보고, 내 허리도 쓰다듬어 보고, 머리를 굽혀 내 얼굴도 들여다보고, 온갖 아양을 다 부린 끝에

"색시요! 대답 좀 해보시오."

하겠지요, 이때는 그에게 잡힌 내 손을 그대로 맡겨두고 있었습니다.

"당신은 나를 사랑합니까?"

하고 묻겠지요.

허이 참. 기막힌 일이 아닙니까. 무어라고 대답하는가요. 바로 말하면 아직 그의 얼굴도 자세히 쳐다보지 못했으니까 말이지요. 그러나 그때는 그이가 왜 그런 말을 물을까, 그런 말을 물어서 무엇하려는가, 결혼한 이제는 할 수 없는데, 나는 당신을 사랑하지 않고서 되는 일인가.

나는 가슴이 찌릿찌릿하고 이만치 부끄러운데—하는 생각만 가득하여 고개를 폭 숙였더니, 그는

"아, 감사합니다. 이 사람을 사랑하십니까?"

하였지요. 아마도 그는 내가 고개를 숙이니까 머리를 끄덕이는 줄 알았던 모양이지요. 하하하!

그래 참 하하하 참 우습다.

그이가 먼저 옷을 벗고 내 왼편 버선을 한 짝 벗기고 나더니 내 치마끈을 잡아당기겠지—. 나를 홀랑 벗길 작정인 것쯤이야 내가 누구라고 모르겠소

아, 나야 학교 공부는 못했지마는 그래도 귀한 집 딸이라고, 한문 글도 배웠고, 꽤 똑똑한 색시였으니깐 알았지요. 아이고 참, 내 말이 거짓말인 줄 아나 봐……. 내가 왜 한문을 몰라! 소학도 다 배웠는데 ―할부정(割不正)이어든 불식(不食)하며 석부정(席不正)이어든 불좌(不坐)하며―. 이것이 다 소학에 있는 글이라오.
 그래 참 내가 정신이 없구나. 하던 이야기나 마저 해야지.
 하느님! 당신 뜻인가요? 참 재미있지요. 그래 그래― 그래서 말이야……. 그이가 아주 눈이 발칵 뒤집혀가지고…… 히히. 아주 숨 쉬는 소리가 황소 같더군요. 제까짓 신랑놈이 아무리 지랄을 한들 내가 가슴을 꼭 껴안고 있으니 어디 내 옷을 벗길 수 있어야지……. 그렇지만 너무 뺑소니를 치면 또 성을 낼까봐 겁도 나고 그뿐 아니라 옛날 어떤 신랑놈처럼 첫날밤에 신랑은 색시를 벗겨야 한다니까, 아주 색시의 껍질을 벗겨 놓더라는 말도 생각이 나고 해서 살그머니 못 이긴 체 했더니 아, 그 놈의 신랑놈이 그만…… 히히히. 참 우습다.
 그뿐인 줄만 알지 마소. 하하하. 지금 생각해도 가슴이 간지럽다. "여보 색시! 당신 허리는 어쩌면 이다지 알맞게 생겼소 아이고, 이뻐라 우리 색시. 오늘부터 우리들이 백 년이나 천 년이나 변함없이 한 마음 한 뜻으로 살자구……. 아이고 이쁜 우리 색시!"
 아이 참, 그이는 어쩌면 그렇게도 내 간장을 녹이려고 드는지, 아주 나는 아 그 놈의 신랑에게 그만 녹초가 됐지요. 하하하, 하하하.
 참 그때는 무척도 좋더니…… 그이가 대체 무엇이라고 그이만 보면 그렇게 기쁘고 좋은지⋯⋯. 참 알 수 없지, 알 수 없어⋯⋯. 왜 또 부끄럽기는 그리도 부끄럽던지⋯⋯.

그때 생각에는 정말로 우리 두 사람은 천 년 만 년 검은 머리가 파뿌리가 되고 묵사발이 되도록 변함없이 살줄만 알았지요.

그러기에 그이에게는 내 살을 베어 먹여도 아깝지가 않을 것 같았어요.

에이, 빌어먹을 년, 이 년이 암만해도 멍텅구리 같은 미친년이야⋯⋯.

그렇게 좋고 좋던 우리 사이도 시집을 가고 보니 그 여우같은 시누이년 까닭에 싸움할 때가 있게 되었지요.

그러다가 그이가 고등보통학교를 졸업하고 일본으로 공부하러 갈 때만 해도 나는 안타까워서 하룻밤을 뜬 눈으로 새우면서 그이를 떠나서 그 무서운 시집에서 나 혼자 어떻게 살까를 생각하며 자꾸 울었답니다.

아이고, 배고파라. 벌써 저녁때가 넘었나 보다. 아이 추워라. 비는 *경치게도 온다. 옷이 함빡 젖었네.

아이고 빌어먹다 자빠져 죽을 년, 시어미, 시누이 그 두 년과 무슨 원수가 맺었던가⋯⋯.

내가 밤마다 우는 것은 그이 생각에 가슴이 녹는 듯해서 운 것인데

"아이, 재수없이 요망스럽게 젊은 계집년이 밤낮 울기는 왜 울어, 글쎄 서방을 잡아먹었나. 무엇이 한에 차지 않아서 저 지랄인고."

하고 시어머니는 깡깡거리지요.

"아이고 오빠도! 오늘도 언니께 편지 부쳤네, 내게는 한 번도 보내지 않으면서."

하고 그이에게서 온 편지는 모조리 중간 차압을 해서 나에겐 보이지도 않고 저희끼리 맘대로 다 뜯어보지요.

"아하하, 오빠가 저의 마누라 보고 싶어서 울었단다……. 내 읽을 게. 들어봐요."

"'사랑하는 나의 사람아! 그 동안 얼마나 어른들 모시고 고생하시는가……'고 씌었구료. 글쎄, 누가 오빠 사랑하는 사람을 못 살게 굴었다고 이래……. 아마도 언니가 오빠에게 온갖 거짓말을 다 꾸며서 편지질을 한 거지 뭐—."

아이구, 참 기가 막히지요. 내가 벼락을 맞으려고 남편에게 시어미, 시누이 *험구를 했겠는가요. 이런 말이 어디 있어요?

아이 참, 지금 생각해도 기절을 할 일이지……. 그 편지 온 후부터는 나날이 태도가 달라지더니, 하루는 점심상을 받고 앉았던 시누이가 갑자기 밥을 한 술 푹 떠들고 벌떡 일어서더니 내게로 달려들며

"이것 봐. 이것, 나를 죽이려는 거지. 밤낮 제 서방 생각하느라고, 밥에 다 파리를 막 집어넣고 삶았구나. 이러고도 시어른 모시느라고 고생하는 건가?"

하고 나를 떠밀고, 내 밥그릇을 동댕이치고 야단을 하는 구료.

정말 밥에 파리가 들었는지 안 들었는지 알 수가 없는 일이지마는

너무나 안타까와 나는 자꾸 빌기만 했지요.

아이구, 하느님요. 내가 무슨 심사로 시누이 먹고 죽으라고 일부러 파리를 밥에다 넣었겠소.

그뿐입니까. 시누이는 숟가락을 집어던지고 앙앙 울면서

"나는 밥 안 먹을 테야. 더럽게 파리 넣어 삶은 밥을 누가 먹어! 가거라, 가! 너의 집에 가려무나. 이러고도 시집살이 무섭다고 오빠에게 고자질만 하니 바보 같은 오빠는 그만 넘어가서 우리 모녀를 흉칙하게만 여기고 제 여편네만 옳다고 하니 저 년을 두었다가는 아마도 나중에 우리 모녀는 길바닥에 나 앉겠구나. 남의 집에 윤기를 끊는 년······. 가거라 가거라!"

하며 방에 가서 발딱 드러눕는구료. 글쎄 나는 도무지 모를 소리지요. 죽으라면 죽고, 때리면 맞고, 인형같이 있는 나를 이리 몰아세우니 기가 막히지 않을 수 있는가요.

그래서 시누이에게 손이야 발이야 빌고 빌었으나, 앙앙 울며 나를 보기도 싫다고만 하는구료. 그래도 자꾸 빌었더니, 그만 했으면 풀릴 일이나 굳이 듣지 않고 옷을 와르르 끄집어내어 보에다 하나 가득 싸더니,

"나를 업수이 여겨도 분수가 있지, 내 팔자가 기박해서 신행 전에 서방을 잡아먹고 열일곱에 과부가 되었지마는 이런 데가 어디 있단 말인고······."

고래고래 고함을 지르며 옷 보퉁이를 마루로 끌어냅디다.

어디 고 년이 그렇게 악독하니까 제 신세가 그 모양이지요. 선행 전에 서방을 잡아먹었다는 것도 거짓말입니다.

열일곱 되는 봄에 결혼을 했는데 아주 부잣집 맏아들이요, 좋은 자리라고 알았더니, 웬걸. 초례청에 들어선 신랑이 사십에 가까운 사람이었어요.

전처에게 아들이 없어 *첩장가를 든 것이었지요. 그래서 우리 시누이는 첫날밤부터 신랑을 소박하고 아주 신랑과 인연을 끊었어요. 말하자면 머리는 올렸어도 실상은 숫처녀입니다. 남에게 첩으로 시집갔단 말은 하기 창피하고 분해서 제 입으로 서방 잡아먹은 과부라고 하는 거지요.

그러기에 나는 그에게 진심으로 동정하고 위로해 주는데, 저는 나를 이렇게 몰아세우니 기가 막히지 않을 수가 있습니까.

"가거라, 네가 안 가면 내가 갈란다."

하고 옷 보퉁이를 이고 뜰로 내려갑니다. 이것을 보는 시어머니는 방바닥을 두들기며 대성통곡을 내놓는구료. 아이 참, 할 수 있나요.

내가 우루루 내려가서 옷 보퉁이를 빼앗아 방에 갖다 놓고

"어디로 가십니까? 못 가요. 내가 가지요. 내가 가겠습니다."

하고 빌며 내 방에 들어와서 치마를 갈아입고 얼른 뜰로 내려섰지요. 물론 내가 그렇게 하면 시누이의 성이 풀릴 줄 알고 어쩔 수 없이 그런 것이지요.

아, 그랬더니, 후유—시어머니가 와락 마루로 뛰어나오더니

"어허, 동리 사람들아. 이 일이 무슨 일이요. 철없고 속 시끄러운 시누이가 설령 성을 냈더라도 그걸 갚을 게 무엇이냐. 친정 간다고 나선다. 동리 사람들아. 이 구경 좀 하소! 네— 이 년 바삐 가거라. 바삐 가!"

하면서 막 내어 쫓는구료. 어느 영이라고 반항하나요.

할 수 없이 쫓겨났지요. 그래도 대문에 붙어 서서 성 풀리기를 기다렸으나 대문을 열어줘야지요. 그 날 밤이 되면 담이라도 넘어 갈까 했더니 해가 지니까 시어머니가 대문을 열고 쑥 나서더니 조그마한 옷 보퉁이 하나를 내 앞에 내동댕이치며 이것 가지고 썩 돌아서 가라고 하고는 다시 대문을 꽉 잠그고 맙니다.

그래도 울면서 자꾸 빌었지요. 빌고 또 빌어도 어디 들어주어야지요. 그래서 하는 수 없이 친정으로 향했지요.

친정까지 이십 리를 그 밤중에 혼자 걸어갔지요.

집에 가니 아버지가 또 영문도 모르시고 야단이지요.

"나는 옷 보퉁이 싸가지고 밤길 다니는 딸을 낳은 기억이 없다. 아마도 너는 여우로구나. 우리 딸은 한번 시집가면 그 집에서 죽어서나 나오는 법이지, 살아서 시집을 못 살고 쫓겨 오지는 않는다."

라고 당장에 쫓아냅니다.

그 놈의 옷 보퉁이가 또 대문 밖으로 튀어나옵니다.

어이, 참 그 놈의 옷 보퉁이가 무엇이 그리 중한 것이라고 늙은이들은 그 놈을 내 앞에 기어이 갖다 던지는지.

예전 사람들은 시집 못 살고 갈 때는 꼭 옷 보퉁이를 가지고 간다더니, 과연 옷 보퉁이는 중한 것인가 봐요.

아이구, 참 우습다 히히히. 그래서 할 수 있나요. 할 수 없이 그 길로 친삼촌 댁으로 갔지요. 이 집에서야 설마 또 쫓을라구요. 그래서 숙모님이 아주 *분기충천하여 나를 위로해 주더군요. 그래 나는 이 세상에서 우리 숙모님같이 좋은 사람이 없는 줄 알았어요. 그랬더니 뒤미처 어머니가 달려와서 또 나의 편이 되어 주는구료.

그러니까 세상에 무서운 사람은 우리 시어머니, 시누이, 우리 아버지 세 사람이지요.

시아버지도 살아 있었더라면 이 세상 어느 사람보다 더 무서웠을지 모르지―. 그리고 얼마 동안 숙모님 댁에 있다가 친정으로 불려가서 있었지요.

어머니가 아버지에게 무슨 말을 했던지 그 후 아버지도 말은 없어도 나를 꾸중하시지는 않더군요.

좌우간 내가 퍽 얌전한 색시였기도 했으니까―. 아버지도 내가 쫓겨온 것이 내 죄가 아님을 아신 게지―.

그러던 어느 날 내 이름으로 편지 한 장이 왔겠지요. 하도 반가워 받아보니 바로 그이에게서 온 것이었어요.

그만 두 손이 와들와들 떨리고 가슴이 쿵덕거리더군요.

시누이년이 무어라 고자질을 했는가. 그이도 나를 꾸지람하면 어떻게 할까……. 그러나 편지를 뜯고 보니 웬일일까요. 참 놀랬지요.

그이는 도리어 나를 위로하고 자기 어머니와 누이를 용서하라고 했어요.

그래서 나는 하도 기쁘고 감사하여 얼마나 울었는지 몰라요. 그이의 은혜는 죽어도 못 갚게 될 것 같더군요.

실상은 아무 은혜랄 것도 없는 일이지마는 그래도 나를 알아주는 것이 하도 고마워서 하는 말입니다.

그러는 중에 그이는 대학교도 그만두고 돌아오게 되어 그이의 주선으로 다시 시집으로 돌아가게 되었는데, 그이가 있으니 또 별일 없이 살았지요.

그러는 중에 맏딸년 정옥이를 낳았고, 맏아들 석주를 낳았고, 둘째 딸 정희를 낳은 것입니다. 세월은 참 빠르기도 하더군요.

그이와 내가 서로 만나 온갖 산고를 다 겪고 살아오는 중에 이십 년이란 세월이 흘러갔구료. 그러니까 그이 나이가 서른여덟이지요. 우리 살림은 누가 보든지 자리가 잡히고, 아주 착실했지요.

아이구 하느님, 이렇게 말하니까 그이는 나의 애를 태우지 않은 것 같지요만 알고 보면 그이도 상당했더랍니다.

그 놈의 무슨 주의자라나 그것 까닭에 몇 번이나 감옥에 드나들었지요. 그뿐입니까. 몸이 약하여 밤낮 앓지요. 그래서 나는 엄동설한 추운 겨울에⋯⋯ 그래도 추운 줄을 모르고 밤마다 냉수에 먹을 감고 정성을 드렸지요.

"하느님, 부디부디 몸 성하게 해 주시고 주의자 하지 말게 해주시기 바랍니다."

라고 밤마다 빌었답니다. 어떤 때는 빌고 나면 온몸이 얼음덩이가 되는 것 같더군요. 그래도 추위를 느끼면 행여나 정신이 부실하다고 하느님 당신이 비는 말을 들어주지 않을까 봐 한번도 춥다고 여겨보지 않았습니다. 아이구 맙시사. 아이구, 빌어먹을 도둑놈.

네가 하느님이야? 도둑놈이지.

그치만 내가 정성을 드렸으면 조금이라도 효험을 보여주어야 되지 않느냐?

우리 시어머니나 시누이나 조금도 틀림없는 것이 하느님 당신이 아닌가?

그래 내 청을 하나인들 들었던가 말이다. 그이와 살림을 잡혔다고는 하지마는 단 하루라도 내 마음을 놓게 한 적이 있었느냐 말이다.

그 주의자인가 하는 것은 버렸지마는 그것을 버리고나더니 또 불 하나가 터지지 않았나 말이다.

후유—. 처음엔 친구 집에 간다고만 속였으니 내가 알 리가 있어야지.

아마도 눈치가 다르니 또 다시 주의자를 시작했는가…… 싶어서 간이 콩알만했지요. 그래— 아무리 보아도 눈치가 다르고 때로는 밤을 새우고 들어올 때도 있었어요. 혼자서 생각다 못하여 나도 단단히 결심을 했더랍니다.

어느 날입니다. 저녁을 먹고 그때 아들놈이 중학교에 입학시험 준

비한다고 아버지께 산수를 가르쳐 달라고 하는데 그이는 급한 일이 있어 나가야겠으니, 누나 정옥이에게 배우라고 그만 핑 나가 버립니다.

맏딸 정옥이는 고등여학교 2학년이었지마는 저도 학기말 시험공부 하느라고 석주의 산수를 가르쳐 줄 여가가 없다고 합니다.

그래 나는 와락 성이 났지마는 꾹 참고서

"또 무슨 볼일이 있어요. 주의자 할 때는 자식새끼가 어렸으니 당신 할 일이 없었지마는 이제는 아이가 시험을 치는 때이니 그만 나다니시고 아이도 좀 위해 주어야지요."

하고 혼잣말 비슷하게 했지요. 아참 기가 막혀. 그이는 휙 돌아서더니

"무엇이 어쩐다고? 무식한 계집이란 할 수 없다니까. 그래 네가 자식을 얼마나 훌륭하게 낳았기에 배운 것도 모르는 멍텅구리 같은 그런 자식놈인가 말이다. 계집이 건방지게 사나이를 아이새끼들 앞에서 꾸짖고 야단이야⋯⋯."

하며 아주 노발대발하여 방문이 부서지게 내리밀치고 나가 버리는구료.

대체 이 때려죽일 놈의 하느님아. 내가 그 추운 겨울 얼음을 깨고 목욕하며 빌고빌고 하여 몸 건강하게, 주의자를 그만두게 해달라고 했더니 무슨 심정으로 글쎄 몸도 건강하고 주의자는 그만두었다 할지라도 사람을 이렇게 변하게 해주었느냐 말이다. 주의자 할 때는 그래도 잡혀갈까봐 그것만 애를 태웠지. 지금 같은 이런 말머리쟁이는

듣지 않았지요.

그이같이 마음이 바르고 굳세고, 어디까지나 정의를 사랑하던 사람도 없었는데, 주의자를 그만두자 이렇게 기막히는 말이나 하는 인간이 되고 마니 딱한 일이 아닙니까.

나는 그 자리에서 분함을 참지 못했지요. 이것도 나의 욕심인지 모르나 아이놈이 시험에 미끄러지면, 첫째 아이가 낙방할 것과, 둘째 시어머니께 내가 자식 잘못 낳았다는 꾸지람을 듣겠으니까. 여러 가지로 여간 애가 타지 않았는데, 글쎄 그이는 저대로 쑥 빠져나가 버리며 남기고 간 말이 그게 무엇이란 말이오.

그래 나는 벌떡 일어나 빨리 집을 나섰습니다.

골목 끝에 나서 좌우를 바라보니 전등빛에 그이가 걸어가는 뒷모습이 보이겠지요. 나는 두말없이 뒤를 따라 갔습니다.

골목 사이를 이리저리 굽어들더니 나중에 조그마한 대문을 밀고 쑥 들어가지 않습니까?

아이구머니—나는 가슴이 덜컹하였습니다. 그이가 주의자 할 때도 저렇게 남의 눈을 피해가며 다니는 걸 보았기 때문입니다.

'아이구 주의자를 버린 줄 알았더니 아직 그대로 하는구나.'

나는 입속으로 부르짖고

"맙소 맙소 하느님—."

하고 한숨을 쉬었지요. 그래서 집으로 힘없이 돌아와서 아이들을 재우고, 나도 돌아누워 곰곰이 생각하며 그이가 돌아오기만 기다렸습니다. 밤이 새로 2시가 되니까 그제야 돌아오는구료. 내가 자는 척하고 눈을 감으니 그는 살그머니 옷을 벗고 자기 자리에 가서 소리없이 드러누워 그만 잠이 들어 버리더군요.

나는 잠이 오지 않아서 그이가 순사에게 또 잡혀갈까봐 정말 가슴이 졸여서 그 밤을 꼬박 새웠습니다. 그 이튿날 새벽에 일어나서 아이들을 깨워 아침밥 때까지 공부하라고 한 후 나는 부엌으로 나갔다 들어오니 그이는 한잠이 들어 자는 구료.

차마 일으키기가 안 됐어서 그대로 나가 아이들 밥을 거두어 먹인 후 모두 학교로 보내고 그이를 깨웠지요.

"아이 곤해, 귀찮게 왜 이 모양이야!"
하고 성을 벌컥 내는구료.
그래도 나는 염려가 되어,

"밤늦게 제발 좀 다니시지 마세요. 몸에 해롭지 않아요."
하며 그에게 주의를 버려 달라고 애걸하려고 시작했습니다.

"밤늦게? 누가 말이야? 간밤에도 내가 일찍 돌아왔는데, 그래 날 보고 아이들 공부 가르치라고 하면서 저는 초저녁부터 잠이나 자는 거야? 무식한 계집이란 아무 소용없어. 자식 교육을 할 줄 아나……. 밥이나 처먹고 서방에만 밝아서……. 에이 야만이야, 천생 금수나 다름이 없지 뭔가."

아이구 하느님, 그이가 하는 말이 이러합니다.

그이가 새로 2시에 들어온 것을 뻔히 아는 내가 아닌가요.

또 그 날 밤이 되니까 그이는 어제 저녁과 똑같이 아이들이 아버지 아버지 하고 배우려고 애쓰는데 다 뿌리치고 나가 버립니다.

나는 그이의 그러한 태도가 원망스러운 것은 둘째가 되고, 그이가 이러다가 잡혀갈까 봐 겁이 나서 그 날 밤도 또 따라나섰지요.

"내가 그 집 대문 앞에서 기다리고 있으면서 만일 순사가 번쩍거리면 얼른 그이에게 알려 주어야지."

하는 염려로 따라갔지요.

과연 이 날 밤도 어제의 그 집으로 쑥 들어갑니다. 나는 길게 한숨짓고 그 집 대문 앞에서 파수를 보고 섰지요.

그렇게 이윽히 섰다가 어둠 속에서라도 자세히 살펴보니까 대문이란 것은 겉 달린 것이고 담이 죄다 무너지고 말았으므로 그 집 안이 훤히 들여다보이겠지요.

그래서 나는 *일변 기쁘고 일변 겁이 나면서도 나도 모르게 뜰로 살그머니 들어갔지요. 대체 그이의 동지가 몇 사람씩이나 모이는가 — 하여서 툇마루 아래를 살펴보았더니, 하얀 여인네의 고무신 한 켤레와 그이의 구두가 가지런히 벗겨져 있지 않습니까? 나는 새삼스레 가슴이 덜컥하여 살살 집모퉁이로 돌아갔더니 좁다란 뒤뜰이 있고 뒤창으로 불이 비치는데 아마도 창 안에는 그이가 있을 것이 분명하므로 아주 쥐새끼처럼 기어가서 그 창 옆에 납작 붙어 섰습니다.

방안은 잠잠합니다.

그러나 내 가슴은 생철통을 두들기는 것 같이 요란합니다.

"여보—이번에 당신 아들이 중학교에 수험한다지요?"
하는 고운 여인의 목소리가 새어 나옵니다. 나는 그 요란하던 심장이 갑자기 깜박 까무러치는 것 같더군요. 하하하…… 하하하, 아이구, 우습다 우스워…….

배가 고픈데— 아이 추워, 비는 경치게 온다. 에에라, 고기나 좀 잡아먹을까…….

어디 보자. 옳지 이렇게 옷을 동동 걷어 올리고 나서 고기나 잡아 먹자…….

아이그, 한 마디로 잡히지 않네. 아이쿠, 요놈의 고기…… 안 잡히는구나. 네 이놈, 아이구구, 하하하…….

고기는 잡히지 않네! 에에라, 이놈의 냇물을 죄다 삼키지. 그러면 고기도 죄다 따라들어오겠지—꿀떡꿀떡……(냇물에 입을 대고 마십니다)

아이구, 배불러라. 내 뱃속에도 냇물이 하나 흐르고 있을 게다. 고기도 많이 놀고 있겠지…… 아아 배불러라.

이제는 그만 누워 잘까. 비는 들이치지마는 이 다리 아래서 자는 수밖에…….

아 참, 하느님, 이야기하던 걸 잊어버렸군. 에이 귀찮아. 그만둘까? 그만두면 뭘 하나. 해버리지.

그래—. 그래서 말야. 그 놈의 계집년의 목소리 경치게 이쁘더군요. 나는 와락 그 여인의 얼굴을 보고 싶었으나 꾹 참았지요. 그랬더

니 이제는 바로 그이의 음성이

"에— 듣기 싫소 그까짓 돼지 같은 여편네의 속에서 나온 자식새끼가 나와 무슨 상관이 있단 말이오. 사랑하는 당신과 나 사이에서 생겨난 자식이라야 참으로 내 사랑하는 자식이 되겠지. 여보, 어서 아들 하나 낳아 주어……. 우리의 사랑의 결정인 아주 영리한 아이를 낳아요."

합니다. 나는 눈이 확 뒤집혀지는 것 같더군요.

"하하 공연히 그러시지, 당신의 그 부인도 참 예쁘던데……."

"아니, 그 여편네 말은 내지도 말아요, 내가 열여덟 살 때 부모의 명령에 못 이겨 억지로 강제 결혼한 것이니까 그를 한 번도 아내로 생각해 본 적이 없어요."

"아이그 거짓말, 아내로 생각하지 않았으면 왜 자식을 그렇게 셋이나 낳았던가요?"

"허—그러기에 말이지, 아마도 내 자식이 아니라는 것이지요. 아직까지 내 자식이라고 해도 손 한번 쥐어 준 적이 없었어요."

"호호호 거짓말……."

"흥……. 거짓말이라고 여기거든 맘대로 하구료. 오늘까지 그 여편네와 말 한마디 해본 적이 없다오. 그런데도 자식이 셋이나 있다는 것은 정말 조물주의 장난이라고 하지 않을 수 없어요."

하느님— 그이가 이따위 소리를 하고 있구료…… 우리 색시 이쁘다고 물고 빨고 하던 것은 다 어떡하고 저런 거짓말이 어디 있소

"여보, 나는 정말로 불행합니다. 나는 노모를 위하여 참아 왔고 또 그 여편네가 가엾기도 하여 나 자신의 삶을 희생해온 거랍니다. 그렇지마는 나는 아직 젊습니다. 아무리 억제해도 억제하지 못할 때가 있었어요. 나는 가정적으로 너무나 불행한 까닭에 성자(聖者)가 아닌 이상 어찌 불만을 느끼지 않을 수 있나요. 너무나 모두들 무지하니까 나는 지적(知的)으로 너무나 목말랐더랍니다. 아내란 것이 나를 이해하지 못하고, 다만 나에게 맛있는 음식이나 먹여 주고 옷이나 빨아 주고 밤이 되면 야수 같은 본능만 아는 그런 여편네와 이십 년이란 세월을 살아왔구료. 아무 감격도 신선함도 이해도 없는 그런 부부생활이었어요. 당신까지 나를 이해 못 하고 그러십니까? 그 여편네는 나에게 무지(無知)하기를 원하고 생활이 평안하도록, 일하는 남편이 되기 원하며 자식에게는 정신적으로 충실한 종이 되기 원할 따름이에요. 그러니 나라는 사람은 어느 결에 나를 위한 삶의 시간을 가지란 말인가요?"

흑흑흑……

나는 울었습니다, 울었어요. 그이의 하는 말이 용하게 꾸며내는 혓바닥의 장난일 줄은 알지마는 그 순간 나라는 존재는 그이에게 그만치 불행한 존재임을 느낄 때 무척 슬펐습니다.

하느님, 당신 바로 판단하구료. 그이의 말이 옳습니까? 응? 대답해 봐!

암! 암! 그렇지, 그 말이 죄다 틀린 말이지, 틀렸고말고 아예 당초에 인간이란 게 공부를 잘못하면 제 행동이 옳든 그르든 간에 아무리 틀린 말이라도 교묘하게 이론만 갖다 붙여서 그저 합리화하려고 하는 재주만 늘어갈 뿐인 거라오. 그이가 그처럼 나를 *무지몰각한 돼지 같은 여편네라고 할 때는 아마도 그 여인은 상당히 많은 학교 공부를 한 여자인가 봐요.

나는 단지 한문 글씨나 배웠을 뿐인 무식쟁이지만 그이의 하는 말에 반박할 말이 수두룩한데 웬일인지 그 여인은 생긋생긋 웃으며 고개를 끄덕이고만 있는 모양이구료.

아이고 아이고, 그 뻔뻔스런 년, 남의 남편을 빼앗아 앉아서…… 아이구 분해!

글쎄 하느님아! 들어봐요. 그이가 나를 얼마나 사랑해 왔던가는 다 별 문제로 재껴 놓더라도 사람이란 건 천하없어도 제 혼자서는 살 수 없는 것이 아닌가요? 아무려면 깊은 산 속 멀리 인간사회를 떠난 곳에서 제 혼자 있는 것보다는 낫다고 하지 않습니까?

우선 나 하나를 돌아보더라도 세상에 제 하나만 위하고 제 마음의 자유와 기쁨을 위한다면 이렇게 미치광이가 되어야 하지 않나요. 이렇게 세상을 다 떨치고 내 맘대로 살고 있는 나이지만 불만이 많기가 끝이 없어요.

사람이 산다는 것은 이 인간 세상에서 미우나 고우나를 물론하고 한데 얽매이고 서로 엇갈려 있다는 뜻이 아닌가요.

그런데 그이는 제 혼자의 삶을 주장합니다. 아이고, 아니꼬와……

내 눈에는 아무리 보아도 그이가 한 아름답게 보이는 여인에게 반했다는 그것뿐이에요. 이십여 년을 정답게 정답게 아들 낳고 딸 낳고 살아오다가 고운 여인을 보고 욕심이 나니까 제 마음대로 떳떳하게 욕망을 채울 수가 없어 별 지랄 같은 소리를 다 하는 거지.

한 가정의 귀한 아들딸과 어머니와 안해를 다 버리고 한 개의 욕망! 결국은 계집에게 반한 그 마음 하나를 억제 못해서 사나이 자식이 온갖 거짓말과 괴로운 이론을 끌어다 붙이려고 애쓰는 그 꼴이 어디 되었나?

아이고 아이고, 귀한 우리 자식들!

아무리 나에게야 악했지마는 그래도 이미 죽을 날이 멀지 않은 시어머니…….

다 불쌍해라. 너희들의 긴장을 녹여주면서까지 너희 아비는 제 삶을 산다고 저러고 있단다. 히히히…….

귀하고 중한 내 자식들아, 너희를 누가 만들었노! 너희를 만들어 놓고 너희에게서 아비를 거두어 간 그 아비…….

하느님, 아비 없는 자식은 불량자가 되기 쉽다지요……. 아이구 이 일을 어찌하노…….

그러나…… 사랑한다는 것은 흐르는 물과 같아서 자꾸 변한다고요? 참 잊어버렸군, 그런 것이 아니라 사랑이란 영원한 것이 아니고 찰나가 연장해 가는 것이니까 이 순간 아무리 사랑하지마는 다음 순간에는 어떻게 될지 모르는 거라지요.

그러니까 그이가 나를 사랑하지 않는다는 게 아닙니까.

보자 보자, 그러니까 또 그이가 어느 순간에 이르러 그 여인과의 사랑이 변하여 나에게로 돌아올지도 모르는 일이다.

아이구, 다 그만두자. 그까짓 것……

아이그, 또 배가 고프네……

아이고, 어두워졌구나…… 하하하.

나는 참았다. 참았다.

나는 하도 많이 참아 보아서 이제는 습관이 되었나 보다. 그래도 참고 집으로 돌아가자. 아이새끼들은 공부하느라고 어미를 돌아보지도 않았어요.

딸년은 학기말 시험공부 한다고, 아들놈은 중학교에 입학하려고……. 작은 딸년은 숙제한다고…….

나는 참았다. 눈물을 참고 밖으로 뛰어나가 과실과 과자를 사다가 나누어 먹였더니

"엄마 엄마, 어디 아파요? 엄마도 먹어요. 아버지는 왜 여태까지 안 오시나, 또 감기나 들지 않을까……"

아이들이 아버지와 어머니를 위하여 서로 이야기하며 맛있게 먹습니다.

시어머니 방으로 가 보았어요. 노인은 누웠다 일어나 앉으며

"석주 애비는 어디 갔냐…… 바람이 찬데……"

하고 염려하였어요. 에이 도둑놈…….

아이들이 다 잠든 후, 그이는 돌아왔지요.

나는 참던 눈물이 흘러내려 돌아앉았더니

"나 잘 테야. 요 깔아 줘……."

하겠죠. 그래서 나는 요를 깔아 주었더니,

"여보, 이리 오…… 왜 노했소 그러지 말고 이리 와요."

하며 자꾸 웃습니다.

아이고, 맙소사…… 남자란 게 이런 건가? 나는 모르겠다 몰라…… 어찌된 셈인가요 글쎄.

나는 참았지요. 입을 꼭 다물고 그이의 곁에 가 보았지요. 그이는 틀림없는 내 남편 이십 년간 살아오던 그이였어요. 조금도 다름이 없이 나를 안고

"아이들 이불 잘 덮어 주었나?"

하고 물으며…….

그리고 그이는 이십 년간 익어온 그 태도 그대로 잠이 들려는구료…….

나는 더 참고 보았지요.

이윽고 그는 잠이 들다 말고 소스라치듯 미소하며 다시 한 번 꼭 껴안겠지요.

"왜 새삼스레 이러는 거요? 이십 년이나 꼭 한 가지로 변함없이 이러는 우리 사이건마는 그리 내가 사랑스러운가요?"

하고 시치미를 떼 보았지요.

"암…… 내게 너만치 충실한 사람이 없고 미더운 사람이 없으니까."

라고 그가 대답합니다. 나는 벌떡 일어나 앉았지요. 하도 놀라와서요 하하하…….

그래 그 이튿날이었지요. 바로 그 밤이 새고 난 날이었어요. 나는 그 밤을 또 꼬박 새우고 난 터이라 머리가 횡횡 내어 돌리기에 아이들이 학교에 간 틈에 누워서 한숨 자보려고 했습니다마는 잠이 와야지요. 그래도 누웠으려니까 그이가 내 머리에 손을 얹어 보더니 깜짝 놀라며 병원에 가보라고 합니다.

아마 열이 높았던 게지요. 나는 별로 괴롭지 않아서 더 있어 보고 가겠다고 했더니 그이는

"그러면 있다 가 보오……."

하고는 휭 나가 버립니다.

나는 벌떡 일어나 따라갔지요. 그러나 그이는 그 집으로 가지 않고 어느 큰 상점으로 들어갔어요. 그래도 나는 그 상점 앞에 서서 지켰더니 그이는 전화를 빌어 어디다 전화를 걸고 나더니 쑥 나오는구료. 하는 수 있소? 딱 마주치고 말았지요.

"어디 가오?"

그이는 놀라며 물어요.

"병원에—"

나는 엉겁결에 대답했지요.

나는 공연히 부끄러워서 집으로 다시 돌아왔더니 그 날은 토요일이라 아이들이 벌써 학교에서 돌아왔으므로 점심을 먹여 놓고 또 다시 방으로 가 누웠더니 웬 머리통이 그리도 쑤시는지 가슴이 쏵쏵 소리를 지르고 너무 정신이 없었어요. 그러다가 나는 어떻게 된 셈인지 벌떡 일어나서 그 집으로 달려갔어요.

막 달려갔지요.

허둥지둥 달려가 보니 틀림없이 그이의 신이 덩그렇게 댓돌 위에 벗겨져 있겠지요.

나는 와락 달려가서 그이의 구두를 집어 들고 힘껏 그 년의 창문을 향해 던졌더니 '와당탕' 소리가 나며

"악!"

소리가 들리더니 방문이 활짝 열리며 그이가 썩 나섭니다. 바로 그이의 어깨 너머로 하얀 얼굴이 나타나며 나를 놀란 눈으로 바라봅니다.

그 얼굴, 그 얼굴!

그는 내가 잘 아는 여인이라오, 그는 음악학교 졸업생이랍니다.

우리 친정으로 *척당이 되는, 잘 따져 보면 나에게 언니라고 불러야 되는 계집애였어요······.

하하하. 이 일을 내가 무어라고 해결하나요. 알 수가 없어······.

대체 어떻게 된 셈인가······ 지금 생각해도 알 수 없어······. 나를 꽁꽁 묶어서 방 안에다 가두어 두고 의사란 놈이 별의별 짓을 다 하

였지마는 그것도 대체 왜 그 지랄들인지.

　하도 갑갑하고, 그이에게 물어볼 말이 많아서 그만 그저께 밤에는 온갖 재주를 다 부려서 튀어나오고 말았겠다…….

　놈들이 어디 가서 나를 찾고 있는지 모르지요. 내가 이 다리 밑에 숨어 있는 줄 저희들은 모를 거야…….

　하하하…….

　정옥아! 석주야! 정희야…….

　아무리 사람들이 네 어미 까닭에 너희들이 불행하여졌다고 하더라도 그런 말은 믿지 말아라. 너희 아버지가 이 어미에게 어려운 수수께끼를 내놓은 까닭이다. 흑흑흑…….

　아이구 보고 싶어…….

　너희들이 보고 싶다.

　정옥이 너는 장조림을 잘 먹고, 석주는 생선을 잘 먹고, 정희는 시루떡을 잘 먹고…….

　에에라, 집으로 가야겠다…… 누가 너희들을 보호할까…… 비는 왜 이리도 많이 오노…… 비를 노다지 맞고 가면 모두 나를 미쳤다고 하지 않을까.

(『조선일보』, 1937 연재)

지하련 작품선

결별

 어젯밤 좀 티격거린 일도 있고 해서 그랬던지 아무튼 *역부로 달게 자는 새벽잠을 깨울 멋도 없어 남편은 그냥 새벽차로 일찌감치 *관평을 나가기로 했던 것이다.
 형례(亨禮)가 눈을 떴을 때 제일 먼저 머리에 떠오르는 것은 어젯밤 다툰 일이다. 하긴 어젯밤만 해도 칠원 관평은 몸소 가봐야 하겠다는 둥, 무슨 이사회가 어떠니 협의회가 어떠니 하고 길게 늘어놓는 남편의 이야기가 그저 좀 지루했을 뿐 별것 없었다면 그도 모르겠는데, 어쩐지 그게 꼭 '이러니 내가 얼마나 훌륭하냐'는 것처럼 대뜸 비위에 와서 걸리고 보니 형례로서도 가만히 있을 수 없어 자연 주고받는 말이란 것이 기껏,
 "남의 일에 분주헌 건 모욕이래요."

"남의 일이라니, 왜 결국 내 일이지."

이렇게 나오지 않을 수 없었고, 이렇게 되고 보니 딴집으로만 났을 뿐 아직 한 집안일 뿐 아니라 큰댁에서 둘째아들을 더 믿는 판이고 보니, 하긴 남편의 말대로 짜장 그렇기도 한 것이 형례로선 더 *노꼴스럽게 된 판에다가,

"여자가 아무리 영리해도 바깥일을 이해 못 험 그건 좀 곤란해."
하고 짐짓 *딴대리에서 거드름을 부리는 것은 더 견뎌 낼 수가 없어서 이래서 결국 형례 편이,

"관둡시다. 관둬요"

하고 덮어 버리게 된 이것이 어젯밤 사건의 전부고 그 내용이지만, 사실은 이런 따위의 하잘 것 없는 말을 주고받은 것뿐으로 그저 그만이어도 좋고 또 남편이 이따금 이런 데서 그 소위 거드름을 부려 봐도 그리 죄 될 것 없는, 이를테면 아내의 단순한 트집이어서도 좋을 경우에 형례는 곧잘 정말 화를 내는 것이 병이라면 병이다. 더구나 형례로선 암만 생각해 봐야 조금도 다정한 소치에서가 아닌데도 노상 정부더리는 제가 도맡아 놓고 하게 되는 결과가 노여울 뿐 아니라 항상 사태를 그렇게만 이끄는 남편의 소행이 더할 수 없이 능청맞고 괘씸할 정도다.

간밤에도 물론 이래서 잠이 든 것이지만, 막상 아침에 깨고 보니 결국 또 손해 본 사람은 저뿐이다. 지금쯤 분주히 관평을 하고 있을 남편에 비해서 이렇게 오두마니 누워 천장 갈비만 헤이고 어젯밤 일

을 되풀이하는 제가 너무 호젓해해서인지는 모르나, 아무튼 일찍 일어났댔자 별로 할일도 없고 또 일찍 일어나기도 싫어서 그냥 멍청히 누워 있으려니 어디난 거미줄 한 나불이 천장 복판에서 그네질을 한다. 형례는 어쩐지 그곳에 몹시 마음이 쓰이려고 해서 일어나 그걸 떼버릴까 생각하는 참인데,

'여잔 왜 관평을 하러 다니지 않을까?'
하는 우스운 생각 때문에 문득 실소하려던 맘 한 귀퉁이에서 별안간 야단이 난다.

'그깟 일―'
하고 발칵하는 것이다. 다음 순간 형례는,

'웬일까? 내가 이렇게 비위를 잘 상하게 되는 것은 그를 대수롭게 여기지 않고 사랑하지 않기 때문이 아닐까?'
하는 제법 맹랑한 생각이다. 하지만 그로서는 또 뭘 그렇게 치우쳐 다잡아 볼 것 없이, 그저 남편을 사랑한다고밖엔 도리가 없는 것이, 이러지 않고는 사실 일이 너무 거창해서인지도 모른다. 정말 이래서 그는 그저 인망이 높다는 남편의 좋디좋아 뵈는 그 눈자위가 가끔 비위를 상해 줄 뿐이라고 생각해 버리는지도 모른다.

*

뭘 별로 생각하는 것도 없이 그저 이러쿵저러쿵 누웠으려니,
"아주머니, 웃말댁에서 놀러오시라요."
심부름하는 아이가 말을 전한다.

형례는 얼른 이불을 거두고 일어났다.

웃말댁이라면 그저께 정희(貞熙) 혼인이 있은 집이고 정희는 먼 촌 시뉘라기보다 더 많이 여학교 때부터 절친한 동무다. *제바람에 가 볼 주제는 없었지만 아무튼 꽤 궁금하던 판이라, 부리나케 세수를 한 후 그는 '서울신랑'—그 걸패 좋다는 청년을 함부로 머릿속에 넣어 보면서 어느 때보다도 조심껏 화장을 한다.

"저녁에 아저씨가 오셔도 웃말댁에 갔다고 여쭈고 집안 비우지 말어라."

형례는 문밖을 나섰다.

너무 맘써 치장한 때문인지 언제라도 입을 수 있는 흰 반회장저고리에 옥색 치마가 쨍한 가을볕살에 눈이 부신다. 어째 횟박을 쓴 것처럼 분이 너무 많이 발린 것도 같고 입술이 주홍처럼 붉은 것도 같아서 뒤뚝뒤뚝 *얼울한 판인데,

"아이갸, 새댁 나들이 가나베, 잔칫집에 가요?"

하고 마을집 노인이 인사를 한다.

"네."

하고 그저 인사를 받는 둥 마는 둥 하려니, 어쩐 일로 노인이 꼭 얼굴만 보는 것인지…… 그는 귀밑이 화끈하다.

'망할 노인네, 속으로 무슨 흉을 잡으려구.'

형례는 괜히 이런 당찮은 속알치를 부리고, 역부로 얼굴을 쳐들다시피 하고는 황황히 큰길을 나섰다.

큰길 옆 음식점 앞에선 무던히 키가 작고 다부지게 생긴 엿장사가 어느 우대 사투리론지 엿판을 치며 *얼싸녕을 빼고 있다. 그 옆에 *우 무룩한 애들, 손자를 앞세운 노인, 뒷짐을 지고 괜히 주춤거리는 얼 주정꾼, 이렇게 숱한 사람이 서 있었다. 암만 생각해 봐도 어쨌든 그 앞을 지나칠 용기가 없을 성싶어서, 형례는 숫제 되돌쳐서 좁은 길을 잡았다. 좁은 길로 가면, 학교 뒤 긴 담을 돌아서도 논둑길로 큰길 두 배나 가야하고, 그보다도 길이 험해서, 애써서 *바투 신은 버선발 에 흙알이 들어가면 낭패다. 그는 뉘 집 사립가엔지 죄 없이 하늘거 리는 몹시 노란 빛깔을 한 채송화 포기를 역부로 잘근 밟으며 짜증 을 냈지만, 아무튼 굳이 이 길을 잡은 그 사람 됨됨을 비록 스스로 자조한다 친대도, 영 갈 수 없었던 것은 의연 갈 수 없었던 것으로, 어찌할 수는 없다.

형례가 좁은 길을 거진 다 빠져나려고 했을 때다. 마침 고 삼가람 길에서 그는 공교롭게도 명순(明順)이와 마주쳤다. 명순이는 몹시 호 사를 하고, 사내아이도 그 남편도 이 지방에서는 잘 볼 수 없는 값진 옷들인 성싶다.

"어데 가니?"

"어디 가니?"

"나 온천에 좀 가."

대답하는 명순이는 밝고 다정한 얼굴을 해서 어느 때보다도 아름 다웠다.

두 사람은 *인차 헤졌다.

학교 뒤 긴 담을 돌아나오려니,

'저런 게 행복이라는 걸까.'

하는 야릇한 생각에 선뜻 걸린다.

생각하면 형례는 전부터 명순이 같은 애들이 그리 좋지 않은 폭이다. 명순이만 두고 말해도 처음 시집갈 땐 그렇게 죽네 사네 싫다던 아이가, 시집간 지 얼마가 못 돼서부터 혹 동무들이 찾아가도 조금도 탐탁해하지 않는 대신, 날로 살림 잘한다는 소문이 높아 가는 것부터가 싫기도 했지만, 그보다도 개개 두고 볼라치면 학교 때 공부 못하고 빙충맞게 굴던 것들이 시집가선 곧잘 착한 말 듣고 잘사는 것이 참 이상하고 알 수 없는 속내이기는 했지만, 아무튼 그걸 부럽게 여길 맘보다는 일종 멸시하고 싶은 생각이 더 컸던 성싶다. 하지만 웬일로 이제 이렇게 긴 담을 끼고 호젓이 생각하노라니 그 귀엽고……고운 생각을 담옥담옥 지녔던 죽은 숙희라든가, 남편과 이혼을 하고 지금은 진남포 어디서 뭘 하는지도 모른다는 지순이라든가, 또 계봉이나 이제 형례 저 같은 사람보다도 명순이 같은 애들이 훨씬 대견하고 그저 그만이면 그만으로 어째 훌륭한 것 같은 생각이 들기도 한다.

다음 순간 그는 맘속으로 가만히,

'지순이는 뭘 하구 있을까? 무슨 바엔가 찻집에 있다는 소문이 정말이라면 그건 명순이처럼 곧 남편이 좋아지지 않은 죄고, 음악이 취미라고 해서 *축음기 판을 무수히 사들이고 오켄지 뭔지 하는 데서 가수들이 오는 날이면 숱한 돈을 요릿값으로 없애곤 하던 그 남편을 끝내 싫어한 죄일까?'

하고 생각해 본다. 그러나 어쩐지 이런 생각이 채 끝나기도 전에 이보다 몇 배 더한 이상한 노여움을 어찌할 수가 없다. 발아래 폭삭폭삭 밟히는 흙알을 한줌 쥐어 누구의 얼굴에고 팩 끼얹고는 그냥 돌쳐서고 싶은 야릇한 *분만(憤懣)이다.

마침 상호천이란 냇물을 끼고 내리 걸으면서 그는 맘속으로 퍼붓듯 숱한 말을 중얼거렸다. 무슨 소린지 한참 중얼대고 나니까, 어째 맘이 허전한 것이 이상하게 쓸쓸한 정이 든다.

쟁평하니 남실거리는 여울물이 보였으나 그는 조그마한 돌멩이로 파문을 긋고 싶은 마음도 없이 그저 휘청휘청 걸었다.

어듸난 대사를 치른 마당이라고, 새끼 나부랭이, 종이조각, 떡 부스러기, 이런 것들이 어수선히 널렸는데도 그게 상가나 무슨 불길한 마당과는 달라서 어쩐지 풍성풍성하고 훈훈한 김이, 어디서고 다홍 치마를 입은 신부나 귀밑이 파르란 신랑이 꼭 나타날 것만 같아서, 짐짓 대청 앞을 피하고 샛문으로 해서 정희가 거처하는 방 쪽으로 가만가만히 가려니까 아니나다르랴 정희가 뛰어나온다.

"요런 깍쟁이, 고렇게 새치밀 딴담. 그래 모시러 보내지 않았더면 안 올 뻔했지?"

정희는 야속하다는 듯이 눈을 흘긴다.

형례는 정희 태도가 하도 신부답지 않다기보다도 너무 전날 그대로여서, 어떻게 보면 그게 더 고와 뵈는 것 같기도 했지만 또 한편 이상한 감을 주기도 해서 어쩐지 얼굴이 달았다.

형례가 정희에게 이끌려 마루로 올라서려니 여지껏 아랫목에 앉아서 두 사람의 수작을 보고 있던 퍽 해맑게 생긴 사나이가 밖으로 나온다. 형례는 속으로 '저게 뭐니뭐니 하는 이 집 사위로구나—'했다.

정희는 그저 얼떨떨해 있는 형례에게 자리를 권하랴 이야길 건네랴, 뭘 또 차려오게 하고, 한참 부산하다.

"얘 덥단다. 내가 왜 시집왔니, 아랫목으로만 밀게—"

형례는 도무지 적당한 말이 없어 곤란하던 차라 아랫목으로 앉힌 것을 다행으로 아무렇게나 말한 것인데,

"너 시집 좀 와보렴!"

하고 정희가 말을 받고 보니 영문 없이 또 귀밑이 확확하다. 하긴 정희의 이런 말버릇이 이제 처음도 아닌 게고 또 뭘 이대도록 무안을 탈 것도 없지만 어쩐지 그는 왼편 바람벽 쪽으로 얼굴을 돌리고 말았다. 그랬는데—— 하필 그곳엔 체취가 풍기도록 *고대 벗어 건 것만 같은 넥타이가 끼워진 와이셔츠며, 양복이 걸려 있어 여지껏 정희가 처녀였다는 사실과 이상하게 엉클어져, 그는 또 한 번 당황하지 않을 수 없었다.

"그래, 얼마나 즐거우냐?"

그는 급기야 애꿎은 정희를 놀리고 만 셈이다.

"너 이러기냐?"

하는 듯이 정희는 고 초랑초랑한 눈으로 장난꾼처럼 잠깐 형례를 쳐다봤으나 인차 무슨 맘으론지,

"애, 너 서울 가서 살쟎으런?"

하고 생글생글 웃으며 묻는 것이다.

"너희 서울엘 내가 뭣 하러……."

"언젠가 왜, 너희 신랑 서울로 취직된다더니 그것 정말이냐."

정희는 제 말을 계속한다.

"쉬 갈지도 모르지만 아마 그이 혼자 가게 될 거다."

"건 또 무슨 재미람. 그래 너희 신랑이 혼자 가서 있겠다는?"

"그럼 넌 혼자 가질 못해서 가려는 게로구나."

"요런, 내가 내 이야길 했어. 내가 간댔어?"

하고 정희가 *대받질이다.

결국 형례가,

"애 관둬라, 듣기 싫다."

하고 말을 끊었지만, 그는 정희와 오래도록 앉아서 이런 이야길 주고받을수록, 어쩐지 맘이 수수하다.

정희의 잉어처럼 싱싱한 청춘이, 말과 동작으로 되어 눌리는 것처럼, 설사 그게 주책없어 뵌다구 한대도 아무튼 이상한 힘으로 압박감을 느끼지 않을 수는 없다.

형례가 한동안 그저 흥을 잃고 앉았으려니,

"너 내가 시집간다니까 처음 생각이 어떻디?"

하고 정희가 말을 건다.

"어떻긴 뭐가 어때, 그저 가나 부다 했지!"

"어떤 사람에게로 가나 했지?"

"그래 어떤 사람에게로 갔단 말이냐!"

이래서 정희는 첨 '그이'와 알게 되던 이야기, 연애를 하던 이야기, 결혼하기까지의 실로 숱한 이야기를 들려준 셈이다.

형례는 정희가 은연중에 결혼을 늦게 하는 사람은 으레 의지가 강하고 이상이 높다는 자랑을 하는 것 같아서,

"그야 좋은 연애를 해서 결혼하는 게 가장 이상일진 몰라두 연애라구 다 좋을 수야 있나."

하고 자칫하면 불쾌해지려는 감정을 자그시 경험하면서도 웬일인지 또 한편 부끄러운 생각이 들었다.

학교를 마치던 해 정희와 도망갈 약속을 어기던 일, 별로 맘이 내키지도 않는 것을 어머니가 몇 번 타이른다고 그냥 시집갈 궁리를 하던 일, 생각하면 아무리 제가 한 일이라도 모두 지랄 같다.

그는 역부러 사과 한쪽을 집고,

"너 언제 시댁 가니?"

해서 생각을 돌리려고 한다.

"아직 잘 몰라."

정희는 온통으로 있는 사과를 집는다.

"나 안 먹는다, 목이 마른 것 같아서…….."

"그럼 식혜 가져오랴?"

"아—니."

"대체나 아인 까다롭기두 해."

"까다롭긴 네가 까다롭지 뭐."

"내가 뭐가 까다뤄."

"여태 골났으니 말이다."

"못된 거 같으니라구. 어디서 말재주만 뱄어?"

형례는 조금도 맘에 있어 계획한 말도 아니면서 정희 말마따나 결국 말재주로 놀려 주게 된 것이 우습고 또 어째 미안한 생각이 들기도 해서 다시 뭐라고 말을 건네려는데 별안간 밖에서 떠드는 소리가 난다.

"그 술상 하나 내오소, 원…… 아니 서울사위를 보문 다 이런가? 그 서울사위 이리 좀 나오게 그려, 내 좀 보세 그래."

하고, 정희 끝엣 당숙이란 양반이 술이 *거울거울해서는 익살을 부리는 판이다.

이 통에 정희가 듣다가 혹 신랑이 노여워할 말이나 하지 않을까 맘이 켜지는지 그만 초조한 얼굴로,

"풍속이 다르니까 이해야 허겠지만서두 사람들이 너무 무관하게 구는 통에 불안해요. 더구나 떠드는 건 질색인데."

하고 낯빛을 어둡힌다.

"아인 숭겁기두. 그이가 질색인데 네가 왜 야단이냐 글쎄."

그는 정희 말을 받아서 이렇게 허투루 놀리기는 했어도 정희가 어느새 이처럼 참견하려 드는 그 맘이 암만 생각해도 이상할 뿐 아니라 *객쩍으리만치,

'정희는 반했나 보지, 제 말마따나 사랑하면 반하게 되나 보지. 제가 반하는 것은 남이 저헌테 반하는 것보담 어떨까?'
하는 우스운 생각이 드는 것이다.

"너 왜 잠자코 있니? 내가 수선을 떨어 불쾌하냐?"

"미쳤어."

그러나 정희는 뭘 별로 더 의심하려는 기색도 없이 그저 장난감을 감춘 소녀처럼 또랑또랑 형례를 쳐다보며,

"참 우리 인사할까, 그이허구."
하고 묻는다.

"싫다, 애—"

어리둥절해서 거절을 했을 때 정희는 몹시 섭섭한 얼굴을 했다. 결혼하기 전부터 이야길 많이 했고 그때부터 소개할 것을 약속했다고 하면서, 사람을 잘 이해한다는 것과 과히 인상이 나쁘지 않으리라고까지 말을 한다.

형례는 제가 거절한 것이 무엇으로 보나 정말이 못 될 뿐 아니라 응당 알고도 시치미를 뗀, 이를테면 저보다는 깍쟁이 같은 속인 줄은 조금도 모르고, 그저 안 돼 하는 정희에게 일종 죄스런 생각이 들기

도 해서,

"그렇게 자랑이 하고 싶다면 내 인사헐테니 작작 그만두자꾸나 얘."

하고 쉽사리 대답해 버렸다.

두 색시가 저녁상을 받고 앉았는데 정희 어머니가 들어왔다.

많이 먹으라는 둥, 혼인날 왜 안 왔느냐는 둥, 인사치레하랴, 딸 걱정, 사위 자랑하랴, 갈피를 못 잡는 주인마나님의 부산한 이야기를 귀곁으로, 형례는 제 생각에 기울었다. 고 좀체로 웃을 것 같지 않은 모습이 제법 무심하게, 별로 말도 없이 그저 인사만 하던 신랑의 태도가 어쩐지 이상한 불쾌와 더불어 괸 물을 도는 *맴쟁이처럼 뱅뱅 머릿속을 떠나지 않는다.

정희 어머니는,

"이제 시집이라고 홀 가버리면 그만인데, 자주 놀러오게이. 이따가 밤참 먹고 오래 놀다 가게이—"

하며 쉬 큰방으로 올라갔다.

어머니가 나가자 정희도 따라 수저를 놓으며,

"왜 그만 먹니?"

하고 쳐다본다.

"넌 왜 그만 먹니?"

둘이는 웃었다.

별 의미도 없는 그러나 몹시 다정한 웃음을 웃으면서도 어쩐지 형레는 점점 맘이 편칠 못하고, 자꾸 어두워지려고 해서 곤란했다. 그런데다 정희가 멋모르고 자꾸 이야길 꺼내 놔서 더욱 딱하다. 그래서 그만 이빨이 쏜다고든지 두통이 심하다고든지 해서 피해 볼까도 생각해 봤으나, 그러나 그럴 수도 없을 것 같아서,

"한번 보구 그런 걸 어떻게 아니."
하고 말을 받았다.

"깍쟁이 같으니라구……."

"그럼 꼭 좋단 말을 해야 헌단 말이지, 그래 참 좋더라."
말이 떨어지자 형례는 도두세우고 앉은 종아리를 사정없이 얻어맞았다.

"아이 아퍼. 너 막 *셀 쓰누나, 난 갈 테다."
하고 형례는 종아리를 만진다.

그는 비단 장난엣 말로뿐 아니라, 정말은 조금 전부터 그만 갔으면 하는 생각이 들기도 했다.

"노했니, 맘놓구 때려서 아프냐?"
눈이 퀭해서 잠자코 앉았는 형례를 보자, 미안한 듯이 정희가 말을 건넨다. 그는 속으로 또 괜히 딴대리를 잡누나 하면서,

"쑥스럽다 얘. 허지만 네 기쁨에 내가 공연한 희생을 당헌 셈이니 사관 해야 허지 않어?"
하고 되도록 다정한 낯빛을 한다.

정희가 거진 방바닥에 닿도록 절을 하고, 서로들 웃고 하는 판에,

"새댁들이 뭘 이리 크게 웃나?"

하고 정희 큰오라범댁이 문을 연다. 일갓집 젊은댁들이 모여서 신랑 신부 데려오라고 야단이 났으니 빨리 큰방으로 가자는 것이다. 먼저 오라범댁을 보낸 후 정희는 왜 오늘따라 오랬느냐고, 짜증을 내다시피 하는 형례를 졸랐다.

"다들 모여서 논다는데 빠지면 섭섭할 것 같애서 그랬지 뭐. 하긴 나두 별로 가구 싶은 건 아냐. 하지만 안 가면 또 뭐니뭐니 말썽이 귀찮지 않어? 그리고 그이들허구 놀아 보면 구수헌 게 의외로 재미있다, 너—"

하며 정희는 은근히 형례의 그 타협하지 못하는 곳을 나무라는 것이다. 형례는,

"그래, 내 혼인놀이라는데 아무렇기로니 네가 빠져야 옳단 말이냐?"

하고 짐짓 채치는 정희 말이 아니라도, 아무튼 가야 할 것만 같아서 일어나긴 했지만, 대소가 젊은이들이라면 모두 형례와는 동서뻘이거나 아주머니뻘이겠는데, 어쩐지 그는 전부터도 이 사람들을 대하기가 제일 거북했다. 따지고 보면 자기네들도 다 소학교라도 마친 사람들이고, 이보다도, 나들이 갈 때라든가 무슨 명일날 같은 때 볼라치면 고운 옷은 잘 입는 것 같은데도, 어째 형례만 보면 *연상 살금살금 갸우뚱거리는 것만 같고, 암만 애를 써도 그 사람들과는 도저히 어울리질 않는 것만 같아서, 오히려 완고한 할머니들을 대하기보다

결별 163

도 더 힘이 들고 싫었다.

"암만해도 난 그만둘까 봐."

형례는 한번 더 주저한다.

"아인, 뭐가 그리 무섭냐."

정희는 갑자기 어른티를 부리고 말하는 것이다.

전에도 이런 경우엔, 일쑤 정희에게 야단을 맞는지라,

"무섭긴, 누가 무섭대?"

하고 그는 역부로 나지막한 대답을 하려는데,

"그럼 뭐냐, 너 그것 결국 못난 거다!"

하고 정말 야단을 하는 것이다.

형례는 정희가, 너무 윽박지르려고만 하는 것처럼 자칫 노여운 정이 들려고도 해서,

"못나두 헐 수 없지 뭐."

하고 말해 버린다.

"글쎄, 그렇게 말함 그건 또 딴 게지만, 아무튼 가야 해요, 고대 잘 놀다가 뭐가 무섭다구 도망한 것처럼 되면 그 화나지 않어?"

정희는 두 손을 한데 모으고,

"자, 갑시다, 제발 가주시옵소서―"

하고 비는 듯이 흉내를 한다.

형례는 하는 수 없기도 했지만, 그보다도 정말 오라버니처럼 친절한 것이 오늘따라 더 가슴에 와서,

"아인 극성이기두 해."

하고 따라나왔지만, 축대를 내려서면서 그는 맘속으로,

"누구에게나 귀염을 받을 수 있는 사람, *되따에 갔다 놔도 사귀고 살 수 있는 사람은 결국 맘이 착한 사람이 아닐까."

싶어져서, 어쩐지 외로운 정이 들었다.

*

두 색시가 들어서려니,

"야, 이 신부는 본래 이리 비싸나? 자넨 또 언제 왔는가?"

하고 형례에게도 인사를 할래, 모두 와자건하다.

"신부는 신랑 옆으로 가고, 자넨 이리 오게."

그 중 나이 지긋한 정희 종숙모가 농을 섞어 가며 자리를 치워 준다.

"신부는 신랑 옆으로 가라니께, 원, 신식 신부도 부끄럼을 타나?"

이래서 방 안은 한바탕 짜글했고, 형례는 도무지 태도가 얼울해서 난감했다. 함부로 웃고 떠들 수는 세상엔 없고, 그렇다고 가만히 있으려니 뭘 대단히 *뽑스리기나 하는 것처럼 주목이 오잖을까 조바심이 난다. 하지만 사실은 이것보다도, 정희와 나란히 앉은 때문인지, 신랑이 자꾸만 보는 것 같아서 영 곤란했다.

이어 방 안엔 한참 공론이 분분하다.

"뭘 해서라두 오늘 밤엔 좀 단단히 턱을 받아야만 할 겐데 화투를 하자니 사람이 많고, 우리 웆으로 나서 볼까?"

"*장가청에 웬 웆은—"

"아, 워낙 신식이거든—"

정희 종숙모가 사람 좋게 익살을 부려서 형례도 웃었다.

"어쩔꼬? 신랑 편 신부 편, 갈라서 판을 짤까?"

"그러다가 신부가 지면 어짤라고."

"그게사, 절양식 중양식이라고, 아무가 진들 누가 알리, 우리는 그만 한턱만 받으면 되는 판 아닐까서."

이래서 방 안은 또 끓어올랐고, 윷판은 벌어진 셈이다.

"윷이야!"

하고 손뼉을 치기도 하고,

"모야! 모면 모개에 있는 놈 개로 잡고 방으로 들거라!"

이 모양으로, 웬일인지 점점 신부 편이 우세를 취해 가는데, 형례는 다행히 신부 편이어서, *줌이 사뭇 버는 윷가락을 잡을 차례가 또 왔다.

"자, 요번에 자넨 뭣보다도, 윷이나 도로 해서 윷길에 있는 두동백이 놈을 먼저 잡고 가야 하네."

형례는 어쩐지 진작부터 가슴이 두근거리고 팔이 후들후들해서, 그냥 아무렇게나 던진다고 던진 것이 하필 걸로 나, 이미 걸길에 가 있는 신부 편 말을 쓴다면, 뒷길로 도에 가 있는 신랑 편 말이 죽는 판이고, 그 도에 가 있는 말은 또 공교롭게도 고대 막 신랑이 보내 놓은 말이다. 별안간 와—소리를 치는 손뼉이 일어났다.

여지껏 별로 흥겨워하는 것 같지도 않고, 굳이 승부를 다투려고도 않던 신랑이, 판국이 이리 되고부터는 약간 성벽을 부려 보려는 자세였으나, 결국 윷길에 가 있는 신부 편 말을 놓치고 승부는 끝이 났다.

손뼉을 치랴, 신랑을 놀리랴 방 안은 한참 부풀었다.

"초장부터 졌으니 누가 쑥인구."

"아이갸, 곧은 눈썹 잡고는 말도 못 한다지."

이렇게 웃고 떠드는 통에 요리상이 들어오고 신랑의 노래를 청하고 한참 신이 난다.

형례는 더운 체하고 정희와 훨씬 떨어져 문 옆으로 와 앉았다. 그랬는데도, 노래는 여자가 하는 법이라고, 겨냥을 정희에게로 돌리려는 신랑의 눈과 그는 또 한 번 마주쳤다.

그러지 않아도 속으로,

'정희가 내 말…… 혹시 여학교 때 이야기라도, 긴찮은 말이나 하지 않았나.'

하는 객쩍은 생각 때문에 괜히 초조한데다가, 덥쳐서,

"잠깐 봐두 노래 잘할 분이 퍽 많은 것 같은데, 첨 온 사람 대접할 겸 좀 듣게 하십시오."

하고 신랑이 말을 해서 그는 더욱 당황했다. 그랬는데 다행으로 신랑의 말이 떨어지자,

"저 신랑, 그라나믄 한양낭군 아닐진가, 왜 저리도 약을꼬—"

하고 벅작건하는 통에 형례는 겨우 곤경을 면했다.

대체로 신랑이 그리 재미있게 굴지 않는 폭인데, 정희도 그저 허

투루 노는 판이라 처음부터 뭐가 그리 자잘치게 재미로울 게 없는 상 바른데도, 사람들은 그저 신랑이고 신부란 생각 때문인지 무척이나 유쾌한 모양이다.

사람들은 꼭 신랑의 노래를 들어야만 하겠는지, 장가온 신랑은 본시 닭도 되고 개도 되는 법이니 못하면 닭의 소리도 좋고 개소리도 좋다고 떠들어댄다.

그러나 이 통에도 셈셈 아주머니라고 정희 숙모가,

"아이구, 노래는 무슨 노래, 신랑 눈치 보니께 저녁내 실갱이해도 노래할 것 같잖구만. 그만해도 많이 놀았을 바야 *백죄 장성한 신랑 신부한테 궁뎅이 무겁다는 욕먹지 말고 어서 먹구 일찌감치들 가세, 가."

하고 익살을 부려서 사람들은 또 한판 웃었다.

*

헤져 가는 사람들 틈에 껴서 형례도 가려고 하는 것을 정희가 굳이 잡았다.

"오늘 밤엔 선생으로 뫼실 테니 더 좀 놀다 가라, 얘."

하고 어리광을 피우고 졸라서,

"그래 *자별하니 선생 노릇 좀 하고 놀다 가게, 그래."

하고 정희 어머니도 정희 편을 들고 모두들 웃는 통에 형례는 어쩐지 몹시 무안을 타서,

"애가, 애가 괜히 자랑을 못다 해서 이러는 것이래요."

하고 말하려는 것도 그만 못 하고, 그냥 끌려서 정희 방으로 들어오고 말았다.

"아인 첨 봤어, 이따가 어떻게 혼자 가니?"

"아이 무셔 쌀쌀둥이, 이쁜 눈 가지구 누깔이 그게 뭐냐 글쎄, 누가 너더러 혼자 가래? 이따가 내 어련히 데려다 줄라구."

"싫다. 얘."

"싫건 그만두렴."

이렇게 정희가 싱글싱글 경중대서 결국 둘이는 웃고 만 셈이다. 주위가 차차 조용해 가자 정희는 또 이야길 꺼내 놓는다.

"얘, 넌 이기는 게 좋으냐, 지는 게 좋으냐?"

다리를 쭉 뻗고 마주 앉아선, 발끝을 *요롱요롱하고 정희가 묻는 말이다.

"건 또 무슨 소리야."

"아니, 넌 신랑헌테 이기냐 지냐 말이다."

형례는 정희의 언제나 버릇으로 앞도 뒤도 없이 툭 잘라 내놓는 말이라든가, 어린애 같은 그 표정이 우습다기보다도 어쩐지,

'결국 끝에 가선 저희 신랑 얘기를 헐게다!'

하는 생각이 들자, 이번엔 방정맞으리만치 폭 솟구려는 웃음을 참아야 할 판이다. 이래서 형례는 간신히 짓는다는 게 너무 지나치게 점잖을 정도로,

"그래, 난 잘 모르니 너부터 말해 보렴."

하고 정희를 본다.

*"깍정이 같으니, 그래 난 지는 게 좋다. 역부로래두 지려구 해. 어떠냐?"

"그럼 되우는 좋아하는 게지."

"그래 좋아하기두 해. 허지만 그보다도 이기구 보면 영 쓸쓸할 것 같구 허전할 것 같어서 그런다, 너—"

정희는 눈썹을 째긋이 하고 아주 진실하다.

"그럼 행복이란 널 위해서 준비됐게?"

"아인, 남의 말을."

하고 정희는 때리려는 시늉을 한다.

"아니고 뭐냐. 좋아해서 지고 싶고, 지면 만족하고, 설사 그곳에 어떤 희생이 있대도 즐겨 희생하는 곳엔 고통이 없는 법 아냐?"

"너 왜 이렇게 막 뻐기니, 무섭다 얘. 관두자."

이번엔 정희가 얻어맞을 뻔 한다.

형례는 뻐기는 것까지는 좀 거짓말일지 모르나, 아무튼 너무 정색한 것을 깨닫자,

"그럼 너만 뻐기련?"

하고 어름어름 웃으면서도 어쩐지 부끄럽다.

정희는 아닌 게 아니라 제가 지는 것으로 해서 조금도 자존심이 상할 리 없다는 설명과 지고도 만족하다면 그 사람은 행복할지 모른다는 것을 말하면서—그이를 오라고 해서 같이 이야기하고 놀았으면

좋겠다고 한다.

형례는 웬일인지, 거의 폭발적으로 콱 터져 나오는 웃음을 참을 수가 없다.

"나 원 그렇대두. 글쎄 누가 너희 신랑을 못 봤다구 이렇게 야단이냐 말이다."

형례는,

"이런 심보하고는 전 *소라통이야 왜—"

하고 토라지려는 정희 말을 듣는 둥 마는 둥,

"소라통이 아니면 뭐냐 그럼."

하고는 그저 웃었다.

조금 후에 형례는 전에 달라 별 대꾸도 없이 그저 시무룩해 있는 정희를 발견하자 흠칫,

'너무 심히 굴지 않았나?'

하는 후회가 난다.

제가 슬플 때라든가 기쁠 땐 꼭 어린애처럼 순진해지는 정희인 것을 누구보다도 잘 아는 형례로서는, 정희가 하는 노릇을 단지 자랑으로만 볼 수는 없다.

형례는 속으로,

'제가 좋아하는 내가, 제가 좋아하는 그이와 친했으면…… 제가 좋아하듯 서로 좋아했으면…… 하는, 이를테면 정희다운 맘씨가 아닐까?'

싶어서 더욱 짓궂게 군 것이 미안해진다.

"너 노했니?"

"……"

"못났다 얘, 어쩜 그렇게 생판이냐."

"뭐가 생판이야?"

"어린애란 말이다."

"어린애래두 좋아."

한순간 둘이는 이상하게 부끄러운 어색한 분위기에 싸였으나, 그러나 인차 정희는 훨씬 명랑해져서,

"이따금 난 네가 몰라줘서 쓸쓸탄다."

하며 트집까지 부린다.

전에도 이런 경우엔 맡아 놓고 정희가 해결을 지어 줬지만, 형례는 진정 마음으로 이날처럼 고마운 적은 별로 없다. 그리고 또 이날처럼 그걸 모른 척해 본 적도 없다.

"모르긴 뭘 몰라?"

하고 형례는 되도록 남의 말처럼 무심하려는데,

"그럼 데려오랴?"

하고 다그쳐서 그는,

"너두 참—"

하고 당황한 웃음을 웃지 않을 수 없었다.

*

　자정이 훨씬 넘어서야 형례는 정희 집을 나섰다. 혼자 가도 괜찮다고 사양을 했지만, 결국 세 사람은 가까운 길을 버리고 해안통을 나란히 걸었다.

　중앙 *잔교를 지나서 뗏목으로 만든 긴 나룻가엘 나서려니 조그막씩한 산들이 병풍처럼 둘러 있어, 언제 보아도 호수 같은 바다가 안전에서 찰싹거린다.

　"왜 안개가 끼려구 할까."

　뽀얀 안개가 산에고 바다에고 김처럼 서려 있어 조금도 가을 같지가 않다.

　"왜 안개가 낄까?"

　이번엔 신랑이 묻는다.

　"혹 비가 오려면 안개가 낀대지만······."

　정희는 말끝을 맺지 않고 하늘을 본다.

　신랑도 따라, 그저 은하수를 헬 것만 같은 하늘을 쳐다봤다. 아지랑이가 꼈든, 안개가 꼈든, 유리알처럼 영롱한 하늘이 사뭇 높아서 하늘은 아무리 봐도 가을 하늘이다. 그러나 그게 조금도 북방 하늘처럼 쇄락한 감을 주지 않는 것이 더욱 *연연한 정을 주지 않는가? 음산한 가을비가 오다니, 모를 말이다.

　정희는 이제 여름밤을 보라고 연신 자랑이다. 정희 말을 들으면 비가 오려고 하는 전날 밤과 비가 갠 날 밤이 여름밤 치고도 제일 곱다는 것이다.

"그렇게 하늘만 고운가?"

고, 신랑이 *웃음엣말로 정희 말을 받으며 힐끗 형례를 봤다.

형례는 잠자코 있기가 어쩐지 거북해서,

"첨이세요?"

하고 그저 얼핏 나오는 말을 한 것이지만, 제가 생각해 봐도 대체 뭐가 첨이냐는 것인지 모를 말이라 더욱 어색했다.

정희는 신랑이 이제 첨 와본다는 것과, 대단히 좋은 곳이라고 형례 말에 인사를 하자, 더 신이 나서 섬으로 낚시질을 가 조개를 캐고 소라를 따는 이야기, 섬의 밤은 무척 꺼멓고 *이심이가 산다는 바윗돌이 무섭다는 이야기를 했다. 또 신랑이 짐짓,

"바닷가 색시들은 사나울 게라."

하고 말을 해서 형례도 웃었다.

"왜 바다가 얼마나 좋은데 그래. 우린 되우 슬프거나 외로울 땐 갑자기 바다가 그리워지고, 풍랑이 몹시 이는 바다에 가서 죽고 싶대요"

"건 또 웬일일까, 물귀신의 넋일까."

하고 신랑이 웃고 정희 말을 받으며,

"이러다간 내일 동하게 되리다."

해서 색시들은 자지러지라고 웃었다.

정희는 신랑이 그 큰 소리로 웃지들이나 좀 말라고 하는 것이 더 우습고 재미있다는 듯이, 남해서 배를 타고 여수로 가려면 바다에 나

간 남편을 기다리다 죽은 원귀가 있는 섬이 있는데, 혹 비가 오려는 날 어선이 그곳을 지나노라면 아주 구슬픈 울음소리가 들린다는 이야기, 또 옛날에 어떤 총각이 돌치라는 아주 조그만 섬에 가서 고기를 낚고 살았는데, 하루는 달밤에 고기를 낚노라니 아주 머금어 빼친 듯한 처녀가 홀연히 나타나서 밤마다 놀다가는 꼭 새벽이면 눈물을 흘리고 물속으로 들어갔단 이야길 장난꾼처럼 재잘대며,

"알고 보니 그게 바로 인어였대요."

하고 *사부랑거린다.

"정말 인어라는 게 있을까?"

형례는 싫도록 들어 온 이야기지만 어째 이상한 생각이 수릇이 들어서 정희보고 말한 것인데,

"그럼 있지 않구요."

하고 신랑이 말을 받았다.

"내 보기엔 당신네들부터 수상한 것 같수다."

하는 것처럼 색시들의 얼굴을 보며 웃는 것이다.

형례는 전에 없이 아름답고 즐거운 밤인 것을 확실히 느낄수록 어쩐지 점점 물새처럼 외로워졌다. 저와 상관되고 가까운 모든 사람이 한낱 이방인처럼 느껴지는 순간, 그는 저와 가장 멀리 있고 일찍이 한 번도 사랑해 본 기억이 없는 허다한 사람을 따르려고 했다. 별안간 눈물이 쏙 나오려고 한다. 그는 정희가 볼까 봐서 머리를 숙인 채,

"몇 시나 됐을까?"

결별 175

하고 말을 건넨다.

"글쎄."

조금 후 일어나는 색시들을 따라 신랑도 일어서면서 왜들 물속으로 들어가지 않느냐고 해서 셋이는 모두 웃었다.

세 사람이 새로 된 *매축지를 거진 다 돌아나려고 했을 때 어디서 기다란 기적이 *아삼푸레 들려 왔다.

"정말 날씨가 궂으려나 보지?"

정희가 혼자말처럼 사분거린다.

"무슨 징조로 자꾸 비가 온대는 거요?"

하고 신랑이 물어서, 이제 막 들리는 기적 소리가 바로 날이 궂을 때 들린다는 것과 그게 바로 낙동강을 지나는 열차의 신호라고 정희가 설명을 한다.

형례는 이 야심하면 흔히 들을 수 있는 이 기적 소리가, 이제 웬일로 갈날보다도 더 닐카롭게 벌똥보다도 더 빠르게 가슴에 오는 것인지, 별 까닭도 없고 어디 논지할 곳도 없어 더 크고 깊은 억울함에 그냥 목 놓아 통곡하고 싶은 감정을 자그시 깨물며 머리를 숙인 채 잠자코 걸었다.

세 사람이 거진 형례 집 앞까지 왔을 때,

"미안합니다, 괜히 이렇게……."

하고 형례가 그 뒷말을 몰라하는 것을,

"또 뵙겠습니다."

하고 신랑이 얼른 말을 받아 주었다.

*

형례는 꼭 지쳐진 대문을 열고 들어서선, 빗장을 꽂고 다시 고리를 걸었다. 남편은 벌써 돌아와서 잠이 들었던 모양으로,
"새도록 무슨 마을인가?"
고 제법 농을 섞은 꾸지람을 했다.
형례가 자리에 누울 제쯤 해서 남편은 담배에 불을 댕기며,
"뭘 하는 사람이래?"
하고 말을 건넨다.
"그냥 공부하는 사람이래요"
하고 형례가 말을 받으니까 남편은 짐짓 좀 피식이,
"아 여태 학골 다녀?"
하고 묻는다.
"꼭 학골 대녀야만 공불 허나?"
좀 생파르게 대답하는 아내의 말이 있은 지 얼마 있다가 남편은 역부로 푸-푸-소리를 내고 연기를 뿜으며, 혼잣말처럼,
"공불 허는 사람이다? 좋은 팔자로군."
하고 흥청거린다.
형례는 남편의 이러한 태도가 어쩐지 마땅찮았다.
자기도 역시 그 나이 또랜데도 무슨 자기보다는 훨씬 어린 사람의 이야기나 하듯 오만한 그 표정이 어쩐지 비위에 거슬린다. 그래서 짐

짓,

"건데 여간 침착한 사람이 아니야요."

하고 말을 해봤다. 그랬더니 남편은 역시 무표정한 얼굴로,

"응. 얼굴도 잘나구."

하며 맞장구를 치는 것이다.

이때 형례에겐 쏜살같이,

'내 맘을, 내가 뭘 생각하고 있는지를 자기대로 짐작헌게다. 그래서 이것이 그 노염의 표정인 게다!'

이렇게 생각이 들자 또 뒤미쳐서,

'이런 때 남편의 표정이 이래야만 하는 것일까?'

하고 생각이 든다. 형례는 알 수가 없었다. 웬일인지 분하다.

"왜 동무 남편임 좋건 좋다고 허는 게 뭐가 어떻고, 왜 나쁘담—"

하고 형례는 그만 미리 덜미를 잡으려는 시늉이다. 그런데 웬일인지 이렇게 말을 시작하고 보니, 뭘 한번 억척같이 버티어 보구 싶은 애매한 충동이 느껴졌다. 그래서,

"말해 봐요. 내일 광골 써 붙이든지 세상 밖으로 쫓아내든지 한번 맘대로 해보세요. 허지만 난 당신처럼 거짓말은 헐 줄 몰라요……."

하고 허겁지겁 저도 알 수 없는 말을 한다.

사실 형례는 한번 불이 번쩍하도록 맞고 싶었다. 그러면은 차라리 뭔지 후련할 것 같았다. 그러나 남편은 형례가 하는 말을 어떻게 들었는지,

"내가 뭐랬다구……."

하며 거의 당황해서 일어앉는다.

"당신은 번듯하면 날 잡구 힐난하려 들지만, 원, 허 것 참. 그래 내가 어쨌단 말이오. 왜 남이라구 좋단 말 못허란 법 있나? 그리고 또 당신이 뭘 그리 좋단 말을 했기에, 내가 어쩐다구 이러우? 자, 그러지 말래두 그래. 괜히 평지에 불을 일궈 티격태격하면 그 모양이 뭣 되우, 그저 당신은 아무것두 아닌 것 가지고 이러지 말우. 내 암말두 않으리다."

하고 괜히 쉬쉬한다.

형례는 자리에 누워서도

"아무것두 아닌 것 가지고…… 내 암말도 않으리다."

하고 남편이 하던 말을 되풀이해 본다. 암만 생각해도 이게 아닌 성싶다. 맞장구를 치는 것도 이게 아니고, 당황해하는 것도 이거여서는 못쓴다. 아무튼 도통 이런 게 아닌 것만 같다. 얼마 후 형례는,

'내가 아주 괴상한 짓을 할 때도 그는 역시, 모양이 뭐 되우, 내 암말두 않으리다 할 건가?'

싶어진다. 이렇게 생각하고 보니 어쩐지 정말 꼭 그러할 것만 같다. 동시에,

'이렇게 욕주고 사람을 천대할 법이 있느냐?'

는 외침이 전광처럼 지나간다. 순간 관대하고 인망이 높고 심지가 깊은 '훌륭한 남편'이 더 할 수 없이 우월한 남편으로 한낱 비굴한 정

신과 그 방법을 가진 무서운 사람으로 형례 앞에 나타났다. 점점 이것은 과장되어 나중엔,

'그가 반드시 나를 해치리라.'

는 데서 그는 오래도록 노여웠다.

웬일로 밤이 점점 기울수록 *악머구리떼처럼 버러지들이 죽게 울어댄다.

'저 기다랗게 끼록끼록 하는 것은 지렁이일 테고, 끼뜩끼뜩 하는 것은 귀뚜라미일 테지만, 저 쏴르르 쏴르르 하고 쪽쪽쪽 하는 벌레는 대체 어떤 형상을 한 무슨 벌레일까? 왜 저렇게 몹시 울까?'

싶다. 갑자기 밀물처럼 고독이 온다. 드디어 형례는 완전히 혼자인 것을 깨닫는다.

(『문장』, 1940. 12)

체향초滯鄕抄

삼희(三熙)가 친가엘 갈 때면 심지어 이웃사람들까지 더 할 수 없이 반가히 맞아 주었다.

물론 여기엔, 아직 어머니가 살아 계시는 외딸이란 것도 있을지 모르고, 또 그의 시집이 그리 초라하지 않다는 이유도 있겠지만, 아무튼 이러한 대우가, 그의 모든 어렸을 적 기억과 더불어, 고향에 대한 다사로움을 언제까지나 그에게서 가시지 않게 하는 것인지도 몰랐다.

그랬는데, 이번엔 어머니를 비롯해서, 어린 조카들까지,

"아지머니—"

하고는 그냥 말이 없을 정도다.

이럴 때마다, 삼희는 거의 무의식적으로 그 홀쭉해진 뺨이나 턱에

손을 가져가지 않으면, 빠지지하고 진땀이 솟는 이마를 쓰다듬고 애 매한 웃음을 지어 보거나, 또 공연히 무색해 하는 것이 버릇처럼 되 었다.

이래서 그가 친가로 온 후 수일 동안은 그를 너무 앓는 사람으로 극진히 해주는 고마운 마음들이, 되려 그를 중병자로 만든 셈이다.

"이게 웬일이냐 글쎄—"

하고는 디기 울음을 참는 시늉으로 손을 잡는 숙모(叔母)들이라든가,

"어 그 젊은 애들이 무슨 병이람—"

하고, 연상 한약을 권하는 숙부(叔父)들이라든가, 이밖에 연일 문병차 로 드나드는 친척 지지들, 또 조석으로 곁에 와서 울멍울멍 간호하려 드는 어머니의 얼굴, 이러한 것에 삼희는 *거반 지친 바 되어, 사흘 째 되던 날 아침, 끝내 산호리(山瑚里)로 옮기게 했든 것이다.

어머니께는 결코 이처럼 중병이 아니라는 것, 너무 앓는 사람 대 접히는 것이 되려 니쁘다는 것, 산호리는 조용해서 거치히기 가장 적 당하다는, 이러한 것을 말씀 드린 후, 곧 산호리 오라버니께 의논하 려 했든 것인데, 오라버니께서는 삼희가 말하기 전, 자기가 먼저 권 하려 했다고 하면서, 대단히 기뻐하였다.

산호리에 있는 오라버니는 삼희가 어렸을 적 유난히 따르던 오라 버니일 뿐 아니라, 형제들 중 제일 몸이 약한 분인데다가 한때 불행 (不幸)한 일로 해서, 등을 상우고, 그래서 지금은 이렇게 시가지(市街 地)와 떨어진 산 밑에서 나무와 짐승들을 기르고 날을 보내는 셈이

다. 이러고 보니 어쩐지 이 오라버니에 대해서는 *상구도 기의 *감상벽(感傷癖)이 가시지를 않고, 그 어딘지 차고 잠잠한 것 같은 생활표정(生活表情)이 이상하게 그의 마음에 언짢음을 가져다 줄 뿐 아니라, 그 언짢은 마음은 또한 어렸을 적 그가 따르든 것과는 달리, 별다른 의미의 관심을 가지게 해서, 이래서 이제는 그의 다정한 고향 바다와, 산과 들을 생각할 때마다, 먼저 나무와 꽃이 우거지고, 양(羊)과 돼지와 닭들이 살고 있는 양지바른 산호리, 그 축사(畜舍)와 같은 적은 집에 살고 있는 얼굴 흰 오라버니를 잊을 수는 없게 되었다.

아무튼 그의 마음이 이러했기에 그랬든지, 처음 그가 이리로 옮겨왔을 때 오라버니 뿐 아니라, 올케까지도 그를 즐겁게 할 것이면 무엇이든지 하려고 하였다. 그가 가든 날로 도배를 멀쩡히 했고, 뜰에 놓은 나무토막이라든가, 철사나부랭이도 죄다 치이게 하고, 또 삼희를 위해서 광선(光線)의 드나듦이 가장 알맞고, 바다가 잘 보이고 하는 이러한 좋은 조건을 가진 방을 그에게 주었었다.

처음 이 방에서 삼희는 정말 즐거웠다. 어쩌면 오월(五月)이 이처럼 오월다울 수가 있고, 어쩌면 구름이 이처럼 한가할 수가 있단 말인가?

그런데 하나 이상한 것은, 이리로 온 후 날이 갈수록 그는 웬일인지, 점점 오라버니의 마음이 알 수 없어졌다. 전에 그렇게 상냥하든 오라버니가, 어쩐 일로 몹시 까다롭고, 서먹서먹해 갔다.

생각하면 두 남매는 퍽 어렸을 때 나눠진 셈이다. 그때 오라버니가 스물넷 나든 해였으니까, 삼희가 사뭇 소녀시절이다.

그 후 오라버니가 없는 동안 삼희는 자라서 시집을 온 폭이고, 오라버니가 다시 돌아왔을 때 그는 애기를 가진 셈이다. 물론 그 동안 친가에를 온 적이 한두 번이 아니지만 유코 아버지 제사 때라든가, 동생이 장가갈 때라든가, 하는 이러한 때 왔었기 때문에, 말하자면 그동안 수년을 격(隔)한 세월(歲月)을, 서로 말하고 알려줄 기회는 없었든 것이다. 그래서 보지 못한 그 동안의 오라버니와 누이가 서로 알려지는 형태가 이러한 것인지도, 특히 두 사람에게 있어서는 이렇게 까다롭게 나타나는 것인지도 모르나—아무튼 삼희로 앉아 생각하면 몹시 유감되고 섭섭할 일이었다. 오라버니는 지금도 어렸을 때 오라버니어서 좋았기 때문이다. 그래서 이따금 역부로 가벼운 마음을 가지고, 오라버니에게 말을 건너 볼 때도 있었지만 암만해도 전날 오라버니 같지는 않았다.

*

어느 날 오후였다.

삼희는 뒤꼍 층층대를 올라, 축사에를 들러서, 멋모르고 돼지 물 주는 바가지를 들었다가, 별안간 꽥꽥 소리를 치고 덤비려는 돼지들에게 혼을 빼앗기고 쫓겨 내려오니까 오라버니가 온실(溫室)옆에서 배춧잎 같은 선인장(仙人掌)을 모래판에 심고 있다가,

"너 돼지한테 혼난 게로구나—"

하고, 여전 모래판을 본 채 말을 했다.

삼희는 겁을 먹은 그대로

"오라버니 그 왜 그래요? 왜 돼지가 나보고 야단이래요?"
하고 물었다.

그랬더니

"돼지는 본대 *하이칼라를 보면 그렇게 덤비는 거란다―"
하고는 역시 모래판을 본 채 말을 했다.

마침 그 옆 샘가에서 물을 긷고 있든 올케가 듣다가 웃으면서, 돼지는 사람이 옆에 가면 먹을 것을 달라고 그렇게 야단이란 것과,

"그 바가지를 건드렸다니 여북했을라구―"
하는 말을 듣고,

"응―그래?"
하고 *일방 신기해하면서도, 삼희는 어쩐지 조금 전 저를 하이칼라라고 하던 말이 께름칙하니 불쾌한 감정을 일으켰다.

그는 오라버니 바로 옆, 온실 유리창에 기대어 선 채, 제법 눈을 간조롬이 하고는, 무수한 상록수와 백일홍과, 또 그 위를 날러 다니는 새들과, 바다와 산과 들을 바라보면서,

"오라버니 자랑스러 하네―"
하고 말을 해봤다.

"뭘루?"

"이렇게 사는 걸루요―"

"그런 걸까?"

"내 보니게 그렇데요. 괘니 남이 해도 될 걸 손수 허구, 헐 땐 지나치게 열중해 뵈구……"

"그게 자랑이란 말이지?"

"그러믄요―"

오라버니는 모래판으로부터 손을 떼고 삼희를 보았다.

삼희는 전부터 곧잘 말을 하다가도 남이 저를 바라보면은 괜히 귀가 먹먹한 것이, 무슨 말을 하는 것인지 죄다 잊어버리기가 십상이었다. 이래서 그는 모르는 결에 얼굴을 돌리고 머뭇거렸으나, 그러나 또 한편 속으로, 이제는 나도 나이를 먹을 만치 먹은 어른이라는 생각이 용기를 주기도 해서,

"자기가 하는 일에 열중한다는 것은, 남의 간섭(干涉)이나 침범(侵犯)을 거절하는 것이고, 또 이것이 생활태도라면, 거기엔 반다시 어떤 긍지가 있을 것 같애서요―"

하고는 무슨 연설이나 하듯 딱딱한 태도로 된 둥 만 둥 말을 했다.

그랬더니, 오라버니는 웬일인지 제법 소리를 내고 웃었다.

이래서 삼희는, 제가 한 말이 오라버니의 웃음거리가 되었다는 불쾌감보다도, 오히려 제가 한 말이, 오라버니가 평소에 자긍하든 그 무엇의 급소를 찌른 것이라고, 즉 방금 오라버니가 웃은 것은 말하자면 뭐라고 헐 말이 없어 웃은 것이라고, 이렇게 생각이 들고 보니, 오라버니가 웃은 것이라든지, 또 저를 보고 하이칼라라고 하던 그 태도라든지가 새삼스럽게 비위를 상해주었다.

그래서

"그건 일종의 '태'라는 거예요, 오라버니든 누구든, 아무리 훌륭한 분이래도 그 생활에서 태를 부리기 시작하면, 보는 사람이 얼굴을 찡그리는 법예요—"

하고는 발칵했다.

"그래 네가 말하는 그 태라는 게 나도 싫어서 이렇게 일을 허는데도, 말썽이니 그럼 어떻게야 헌담—"

오라버니는 혼잣말처럼 중얼거리며 여전 일을 계속했다.

"그것도 별게 아니거든요—불쾌하다니께요—"

하고, 삼희도 여전 대거리를 했다. 그랬더니, 이번엔 사뭇 *후둑해서 한참 누이를 보고 있었다. 그러더니, 거반 싱거우리만치 쉽사리

"그래 맞았다, 네 말이—"

하고, 말하는 것이었다.

삼희는 제가 꺼낸 말이면서도, 오라버니가 정말 불쾌한 생활을 한다고는 어느 모로 보든지, 위선 제 마음이 허락하기 어려운 일이었다.

그래서

"왜요?"

하고는, 아니라는 말이 나오기를 바라는 것처럼, 오라버니를 보았다. 그러나 오라버니는 다시 모래판으로 손을 가져가며,

"나는 네가 보는 것처럼 내 생활에 자랑을 느낄 수도 없고, 또 태일군(泰日君)처럼 내 생활을 완전히 무시할 수도 없기 때문이다—"

하고 말했다.

물론 삼희는 지금 오라버니가 말하는 태일군이 누구인지, 왜 이 사람이 오라버니 생활을 무시하는 것인지 알 수가 없었다.

이것을 오라버니도 알았던지

"태일군? 내가 요즘 아는 사람 중에선 제일 똑똑한 친구지―"
하고 혼잣말처럼 말을 했다.

삼희가 처음 말을 시작하기는, 오라버니의 이러한 생활태도에 오히려 존경이 가는 것을 전제로 한 후, 이를테면 저를 하이칼라라고 한, 오라버니에게 저도 한번 성미를 부려 보자는 심산에 불쾌했던 것이다. 그러나 의외에도 오라버니의 말이 그에게 뜻하지 않은 쓸쓸한 정을 가져다 주어서 한동안 말을 잃고 그대로 서 있으려니까,

"태일군 같은 사람은 너허군 다르지만, 아무튼 나를 거짓으로 산다고 한다. 하지만 내가 큰집 사랑에서 단지 나 혼자 누어만 있든 때와는 달러서, 이리로 와서부터는 첫째 나와 상관뇌는, 내가 간섭하지 않으면 안될 내 소유물(所有物), 즉 내게 따른 것들이 있으니, 비록 도야지와 함께 하는 살림이래도 내게도 생활(生活)이라는 게 있을 것 아닌가? 그래서 이 나의 '살림'의 모습이 이제 네게 '태'라는 것으로 느껴진 모양인데, 이러한 '태' 즉 '자세'라는 것이 어느 생활에서도 볼 수 있는 것이지만, 단지 그것이 콧등을 친다던지, 이마배기를 치는 것이 다를지 모르나, 아무튼 나로서는 이것도 내 알 바 못되는 것인지도 모르⋯⋯. 그러니 네가 말하는 그대로를 듣고 있을 수밖에

어데 다른 도리가 있니?"

오라버니는 이것도 저것도 아닌, 무심한 얼굴로 삼희를 보았다.

그리고는 다시

"내가 태일군 말을 옳게 여기는 것은 첫째, 내게 아이가 없고, 또 흙에 소문(所聞)이 없고, 인간(人間)이 있지를 않으니까, 말하자면 이건 생활이라기보다도, 단지 내가 살아 있다는 것뿐이겠는데 본시 이러한 곳엔 아까 네가 말한 그런 '자랑'이란 건 있지 않을 게고, 또 자랑이 없는 사람이란, 흔히 마음이 *헛불 수도 있어서, 가령 뭘 헛불게 생각하면서도, 죽지 못해 앓는 격으로 그런 '태'를 부리고 산다는 건 그리 유쾌할 일이 못될 거니까, 결국 네가 한 말이 꼭 맞았지 뭐냐—"

하고 말을 마친 후 오라버니는 모래판을 들고 일어섰다.

온실 안으로 들어가려는 오라버니를 발견하자, 삼희는 당황이

"애기를 가지면은요?"

하고 말을 건넸다.

"거기엔, 사람에 의한 사람의 생활이 하나 시작될 수 있기 때문에……사람에겐 그러한 길도 있을 테니 말이다."

오라버니는 곧 온실 안으로 들어갔다.

그 후 사오 일 동안 삼희는 오라버니와 이야기 할 기회를 갖지 못하였다.

삼희가 식 후, 모종밭에 서 있을 때라든가, 또 종일 방에 누워 있을 때라든가, 이러한 때에 오라버니가 삼희의 거취를 모를 리 없을

것인데도, 오라버니는 대체로 무심하였다.

　기껏 해서

　"열이 있니?"

라든가,

　"거기서 뭘 허니?"

가, 고작이었다.

　물론 삼희도 이러한 물음으로 해서 쉬 이야기가 이루어질 수 없으리만치, 차차 오라버니에게 무심하려 하였지만, 그러나 마음속으로는 오라버니의 일거일동을 놓치지 않고 바라보았다기보다도, 점점 이상한 흥미를 가지게끔 되었다.

　볼라치면 오라버니는 종일 일을 하는 때도 있었다. 진흙이 말라서 다시 먼지가 되어, 누른 빛깔을 한층 더 짙게 한, *염천(炎天)에서는 보기만 하여도 숨이 막힐 것 같은, 노동복을 입고는, 김매고, 모종하고, 또 식복을 분으로 옮기고, 순 자르고, 돼지물 닭의 모이까지 챙긴 후, 물통을 들고 온실 식물에 물을 줄 때면은, *거반 하루해가 다 가는 때이다.

　이렇게 일을 몹시 하는 날이면 오라버니는 더욱 말이 적었다.

　쉴 새 없이 손등으로 떨어지는 땀을 수건으로 한번 씻는 법도 없고, 애를 써 그늘을 찾으려고도 않았다. 또 이러한 때는, 삼희가 일찍이 보지 못했던 이마 복판에 일자로 내리뻗은 어데난 혈맥이 서 있어, 이것이 무서운 인내(忍耐)나 아집(我執)을 말할 때처럼 일종 이상하게 섬직한 인상까지 주었다.

　삼희가 이상한 적의(敵意)를 느끼고 제 방으로 돌아올 때가 흔히 이러한 때이기도 하지만, 아무튼 이러한 때의 오라버니는 어딘지 횡폭한 데가 있었다. ―이상한 자기주장이 반드시 남을 해치거나 남을 간섭하는 것이었다.

　어느 날 삼희는 흔히 하는 버릇으로 저녁을 마치자, 곧 모기를 내어 쫓고는 얼른 철망을 친 창문을 닫았다. 그리고는 팔을 베인 채 그냥 누워 있었다.

　그랬는데,

　"뭘 허니?"

하고, 의외에 오라버니가 문을 열었다. 삼희는 이날 낮부터 또 하나 이상한 감정을 오라버니에게 가지고 있었을 뿐 아니라, 전에라도 이렇게 자리에 든 후 오라버니가 온 적은 통이 없었기에, 그는 좀 당황해서 일어났다.

　삼희가 일어나는 것을 보자, 오라버니는

　"누웠었구나―"

하고는 별로 말도 없이, 그냥 가버리었다.

　인해 오라버니 방에서는 낯선 음성의 이야기 소리가 들려오고, 오라버니의 낮은 웃음소리도 들려오고 하였다.

　삼희는 다시 자리에 누우며

　"손님이 온 모양인데…… 무슨 일로 왔을까?"

하고, 생각해 보면서도, 한편 머릿속에는 문득 낮에의 일이 떠올랐다.

　이날도 오라버니는 종일 일을 하였다. 일이 거반 끝날 무렵, 오라버니는 어느 날보다도 몹시 피곤했던지 사무실 옆에 의자를 놓고 앉어서 담배를 피우고 있었다. 몹시 파아란 얼굴을 하고는, 전신에 맥이 확 풀렸을 때처럼, 아무 표정 없는 얼굴인데, 일직이 삼희가 잘 보지 못하던 얼굴에 하나였다.

　이 때 웬 청년 둘이, 젊은 여자들을 데리고, 맞은 편 백일홍 나무에서, 머뭇머뭇 하며 이리로 왔다.

　삼희는 그 중에 한 청년이, 그년에 죽은 동무의 동생이요, 이 시가지에서는 제일 큰 지주(地主)의 아들인 것을 곧 알았다. 그리고 젊은 여자들도 여염집 여자들인 것을 곧 알았을 뿐 아니라, 또 그는 속으로

　'저 여잔, 저 사람의 부인인 게고, 또 저 여자는 고대 혼인한 사촌이거나, 일갓집 동생일 게고, 저 흰 저고리 입은 여자는 그 여자의 동생 일게고, 그리고 저 남자는 새 신랑인 게다―'

하고, 객쩍은 생각을 해 보고 있는데, 그리자, 오라버니도 담배를 문 채, 별로 이렇다 할 아무 것도 없이 그저 인사를 받았다.

　그런데 이 청년이 왜 그리도 못나게 수줍어하는 것인지, 오기는 무슨 화초를 사러 온 모양인데, 무엇을 사러 왔다는 말도 잘 못할 정도로 주변이 없었다.

　오라버니는 한참 동안 멀―건이 앉아서, 흡사 청년의 거동에 미기 실소(失笑)라도 할 듯한 얼굴이드니, 또 무슨 마음에서인지, 곧 몹시

상냥한 얼굴을 하고 일어서는 것이었다.

그리고는 연상 무슨 설명을 하고, 또 함께 온실 안으로 들어가고 하였다.

얼마 후에 청년은 분에 심은 화초를 꽤 여러 개 산 모양인데, 어째 그것을 또 손수 들고라도 가겠다는 것인지, 오라버니가 뭘 굳이 만류를 했고, 또 그 사람들이 돌아가려고 했을 땐, 밖안문께까지 나가 허리를 사뭇 굽히고 절도 했고, 그리고는 또 오라는 말, 고맙다는 인사까지 하는 것이었다. —오라버니는 일찍이 어떠한 훌륭한 사람이 왔을 때에도 이러한 전례가 없었다.

오라버니가 다시 의자에 와 앉았을 때는 역시 아까와 같은 지친 표정으로 돌아갔으나 어쩐지 삼희 눈에는 그것이 우스운 피에로의 모습같었다기보다도, 한낱 음침한 인간에게서 받는 일종 흉물스런 인상을 어찌 할 수가 없었다.

'오라버니는 자기가 완전히 주장될 때 비로소 양보(讓步)하는 거다—'

삼희의 이러한 것은 꽤 노골적(露骨的)인 적의(敵意)로 나타났기 때문에, 그는 곧 자기 방으로 돌아오고 말았다.—

삼희가 이러한 생각을 되씹고 있을 동안 심부름하는 아이가 등잔에 석유를 넣어 왔다. 불을 켜지 않은 것을 아이는 석유가 없는 것으로 알고 들어온 모양이었다.

그는 물론 아이가 드나드는 것을 아득히 몰랐다.

"불을 켜요?"

하고 물었을 때 비로소 그만 두라고 한 후, 무슨 마음에서인지 그는 곧 올케 방으로 건너갔다.

올케는 무슨 책인지 들고 누워 있었다. 그러나 어쩐지 그에겐 시방 올케도 책을 보고 있는 것이 아니라, 그냥 뒤적이고만 있는 것처럼 생각이 되는 것을 역부로,

"성, 공부 허우?"

하고, 물어봤다.

둘이는 한참 동안 나란히 누워 있었으나 별반 말은 없었다. 만일 이때 삼희로서 말을 건넸다면

"성, 쓸쓸하지 않우?"

하고 묻고 싶은, 꽤 주책없는 말이었을지도 모르나, 삼희가 이런 말을 하면 올케가 몹시 불쾌히 여길 것 같아서, 그는 그저 잠자코 있었다.

올케도 이러한 침묵이 거북했던지,

"저이 누군 줄 알우?"

하고, 오라버니 방에 있는 이를 가리켜 말을 했다.

이래서 삼희는 그 사람이 바로 전일 오라버니가 말하던 태일(泰日)이란 분인 것을 알았고, 삼희는 새로이 이분에 대한 궁금한 생각이 더해 가는 것을 느꼈다.

그래서,

"그 사람 뭘 허는 사람이우?"

하고, 물어도 보고, 또

"아직 젊은이래지?"

하고, 말을 건네도 보았으나, 올케가 전하는 바, 촌(村)에서 이사 온 부잣집 아들이라는 것, 또는 학교를 나온 후 별반 하는 일이 없다는 것, 보기에 예사로운 사람이 아니겠드라는—이러한 이야기로서는 삼희의 방금 죽순처럼 뻗어 나가는 맹랑한 호기심을 만족시킬 수는 없었다.

"그분 얘기 오라버니헌테서도 들었다우?"

"뭐라구?"

"분명한 사람이라구…… 그리면서 이 댐 오거든 한번 보라나—"

삼희는 말을 마치자 어쩐지 제풀에 얼굴이 붉어지려고 해서, 말을 끊고 힐끗 올케를 보았다.

다행이 올케는 별로 아무런 표정도 없이,

"보라구 했지만 어떻게 봐? 문구멍을 찢고 보나?"

하고 웃었다.

삼희도 따라 웃으며, 속으로—아까 오라버니가 온 것이 혹 이분과 인사를 시키려고 왔던 것인지도 모른다는, 이렇게 생각이 드니까, 또 영락없이 이래서 온 것 같기도 하였다. 이래서 그는 이상 더 무엇을 헤아릴 것 없이, 오라버니 방으로 갔다.

문밖에 서서는 서문 없이

"오라버니 무슨 일로 왔댔어요?"

하고, 시치미를 떼고 물어보았다.
"무슨 일로 오셨나 해서……"
한 번 더, 그 온 이유를 밝히려니까,
그제서야
"응—별 것 아니다—"
하고 대답을 했다.
삼희가 갑자기 몹시 억울한 정이 들어 뒤도 돌아보지 않고 돌아서려고 했을 때다. 별안간 문이 열리며,
"놀다 가렴—"
하고, 오라버니가 말을 했다.
삼희는 웬일인지 더 뭐라고 말도 하기 싫어져서,
"일 없어요—"
하고는 그냥 돌아섰다. 그랬는데 또 모를 일은,
"놀다 가래도—"
하고 오라버니가 거듭 잡는 것이었다.
삼희는 덥쳐서 난처하기까지 하였으나, 또 한편, 이러한 때 이런 얄궂은 제 기분만 쫓는 것이 더 쑥스러울 것도 같아서, 그는 끝내 오라버니가 하라는 대로 조금 후에 올케와 같이 오라버니 방으로 건너갔다.

*

삼희가 태일이라는 사람에게서 처음 느낀 것이 있다면, 그것은 이

분에 비하여, 오라버니는 훨씬 *편협(偏狹)하다는 것이었고, 또 이것은 삼희의, 그리 사람 좋지 못한 눈으로 본다면, 이분에 비하여 오라버니는 훨씬 선량(善良)하다는 것도 되는 것이었다.

처음 삼희는 저보다 나이 적을지도 모르고, 또 남편과도 면식이 있다기에, 제법 애기 어머니처럼 의젓하게 대했었다. 그랬는데, 무슨 자기보다는 나이 사뭇 어린 여학생을 대하듯, 외람히 구는 폭이란 도무지 가당치도 않았다. 굳이 바라다 볼 배도, 말을 건넬 배도 없이, 오라버니와의 이야기를 계속하는 모양인데, 이따금 오라버니보다도 훨씬 나이 들어 보였다. 삼희도 그저 잠자코 앉아 있으나 조금도 양보하려구는 않았다.

조금 후에 청년은 삼희에게 온 지 얼마나 되었느냐고 물었다. 그래서 삼희가 잘 모르겠다고 대답을 했더니, 청년은 웃었다.

오라버니와의 이야기는 다시 청년의 친구 되는 김군이란 사람에게로 옮겨 갔다.

이 사람의 이야기가 나오자, 오라버니는

"당신 그 김군이란 사람과 친한 것은 난 암만 생각해 봐두 모르겠습듸다—"

하고, 거반 신경질적으로, 말을 가로채었다.

청년이 웃으며,

"왜요?"

하고, 도로 물으니까,

"어떻게 친해지냐말요. 아무튼 불쾌하게 된 사람인 것이, 한낱 부랑자거든 파렴치했으면 그뿐이지, 그렇게 비굴할 건 또 뭐겠오?"
하고, 오라버니는 청년을 보았다.

이야기를 듣고 있든 청년은 여전 별로 이렇다 할 표정도 없이
"그 비굴이란 것이 대체 어떤 것이요?"
하고 물었다.

오라버니는 잠깐 피우든 담배 토막을 부빈 후
"글쎄, 그렇게 말하면 또 별거겠지만 아무튼 옳은 건 옳고, 그른 건 그른 것 아니겠오 비굴이란 역시 비굴한 걸게요—"
하고, 말을 받았다.

잠깐 침묵이 있은 후, 청년은 다시 말을 이었다.
"비굴한 사람보다도, 사람을 비굴하게 만드는 사람들이 더 비굴할 것이요—"
하고, 비교적 '사람'이란 말에 억양을 넣어 말을 하면서, 이번엔 훨씬 농조로,
"형이 그 사람을 몰라 그렇지, 그 사람 참 좋은 사람이요. 제일 본받기 쉬운 어린애의 마음이 제일 아름답다는 그리스도의 말에 비춰 본다면, 그 사람 천사 같은 사람일 거요. 세상 그렇게 솔직한 사람 없거든—" 하고 웃었다.

오라버니도 끝내 따라 웃고 말았으나, 대체로 청년의 말이 마땅치 않은 모양이었다. 그래서 청년도 이것을 알았던지,

"형이 어느 의미로선 고인(古人)일지 모르나, 그러나 형 같은 좀 이상한 고인보다는 우리 김군이 솔직하기로나, 선량한 폭으로나 훨씬 우일 것이요―"

하고― 여전 웃으며 말을 하였다.

마침내 오라버니도 손을 젓고 웃으며,

"그만 둡시다. 당신 *험구(險口)아니요?…… 우리 그만 둡시다―"
하고, 말은 하면서도, 일종 불쾌한 감정을 없애든 않았다. 그러나 이번엔 청년이 제법 낚아채는 형식으로

"날 험구란 것은 *편벽된 말인 것이, 형이 이군을 좋은 사람이라고 하기나, 내가 김군과 친하기나 일반인 것 아니겠오?"
하고, 오라버니를 건너다보았다.

이군이 바로 오늘 꽃을 사 간 청년인 것을 삼희는 곧 알았다.

오라버니가 약간 후둑해서

"내가 이군을 좋은 사람이라고 하는 것 말이지?"
하고 말을 했을 때,

"이군이 못났기 때문이요?"
하고, 청년이 물었다. ―청년은 이마가 드높은 꽤 이쁜 얼굴을 한 사람이라고 삼희는 생각했다. 웃지 않으면 꽤 엄숙한 얼굴이면서도, 웃으면 퍽 순결해 보이는 것이 거반 얼굴에 특징이었다.

*

청년이 돌아간 후 야심해서까지, 삼희는 청년을 두고 여러 가지로

생각을 해 보았다.

그런데 생각을 해 볼수록 청년이 꼭 겹으로 된 사람 같았다. 한 겹을 벗기면 또 속이 있고, 또 벗기면 속이 있어 어떠한 사람이고, 사태(事態)이고 간에 그 겹겹에서, 능히 허용(許容) 될 수 있고 받아들일 수 있는—또 달리는 어떠한 사람과도 어떠한 사태와도 그 스스로가 허하지 않는 한, 결코 타협(妥協)할 수 없는—가장 독립(獨立)한 인간(人間)으로 생각되었다. 그래서 이것이 이중성격이니, 표리부동이니, 하는 상식적인 어의(語義)의 한계(限界)를 넘어서, 진정한 사람의 '깊이'를 말하는 것이라면, 이 청년은 장차 제법 *걸물(傑物)일 거라고까지 생각을 해보았으나, 그러나 다른 한편으로 이러한 제 모양이 어째 수다한 것 같은 인상을 주기도 해서, 삼희는 곧 벽을 향하여 돌아눕고 말았다.

*

어느 덧 오월도 지나, 유월이 제격으로 들어섰다. 산호리엔 일로부터 비교적 일이 적어졌다. 아침에 밭에 심었든 화초를 끊고, 청대콩 오이 이런 것들을 따서 저자로 내어 보내는 것, 봄에 이식해 둔 식목에 조석으로 물을 주는 것, 또 온실에 있는 식물을 태양에 조절시켜 주는 것, 봄에 꽃을 본 *초화의 *구근(球根)을 말리는 것, 이밖에 가축(家畜)을 살피는, 그리 힘들지 않는 일 뿐이었다.

그런데 삼희가 이리로 온 후부터는, 그리고 삼희의 병이 그리 중하지 않다는 것을 안후부터는, 이 산호리엔 비교적 젊은 여자들의 출

입이 잦았다. 그의 사촌이라든가, 이해 정월에 결혼한 동생의 댁 같은 사람은 거의 격일로 오다시피 하였고, 또 이러한 그의 동무들이 올 때만은 어쩐지 오라버니는 별로 좋아하지 않았다.

오라버니가 밭에서 일을 하는 것을 여자들은 자못 이상하게, 또는 신기하게 바라다보았고, 또 오라버니는 이렇게 보아주는 것이 더 싫은지, 이따금 몹시 까다로운 얼굴을 하였다. 그러던 것이 요즘에 와서는 물론 일이 적어지기도 하였지만, 설사 일이 있는 때라도 여자들이 와 있을 때면 밖에 잘 나오지 않았다.

오라버니 방에는 숱한 책이 있었지만, ─또 오라버니는 이러한 때가 아니라도 종일 방에만 있는 때가 흔히 있었지만, 삼희는 오라버니가 특별히 무슨 '공부'를 하는 것을 보지 못하였을 뿐 아니라, 혹 이런 말이 나오면은

"공부는 무슨 공부를……"

하고, 그냥 말을 끊어 버리었기 때문에 그는 이따금 속으로,

'공부도 않으면서 종일 무엇을 할까?'

하고, *기맥을 살핀 때도 있었지만 아무튼 이렇다 할 무슨 '공부'를 하지 않는 것만은 사실이었다.

이래서

"오라버니가 얼마나 지독히 공부허기에 되우? 지난겨울에도 전집 (全集) 한 길을 옥편 놓구 밤새워 가면서 다 떼었다우─"

하는, 올케 말을 잘 믿을 수가 없었다.

이날도 낮에 끝에 올케랑 사촌이랑 찾아왔었다. 또 이날은 순재(順宰), 문주(文珠)까지 합쳐서. 그러니 육칠 인의 젊은 여자들이 한곳에 모인 셈이었다. 그래서 이 여자들도 처음 삼희가 이리로 왔을 때처럼, 공연히 흥분하고, 괜히 모두 신기해하였다. ─더러는 잣나무에 기대어 서도 보고, 더러는 맥없이 선인장에 손을 찔리고 아파하기도 하였다. 또 삼희처럼 돼지에게 혼을 빼앗기고 쫓아 내려오기도 하였다.

삼희는 돼지에게 혼이 난 순재가, 제가 오라버니한테 물은 말과 꼭 같은 말을 저한테 묻는 것이 하도 우스워서,

"돼진 본시 하이칼라를 보문 그런 단다─"

하고, 오라버니가 말하든 그대로 순재에게 옮겨봤다.

그랬더니,

"나보다 돼지가 하이칼라라든데─"

하고, 말을 받아서 둘이는 웃었다.

해가 떨어질 무렵 해서 더러는 가고, 더러는 밤까지 남았었다. 문주는 아직 시집가지 않은 '선생님'이니, 말할 것 없고, 순재는 벌써 아이가 커다란 부인네라, 저물면 돌아가야 할 법도 했지만, 밥 짓는 아이도 있었고, 또 단 살림이라, 삼희에게 왔다가 하로 저녁 늦었다기로 그리 야단할 것 같은 남편도 아닐 상 싶어서 삼희가 굳이 잡은 셈이다.

여자들은 달이 하늘 복판에 올 때까지 바깥문에서 놀았다. 밤에 찬 이슬을 맞으면 몸에 해롭다고 해서, 그는 한 번도 밤늦게는 밖을

나오지 않았었다. ─얼마나 고운 밤인가? 산은 아련하고, 바다는 호수처럼 다정하였다.

삼희는 여태, 바깥을 나와보지 못한 제가 불쾌하게 생각되리만치, 거반 변으로 황홀해 하였다.

"순재야. 너 오래 살구 싶니?"

삼희는 순재에게 말을 건넸다.

고 *강감우레 하니 예쁜 눈을 아래로 내리뜨고는 풀잎으로다 무엇인지 손장난을 치고 있는 순재가 삼희는 무척 아름다워 보였다. 그래서 오래 살면서 이러한 밤을 맞아 주어야 할 사람 같은, 우스운 생각이 들기도 해서 물어본 말이었는데,

"오래 살구 싶지 않어─"

하고 정갈하게 웃으며 순재는 삼희를 보았다.

삼희는 어쩐지 쓸쓸하였다.

"넌 오래 살구 싶니?"

조금 후 순재가 도로 물었다.

"난? 그래. 오래 살었으면 싶다─"

하고 삼희가 대답을 하려니까,

"나두 오래 살었으면 해. 뭐니 뭐니 해도 살고 볼 일이지, 죽으면 그 뭐야!"

하고 짜장 문주가 삼희 말을 옳다고 하는 것이다. 삼희는 이 만년을 명랑하기만 한 귀여운 '선생님'의 말에 어쩐지, 웃음이 나서,

체향초 203

"그래 네 말이 맞었다. 맞었어—"
하고, 웃었다.
"넌 네가 오래 살지 못할 것을 꼭 아니?"
하고, 순재가 제 말을 계속하였다.
"왜 묻니?"
"오래 살아 봤으면 싶다니 말이다—"
삼희는 얼굴에 남은 웃음을 지우고 잠깐 순재를 건너다보았으나, 어쩐지 이러한 말이 가져오는 분위기가 그는 싫었다. 그래서,
"네가 오래 살기 싫다니 헌 말이지 뭐—"
하고, 말하면서도
'사람이 누구에게나, 무엇에나, 가장 성실해보구 싶은 순간이 있다면, 그건 가장 성실할 수 없는 것을 안 순간이 아닐까.'
하는 생각이 들어서, 어쩐지 외로웠다.
"문주 노래하나 하렴. 있지 왜, 네가 잘하는 거—"
삼희는 짐짓 웃으며, 말끝을 돌렸다.
이래서 문주가 노래를 하고, 또 같이들 따라 하기도 하면서, 여자들은 이슬에 축축해진 얼굴을 샘가에서 씻고, 훨씬 이슥해서야 헤어진 셈이다.
동무들을 보낸 후, 삼희가 자기 방으로 들어오니까 뜻밖에 오라버니가 그의 책상 앞에 앉아서 마치 삼희를 기다리고나 있은 것처럼 대뜸,

"내일 월영으로 가거라—"
하고, 말을 했다.

월영이란 어머니가 계시는 월영동 큰집을 말함이다.

삼희는 오라버니의 너무 돌연한 말에 멀—숙해서, 더욱 서먹서먹 자리에 앉았다.

"넌 앓는 사람이 아니니까, 놀 테면 월영동 집이 훨씬 좋을 거다—"
하고, 오라버니가 다시 말을 했다.

삼희는 조금 전 샘가에서부터 코 밑이 확확하고, 몸이 오슬오슬하던 것이 방 안에 들어오자 갑자기 떨려오기도 하였지만, 사실은 이것보다도 이러한 오라버니의 말이 몹시 서럽고, 또 한편 야속하기도 해서, 뭐라고 말을 하려고 했으나 도무지 잘 생각이 나지를 않고, 별로 얼굴에 찬 기운이 쏴—하고 오는 것 같아서 벽에 기대어 앉힌 채, 그는 잠깐 머리를 뒤로 떨어뜨렸다.

이때 오라버니가 좀 당황해 하면서 가까이 오는 것을 그는 알았으나, 역시 뭐라고 말을 할 수는 없었다.

삼희는 이상 더 정신을 잃었으나, 자리에 누워서도 오래도록 그는 영문 없이 울었다. 제법 소리를 내고 느꼈는지 올케도 오고…….

이래서 그 후 오륙 일 동안 그는 감기로 누웠었고, 이러는 통에 두 남매는 이상하게도 비교적 정다워진 셈이다.

어느 날 삼희가 안마당 등나무에다 의자를 놓고 앉아 있으려니까, 오라버니가 사무실 바로 앞에서, 바깥문에다가 백묵으로 동그라미를 그리고는 새총으로다 그걸 맞히노라고, 아주 정신이 없었다. 수없이 되풀이하는 총알이 위고 아래로 또 옆으로 흩어져서 좀체 동그라미를 맞힐 상 싶지 않았으나, 오라버니는 그저 겨누기에 정신이 없었다.

대낮이 납덩이처럼 내려앉아, 바람 한 점 새 한 마리 얼씬하지 않았다. 이상한 정적(靜寂)이 마치 *준령(峻嶺)을 넘을 때처럼 괴로웠다.

삼희는 끝내 오라버니에게로 달려가며,

"오라버니 그 뭐예요?"

하고 물어봤다.

오라버니는 부자연한 정도로 얼굴의 긴장을 풀며

"응―심심해서……"

하고 말을 했다.

심심해서 하는 노릇이라는 바에야, 삼희로서도 더 뭘 물어볼 말도 없고 해서, 그냥 잠자코 뒤로 가 서려니까,

"너두 한번 놔 바라. 재미있을 테니―"

하고, 알을 재운 채, 총을 삼희 앞으로 내밀었다.

삼희는 얼결에 총을 받으면서도 오라버니의 기색을 살피었으나, 역시 이날도 전에 달리 몹시 단순한 그저 유쾌한 얼굴이었기에, 삼희도 지극 가벼운 마음으로 오라버니가 시키는 대로 견양을 조심해서 쇠를 *다렸다.

이 모양으로 몇 번을 거듭했으나, 물론 맞혀질 리가 없었다. 나중에는 의자를 가져다 놓고 그 위에다 총대를 걸친 후 놔 봤다. 그랬더

니 훨씬 힘이 들지 않았다. 그랬는데 참 희한한 일은, 어쩐 일로 그 동그라미를 삼희가 맞힌 것이다.

이래서 오라버니도 용타고 칭찬했거니와, 삼희는 그만 신기해서 당장 날포수가 된 것처럼, 이번에는 정말 새를 잡아 보겠다고 식목 밭으로 갔다. 오라버니도 웃으며 곁으로 와서 그가 하는 양을 보고 있었다. 그러나 의자를 놓지 않고는 도저히 새를 잡을 가망이 없음을 곧 알았음으로, 뒤꼍 감나무에 까치가 앉은 것을 보고는 그는 종내 오라버니께 총대를 돌리고 말았다.

파아란 매실(梅實)이 올망졸망한 매화나무 밑에 서서, 까치와 총 끝을 번갈아 보며 이마에 돋는 땀을 씻으려니까, 그제서야 숨이 막힐 것 같은 더위와, 팔이 후둘후둘하는 피곤을 깨달았다.

조금 후 하도 더워서 잣나무께로 나와 볼까하고, 돌아섰을 때다. 마침 그 뒤에 태일이라는 오라버니 친구가, 언제 왔는지, 멍—하니 서 있었다. 삼희는 가슴이 철썩하도록 깜짝 놀랐으나, 이러면서도 그는 또 한편, 이러한 됨됨이에 반발하려는 얄궂은 맘 때문에, 지나칠 정도로 공손히 절을 한 후 태연히 앞을 지나려고 하였다. 그랬는데, 청년은 거반 삼희가 면목 없을 정도로 그의 인사를 받는지 마는지 그저 뻔—히 보고만 있었다. 또한 그 태도가 한 가닥으로만 보여지지가 않아서, 이 편을 힘껏 무시한 것도 같은—또는 한껏 신뢰(信賴)한 것도 같은—또 달리는, 무엇에 몹시 *항거(抗拒)하는 것도 같은—이상한 것이었기 때문에 아무튼 어느 것이든 삼희로서는 당황하지 않을 수 없었고 좌우간 거슬렸다.

삼희가 잣나무께로 나와 숨을 내쉴 때쯤 해서, 문득 머릿속에 청년의 얼굴이 지나갔다. 그의 자존심은 또 한 번 발끈하지 않을 수가 없었다.

그래서

'도모지 되지 않았다―'

고, 거듭 마음에 이르는 것이었다.

이내 오라버니가 청년과 이야기를 주고받으며, 이리로 왔다.

삼희는 한 번도 그 편을 보지 않았으나,

"뭐든 적중(適中)한다는 것은―맞힌다는 것은―분명히 유쾌하리다―"

하는, 청년의 말을, 조금 전,

"좋은 장난입니다―"

하는 말과 함께, 한 마디도 놓치든 않았다.

오라버니는 삼희와 가까워지자,

"네가 저걸 맞췄다니까, 이분이 거짓말이랜다―"

하고 웃었다.

삼희는 잠자코 오라버니 편을 향하여 돌아섰으나, 좀 당돌하리만큼 정면으로 잠깐 청년을 바라다보았다.

청년은 조금 전 삼희가 가졌던 총을 집고 서서, 역시 무표정한 얼굴로 시선을 받으며

"다시 한 번 봐 보십시오—"
하고, 가만히 총을 내밀었다.

삼희는 웬일인지 등에 송충이가 든 것처럼 징하고 무슨 까닭인지 또 몹시 역해져서 잠자코 오라버니 옆으로 가서 섰다.

조금 후 오라버니가 낚시질을 좋아하느냐고 물으니까 청년은 좋아하지 않는다고 하였다. 다시 장기나 바둑을 좋아하느냐고 물으니까, 청년은 좋아한다고 하였다.

"그럼 낚시질도 좋아할 거요."
하고, 오라버니가 말을 하니까,
"그 온 갑갑해서……"
하고, 청년이 말을 받았다.

"재미를 몰라 그렇지. 아무튼 일등 가는, 도박입넨다. —아—주 홀린다니까."

"그럼 강태공이 노름꾼이 된 셈이게?"
둘이는 제법 소리를 내고 웃었다.
삼희는 저도 모르게 얼굴을 찡그렸다.

무슨 '징'이 울릴 때처럼 소란하고, 이상하게 일종 송구한 정이 들어서, 흐지부지 인사를 한 후 곧 제 방으로 돌아오고 말았다.

이날 저녁 삼희는 오라버니와 오래도록 이야기를 하고 놀았다. 아까도 말했지만 두 남매는 삼희가 수일을 앓는 동안 훨씬 의가 좋아진 셈이어서, 아무튼 요즘 오라버니는 조금도 까다롭지 않았다. 언젠

가 삼희가 이것을 오라버니께 물어보았드니,

"그건 *가사 '너'라는 '여자'를 '내'가 이제 처음 만나는 거라고 한대도, 너는 역시 내 동생일 게고, 또 이제 너는 단지 병을 앓을 재주밖에는 없으니까 말이다―"

하고 웃었다.

이날 저녁에도 오라버니는 삼희의 묻는 말이 자기의 내면(內面)과 상관되지 않는 한 다 받아 주었을 뿐 아니라, 조만간 지금의 생활을 그만 둘지도 모른다고 하면서,

"역시 태일군 같은 사람이 살어있는 사람일지두 몰라―"

하고 말하였다.

삼희는 이분의 말이 나오자 거반 까닭 없이 역해오는 감정을 경험하면서도,

"살어 있는 사람이라니요?"

하고 제법 무심하게 물어보았다.

"'자랑'을 가졌으니까. 생명과, 육체와, 또 훌륭한 '사나이'란 자랑을 가졌으니까―"

하고, 오라버니는 혼잣말처럼 말하는 것이었다.

삼희는 오라버니의 이러한 말에 진작 대척이 없이, 속으로 '사나이', '생명', '육체'하고, 되풀이해 보았으나, 그렇다고 이것이 그에게 별다른 감동을 주지는 않았다.

오라버니는 다시

"그는 저와 상관되는 일체의 것을 자기 의지(意志)아래 두고 싶은 야심을 가졌으면서도, 그것을 위해 조금도 비열하지도 않고, 아무 것과도 배타(排他)하지 않는, 이를테면 풍족(豊足)한 성격일 뿐 아니라, 이러한 성격이란 본시 '남성'의 세계(世界)이니까—"

하고, 말하면서,

"그러기에 이러한 사나이의 세계란, 가령 어떠한 사정(事情)이나 환경에서 패(敗)하는 경위라도 결코 '비참'한 형태는 아닐 거다—"

하였다.

삼희는 오라버니의 이러한 말이 전부 마땅하게도, 그렇다고 전연 마땅찮게도 들리지 않았으나, 또 한편, 그 분을 두고 오라버니가 너무 두둔하는 것도 같고, 또 이것은 오라버니로서, 자기 약점에 대한 일종의 반발 같기도 해서,

"내 생각엔 너무 과장해서 생각는 것 같은데……아무튼 난 잘 모르겠서요—"

하고 말을 끊었다.

그랬더니, 오라버니는

"잘 몰라?"

하고 되짚으면서,

"모르겠으면, 알구 싶지 않니?"

하고, 이번에는 제법 놀리듯 바라보는 것이었다. 삼희는 맥없이 당황했다.

물론 삼희로선 이러한 오라버니의 말이나 태도가 저로서 조금도 당황해할 것이 못된다는 것을 모르는 바가 아니지만 이것을 알면 알수록 거반 성미가 나도록 얼굴이 확확했다.

그래서,

"과장이란 본시 유치한 감정일 것 같애요—"

하고는, 정말 성미를 부리고 만 셈이다.

어느 날 오라버니는 낚시질을 간다고 했다. 삼희도 올케도 그의 동무들도 다 좋아하는 낚시질이다. 섬에 나가 조개를 잡고 멱을 뜯고 고기를 낚는 것은, 바닷가 사람들의 고향처럼 그리운 놀이다. 달마다 보름이 되면, 바닷물은 만조가 되고 이것을 '한시'라고 해서 한시가 되면 조개도 고기도 잘 잡힌다.

이날 삼희도 동무들과 함께 포구 앞 방파제로 낚시질을 갔다. 고기가 더 잘 잡히고 더 신경이 나는 섬을 버리고 이곳을 정하기는, 물론 삼희를 위해서이지만, 고기 낚기에는 본시 '날물'과 '들물'이 있어, 이들 일행도 오정이 지나자 달려온 셈이다.

삼희는 물을 대하자 괜히 *숭얼대고, 바다처럼 활짝 자유로우려는 마음을 간신이 걷어잡은 채, 낚싯대를 던졌다. 바닷물이 사뭇 줄어 길길이 뻗은 미역 풀 사이로 고기들이 놀고, 그것이 거울 속처럼 들여다보이고 하면 사람들은 그만 애들처럼 즐겁기만 하고, 한껏 천진해진다. 그러기에 아무리 모르는 사이라도 크고 묘한 고기를 낚으면 마치 형제간이나 된 것처럼, 머리를 맞대고 즐기는 것이 낚시터에 풍속이다.

오라버니도 삼희 편에서 고기를 낚아 올리면 쫓아와서, 낚시도 빼어 주고,

"얼마나 큰가?"고, 물어도 주고 하였다. 또 오라버니 친구 되는 분도 이러하였고, 삼희 편에서도 이러해서, 큰 고기일 때에는 물에 담가도 보고 하였다.

일행은 날이 거반 저물고 또 비도 올 것 같은 날씨였지만, 끝내 돌아가지 않고 선창가에 있는 조그마한 음식점에서 생선국을 먹고는 다시 물가로 나왔다. 하늘이 흐려서 충충하고 시꺼면 바다가 기선이 지날 때마다 비늘이 돋아나서 괴물처럼 꿈틀거렸으나, 사람들은 조금도 무서운 줄을 몰랐다.

밤이 점점 제 격으로 들어설수록 고기는 자꾸 물렸다. 주위는 낮에 말이 많은 것과는 달리 점점 말이 없어지고 이상하게 긴장해 갔다. 밤에는 떠들면 고기가 오지 않는다는 이유도 있었겠지만, 또한 사람들이 제풀로 말이 없어지기도 하였다.

삼희는 진작부터 오라버니가 준 웃옷을 입고 앉았는데도, 차차 바람이 싫고, 자꾸 피곤해지려구해서, 한 번도 자리를 갈지 않은 때문인지, 그의 가까이는 아무도 사람이 있지 않았다. 그는 끝내 낚시질을 그만두고 방파제가 무너진 움텍이를 찾아 가 앉았다. 삼희가 이렇게 얼마동안을 앉아 있는 동안 오라버니가 와서

"그만 돌아가자."

고 숱한 말을 했고 다른 사람들도 이러했지만, 그는 오라버니가 낚시질을 무척 좋아한단 걸 알고 있었을 뿐 아니라, 다른 사람들도 아직 돌아갈 마음이 없는 것을 알았음으로 간곡히 말을 해서 도로 보냈다. 사람들을 보낸 후,

삼희가 이렇게 얼마를 앉아 있는데 누가 뒤에서

"차지 않어요?"

하고, 말을 건네는 사람이 있었다. ―태일이라는 청년이었다.

그가 추운 것이 아니라는 듯이 조금 풍성히 앉으면서 괜찮다고 말을 했더니, 청년은 삼희의 이러한 말에는 별로 대답도 없이 그와 조금 떨어진 축대로 와 앉았다. 그러드니

"바다를 좋아합니까?"

하고, 불쑥 물어보는 것이었다. 그래서 삼희가 좋아한다고 했더니, 자기는 별로 좋아하지 않는다고 하면서

"나는 산을 더 좋아합니다."

하고, 말을 했다.

조금 후에 청년은 역시 서문 없는 태도로,

"내가 어떻게 뵈요?"

하고, 다시 말을 건넸다. 대단히 난처한 질문이었다. 이때 삼희는 정말 비위를 상해도 좋을 법 했다. 그러나 그는 웬일인지 제법 친숙한 사람에게 말하듯 약간 농조로,

"좋은 분이라고 생각합니다―"

하고 대답했다. 그랬더니 청년은 그저 멍뚱이 앉은 채 가만히 웃을 뿐이었다.

얼마 후에 청년은 다시 생각난 듯이
"날 어떻게 보십니까?"
하고, 굳이 물었다. 이리되면 난처할 일인 게 아니라, 세상에 염치없고 무례한 질문도 분수가 있다. 삼희는 뭐가 노엽다기보다도 어쩐지 웃음이 나려고 해서, 그러니까, 반 장난삼아, 외인부대(外人部隊)같다고 했더니,
"오라버니는요?"
하고 다시 물었다.

삼희는 더욱 뭘 따져볼 배 없이,
"오라버니두요……"
하고 대답했다. 그랬더니, 청년은 의외로 삼희의 이러한 말을 꽤 심각하게 듣는 모양이어서, 한동안 잠자코 앉아 있기만 하더니, 별안간 머리를 들며,
"싫은 일이올시다! 어째서 그런 생각을 했습니까?"
하고 삼희를 보았다.

삼희는 웬일인지, 저를 보는 청년의 시선이 거창하게 느껴졌다. 그래서 모르는 곁에 얼굴을 피하며, 또 한편 이러한 곳에서 남의 사람보고 '외인부대'니 뭐니 하고는 힛득픽득 번거롭게 구는 제 모양에 스스로 싫은 생각을 일으키며 가만히 일어섰다. 청년도 따라 일어났다.

이때, 맞은 편 등대의 불빛이 청년의 흰 이마에 싸늘히 쏟아졌다. — 청년은 곧 바다를 향해 돌아섰다. 약간 머리를 숙인 채, 언제까지나 다시 돌아서지는 않았다. 순간 삼희는 그가 몹시 훌륭해 보였다. 불현듯 한껏 보드라운 마음으로 그 돌아선 얼굴이 보고 싶어졌으나, 그는 끝내 오라버니가 있음직한 왼편 쪽 길을 걷기 시작하였다. 문득 바다가 설레고 바람이 거칠어진 것처럼 가슴에 오는 야릇한 *위압을 느끼며, 삼희는 역부로 소리를 내어

'그만 돌아갔으면 좋겠다—'
고 중얼거렸다.

*

어느 날 아침이었다.

삼희가 채 일어나기도 전에, 오라버니 방에는 진작부터 태일이라는 청년이 와 있었다.

두 사람은 아침을 먹은 후, 오정이 되도록 오라버니 방에서 이야기를 하고 놀았고, 점심을 치른 후에도 뒷산 잔디밭에서 해가 떨어질 무렵까지 있었으나, 청년도 삼희도 오라버니도 아무도 아는 척 하지는 않았다.

청년이 돌아간 후 저녁을 먹은 후에도 오라버니는 이 날 따라 자기 방에만 있었다.

삼희는 끝내 오라버니 방에를 가 보았다. 오라버니는 책상에 턱을 고이고 앉은 채 연필로다 뭘 정신없이 껀직대고 있었다. 그 앉은 모

양이라든가, 얼굴 표정으로 보아, 시방 오라버니가 뭘 마음 들어 하고 있지 않다는 것을 곧 알았다.

미닫이를 닫고 들어서면서 삼희는 한 번 더

"오라버니 뭐 허우?"

하고, 짐짓 속삭이듯 물어보았다.

오라버니는 연신

"응? 어—"

하고, 그저 입으로만 대답했을 뿐, 통이 이리로는 정신이 없었다. 삼희는 고개를 기다랗게 하고 책상 위에 있는 종이쪽과, 오라버니가 끄적이고 있는 것을 번갈아 살펴보았다. 종이쪽은 연필로 그린 누구의 초상인 듯 해서, 자세히 보니까 어느 강물을 빗겨 비옥한 평야를 배경으로 아무렇게나 앉아 있는 거창한 청년이 바로 태일이었다. 청년은 머리칼이 거칠고 수염이 짙어 눈이 더욱 빛나 있었다. 그러나 힘없이 거두어져 있는, 얼마나 징한 조화를 잃은 큰 손인가?

삼희는 얼굴을 찡그리며 다시 오라버니 앞에 놓인 종이쪽을 보았다. 이번에는 아무 배경도 없이 그냥 백판에다가 지독히 안정(安定)을 잃은 초라한 남자를 앉혀 놓았다.

그는 볼수록 초라한 이 청년을 꼭 어디서이고 본 것만 같아서 찬찬히 바라다보노라니까, 과연 이 머리통이 유난이 크고 수족이 병신처럼 말라빠진 우스운 사나이가 영락없는 오라버니가 아닌가?

삼희는 한편 놀라면서도, 웬일인지 터져 나오는 웃음을 참을 수가 없었다. 이래서 삼희가 소리를 내고 웃었을 때, 놀라 돌아다보던 오라버니도 그만 소리를 내고 따라 웃은 셈이다.

얼마를 이렇게 웃고 났는데도

"오라버니. 그 나 온 참……"

하고, 삼희는 자꾸 웃었다.

조금 후에 두 그림을 나란히 하여 역부로 멀찌감치 들고는

"그래. 어떠냐? 잘 그렸지?"

하고, 오라버니는 물었다.

"잘 그리고 뭐구, 무슨 사람들이 그렇대요?"

하고, 삼희가 여전 웃고 있으려니까

"내 것은 내가 그린 거고, 이것은 태일군이 그린 건데 태일군은 다시 동경(東京) 가겠다구 그래서, 말하자면 그 자화상(自畫像)을 내게 준 셈이다."

오라버니는 그림을 든 채 약간 장난조로 설명을 했다.

삼희가 오라버니를 잠깐 흘겨보면서

"이따금 오라버니들은 꼭 어린애 같어—"

하고 말을 했더니, 오라버니는 그림을 놓고, 삼희 편을 보고 돌아앉으며

"어린애? 그래. 어린애지. 하지만 그 어린애인 것이, 혹은 어리석다는 것이, 이를테면 지극히 넓은 것, 완전히 풍족한 것과 통하는 것이라면?"

하고, 말하면서

"이런 건 다—너이들 '적은 창조물'들이 알 수는 없는 거다—"
하고— 여전 농조로 웃었다.

삼희는 어쩐지 싫은 생각이 들었다. 무슨 모욕을 당했을 때처럼 불쾌하였다기보다도 오라버니에 대한 이상한 의심이 일종 야릇한 불쾌를 가져왔다. 그러려니 해서 그런지는 몰라도 어째 얼굴이 희고 몸이 가냘픈 것이라든지, 손발이 예쁜 것까지 모두가 의심쩍었다.

그래서

"지극히 어진 이가, 그 어진 바를 모르듯 오라버니도 응당 몰라야 할 것을 이미 안다는 것은 어찌된 일예요?"
하고, 그도 짐짓 농조로 말을 해 보았다. 그랬더니, 오라버니는 거반 싱거울 정도로 쉽사리

"그럼 나도 그 '적은 창조물'의 하나란 말이지?"
하면서

"그럴지도 몰라—"
하고, 말하는 것이었다.

조금 후에 삼희가 자기 방으로 돌아오려니까, 머릿속에 문득 오라버니의 이상한 모습이 떠올랐다.—이른바 거인(巨人)도 죽고, 전사(天使)도 가고 없는 소란한 시장(市場)의 아들로 태어나 한 올에도 능히 인색한—그러면서도 상기 고향(故鄕)을 딴 데 두어 더욱 몰골이 사나운, 우스운 형상으로 나타났다. 그러나 삼희는 어쩐 일인지 이 우스

운 모습에 오히려 정이 가는 것을 어찌할 수가 없었다.

*

어느 날 오후였다.

그동안 태일이라는 청년은 일절 오지 않았기 때문에, 오라버니도 이따금

"떠나기 전, 한번은 들릴 텐데……."

하고 기다렸고, 삼희도 어쩐지 궁금했었다. 그랬는데, 이날 조카아이를 통해서 태일이란 청년이 어느 싸움을 말리다가 머리에 중상을 내고 방금 입원해 있다는 것을 알았다.

조카는 오라버니가 묻는 말에

"총순집 아들이 술이 취해서 권투선수하고 싸우는 것을 말리다가 얻어 맞았대요—"

하고 대답했다. 총순집 아들이란 일전에 말하든 그 '김군'이란 사람인 것을 삼희는 곧 알았다.

오라버니가 다시

"태일이란 사람도 같이 먹다 그랬다디?"

하고, 물으니까, 조카는

"네—"

하고, 대답을 했다.

마침 고 옆에서 올케가 듣다가

"되잖은 군들하고 몰려다니다가 예사지—"

하면서

"그 챙피하게, 피하지 못하구, 모양이 뭐람—"
하고는

"당신도 그 사람 쫓아다니다간 큰코다치리다—"
하는 것처럼, 이번엔 오라버니를 건너다보았다. 이 얌전하고 조촐한 부인네가 적잖이 불쾌를 느끼는 모양이었다.

오라버니는 잠자코 곧 밖으로 나갔다. 오라버니가 병원으로 가는 거라고 생각을 하면서 삼희는, 또 한편으로

'오라버니는 올케에게 무심하다—'
는 이런 것을 생각하고 서 있노라니까

"그저께 동무 집에 들렸드니, 그 사람 보구들 그만한 학식과 그만한 인물 가지고 왜 일찌감치 자리 잡어 앉지 못하고 괜히 *흥청벙청 다니느냐고 말들입디다—"
하고, 올케가 다시 말을 이었다. 올케가 말하는 '그 사람'이란 물론 태일이란 사람이다.

삼희는 잠자코 들으면서도

'어저께까지, 예사로운 사람이 아니겠드라고 칭찬하든 올케 마음과, 지금의 것을 어떻게 얽어 봐야 하누?'
하는, 우스운 생각이 들어서, 짐짓

"옛날부터 남의 싸움 가로채면 의리 있는 사람이라는데—"
하고, 말을 해 보았다. 그랬더니

"그따위 의린지 뭔지, 나 같음 돈 주고 허래도 안 하겠네―"
하고, 여전히 왼 고개를 치는 것이었다.

오라버니가 돌아오기는 훨씬 저물어서였지만 의외에도 오라버니와 함께 태일이란 청년도 왔었다. 어저께 퇴원했다는 것이었다.

청년은 머리에 붕대를 동인 채, 얼굴이 조금 수척했을 뿐, 여전한 모양이었다. 삼희도 전에와 달리 좀 어리둥절해서 바라다보았고, 올케도 얄궂이 맨숭맨숭 쳐다보았으나 청년은 비교적 예사였다.

오라버니가

"그 아무튼 일수 사나웠어……"

하고 말을 하니까, 청년은 좀 어색한 웃음을 지으며, 천천히 말을 시작했다.

"그만 돌아왔을 건대, 뒤에서 김군이 자꾸 부르니 그 혼자 죽어라고 그냥 두고 올 수도 없고 그래서……"

"그래서 한판 쳤단 말이지?"

"판이나 쳤음 좋게―"

두 사람은 소리를 내어 웃었다.

듣기에 하도 우스운 말들이라 삼희는 간신히 웃음을 참고 자기 방엘 오려니, 올케가 그 나오는 낌새를 알았던지 "좀 놀다가구려." 하고 말을 했다. "있다가 갈게." 하고 삼희는 돌아나오려는데,

'어리석은 사람이 저분이라면, 그럼 약은 사람은 올케 같은 사람인가?'

하는 생각이 다시금 실소하려는 마음을 걷어잡은 채 얼른 자기 방 미닫이를 닫았다.

그 후 삼희는 오라버니를 통하여, 청년이 떠났다는 소식을 들었다.

어느 날 삼희가 제 방에 놓았든 종여죽 대신, 다른 것을 가져올 양으로 온실 앞으로 갔을 때다. 오라버니가 사무실에 앉아서 꽤 긴 편지를 읽고 있다가

"태일군이 너헌테 안부하랬다—"

하고 말하는 것이었다. 삼희는 맥없이 무안을 탄다기보다도, 정말 턱없이 가슴의 철썩해서 그대로 온실 안으로 들어가고 말았으나, 그러나 곧 그는 이러한 제가 도무지 되잖은 것 같은 생각이 들기도 하고, 또 다른 한편 뭐보다도 역역한 것은 궁금한 생각이여서,

결국

"그분 뭘 헌대요?"

하고, 물어보지 않을 수가 없었다.

오라버니는 삼희의 묻는 말에 별로 싱글싱글 웃으면

"그분? 아직은 놀고 있지—"

하였다.

"그럼 장차는요?"

"장차는? 연구실로 들어가든지, 그게 마땅찮으면 사관학교(士官學校)를 다니겠대—"

이러한 오라버니 말에 삼희가 의아할 동안

"그 사람 중학교 때부터 장교가 제일 좋았다니까―"
하고, 오라버니가 말을 했다.
"그렇게 잘 들어갈 수 있어요?"
"들어갈 수야 있겠지. 허지만 왜 그렇게 곧추 묻니?"
이번엔 정말 놀리듯 건너다보는 것이었다.
"사관학교는 좀 걸작인데요―"
삼희는 짐짓 피식이 말하면서, 되도록 무심한 낯빛을 하였다.
그랬더니 오라버니는 까닭 없이 벌컥해서
"너 그런 태도가 하이칼라라는 거다. 모든데 어떻게 그렇게 *조소적(嘲笑的)이고, *방관적(傍觀的)일 수가 있니?"
하고 나무라는 것이었다. 삼희는 첫째 억울하기도 하였지만 너무도 의외 꾸지람이라 한동안 말을 않고 서 있었으나
'자기의 약점을 남에게서 발견하고, 노한다는 것은, 너무 부도덕(不道德)하지 않은가?'
싶어져서 삼희야말로 노여웠다. 그래서 그는 오라버니가 뒤에서 부르는 것을 못 들은 척 곳 자기 방으로 돌아오고 말았다.
조금 후에 오라버니가 와서
"노했니?"
하고, 묻는 것을 삼희가 별 대척을 않으니까
"너 이렇게 노하기를 잘 하는 것도 하이칼라라는 거다―"
하고, 농을 하면서

"그래 내 잘못했으니 관두자—"

하였다. 삼희가 다시 발끈해져서

"오라버니만 조소적이요, 방관적일 수 있고 남은 그런거면 못쓴단 거지요?"

하고, 말을 하니까, 오라버니는 잠자코 있더니, 한참만에서야

"그게 좋은 거면 모르지만, 나쁘니 말이다. 난 내게 있는 약점을 남에게서 발견하면 아주 우울허다—"

하고, 말하는 것이었다.

삼희는 오라버니의 심정을 잘 알 수 있는 것 같았다. 그러면서도 삼희는 끝내,

"그래도 오라버니 태도로는 횡폭하고 비겁하난 것 같애요."

하고 말했다. 오라버니는 쉽사리,

"그럴지도 몰라."

하고 말했다.

그래서 어쩐지 마음이 언짢았다.

'공연히 그랬다.'

하는 후회가 나기도 해서,

"괜히 내가 잘못했어요."

하고 말을 하더니, 어쩐지 어색하고 부끄러운 정이 들려고 해서, 아래를 본채 말끝을 흐렸다. 그랬더니 오라버니는 웬일인지 갑자기 한편으로 불쾌해 하는 것이다. 오라버니는 끝내

"그런 말 허는 것 아니다."

하고는 그냥 자기 방으로 돌아가고 말았다. 오라버니가 돌아간 후, 삼희는 여러 가지로 생각해 봤으나, 역시 오라버니는 몰골이 사나웠다. 그러나 그는 이렇게 방황(彷徨)하는 오라버니의 모습에 오히려 동정이 가는 것을 어찌 할 수 없었다.

칠월 잡아들면서부터, 조석으로 서늘한 기운이 돌기 시작한 것이 요즘은 제법 나뭇잎이 바스락거렸다.

삼희는 진작부터 가을이 오면 돌아갈 것을 생각고 있은 때문이기도 하지만, 아무튼 그는 날로 아이가 보고 싶고, 집이 그리웠다. 이따금 아침에 일찍이 일어나 얼굴을 정갈히 씻고는 크림을 바르고, 연지도 찍어 보고 하였다. 그러나 역시 여윈 얼굴일 때, 그는 한층 더 숨여오는 향수를 어찌할 수 없었다. 생각하면 어머니가 있고, 오라버니가 있고, 그가 자라난 하늘과 바다와 산과 들이 저와 함께 있는데도, 삼희는 대체 무엇을 그려 어느 고향을 따르려는 것인지 알 수가 없었다.

어느 날 삼희가 샘물가에 그저 망연히 앉아 있으려니까, 오라버니가 옆으로 오면서

"너 언제 가니?"

하고, 물었다.

"……"

"쉬 가거라—"

"왜요?"

"애기는 저녁이 되면 집으로 와야 하고, 아내는 가을이 되면 돌아와야 하니까."

하고 말을 해서, 두 남매는 웃었다.

삼희는 끝내 추석 전에 떠나기로 하였다. 삼희는 전부터도 어데서고 떠날 땐 곧잘 그믐날로 정하는 버릇이 있었다. 별다른 이유가 있는 것도 아니면서, 그저 그러하고 싶어서 그 날이 좋아진 셈이다. 마중을 가도 좋다고 하는 남편의 호의를, 가서 만나면 더 반가울 거라고 그만두게 한 후, 그 대신 삼포령까지 오라버니가 배웅해 주기로 하였다. 떠나기 전 며칠 동안을 어머니가 계시는 월영동 집에 와 있었기 때문에, 이날은 가족을 한데 모은 단란한 오찬이 있은 후, 삼희는 오후 네 시차로 고향을 떠났다.

차가 서면을 지나 진포를 접어들 때까지 두 남매는 별로 말이 없었다.

이때 마침 오라버니와 삼희가 앉아 있는 맞은편에 젊은 여자 한 사람과 한 육십 남짓해 보이는 노인 한 사람이 와서 앉았다. 두 사람은 무슨 송사엘 갔다 오는 것인지 앉기가 바쁘게 젊은 여자가 노인을 몰아 세웠다. 그 말하는 거취를 보아서 분명히 여자는 노인의 딸인 모양인데, 아무리 보아도 딸치고는 참 기가 차게 맹나니였다.

"그리 *축구 노릇 하믄 사람값만 못 가지지. 글시 웃지한다꼬 오늘도 돈을 못 받았노?"

"그렇기 말이다, 참 무서운 놈의 세상도 있제—"

"와 세상이 무섭노? *이녘이 축구지—"

하고 딸이 골을 내어도, 노인은 그저

"그렇기 말이다—"

하고만 하였다.

삼희는 속으로

'이 노인이 "그렇기는 말이다"라는 말밖에는 할 줄 모르는 게 아닌가?'

하면서, 보고 있으려니까, 과연 딸은 똑똑하게 생겼다. 그 얼굴하고 옷 입은 맵시랑, 아주 조약돌처럼 달아서 반드럽기 한량이 없었다.

'저렇게 똑똑하게 되자면, 그 '마음'이 얼마나 해침을 입었을까?'

하고 생각을 하니, 어쩐지 그 일거일동, 그 말하는 내용까지가 모두 폐해(弊害)받은 상처 같기도 해서, 그는 모르는 결에 얼굴을 숙였다.

노인은 다음 역에서

"어서 오라캉께!"

하고, *주정질을 치는 딸의 뒤를 따라 내려갔다.

두 남매는 뭐라고 말을 건네려고 했으나, 여전 잠자코 있었다.

어느덧 어둠이 짙어 왔다. 마침 차가 지나는 서쪽으로 멀—리 낙동강(洛東江)이 흐르고 있었다. —강물이라기에는 너무 망망한 물결이었다.

"너 강물을 좋아하니?"

오라버니는 누이의 대답을 기다릴 것 없이

"나는 참 좋다—"

하고 말을 했다.

강물은 점점 가까이 와 드디어 안전에서 늠실거렸다.

강물은 징하고 끔찍했다. 그러나 질펀한 평야를 뚫고 잠잠히 흐르는 강물은 또한, 얼마나 장한 풍족(豊足)한 모습인가?

두 남매는 차가 삼포령을 지날 때까지, 아득히 멀어지는 강물을 보고 있었다.

(『문장』, 1941. 3)

가을

　서쪽으로 트인 창엔 두꺼운 커―텐을 내려쳤는데도, 어느 틈으론지 쨍쨍한 가을 볕살이 테이블 위로 *작다구니를 긋고는 바둘바둘 *사물거린다.

　분명 가을인 게 손을 마주 잡고 비벼 봐도, 얼굴을 쓰다듬어 봐도, 어째 보스송하고 매끈한 것이 제법 *상글한 기분이고, 또 남쪽 창가로 가서 바깥을 내다볼라치면, 전후좌우로 높이 고여 올린 빌딩 우마다 푸르게 아삼거리는 하늘이 무척 높고 해사하다.

　흔히 이런 하늘에서 사람들은 어쩌라고 잡초가 우거진 들과, 그 쇠잔하고 하염없는 풍경을 엿보는 것인지, 이리되면 처음엔 하잘것없는 생각이건만도 *종차로는 꽤 모지게 닿는 데가 있는지도 모른다.

　오후 여섯 시다.

사내에서 일 잘하기로 유명한 강군이 참다못해 손가방을 챙긴다.

"뒤에 나오시겠어요?"

"먼저 갑시다."

뒤를 이어 김군도 따라 일어섰다. 마지막으로 여사원 은희가 나간 후 실내는 한층 더 호젓하다.

석재는 이제 막 강군의 "난 먼저 갑니다—." 해야 할 말을

"뒤에 나오겠소?" 하고 묻든 것이 역시 속으로 우스웠으나, 이 정당하고도 남는— "먼저 가겠다" 는 말을 항상 똑똑히 못하는 강군의 성격에도 그는 전처럼 고지식히 웃어지지가 않았다.

담배를 붙여 문 채 테이블 위에 펼쳐 있는 원고들을 정돈하고 있으려니 아침나절 정예에게서 온 편지의 내용이 다시금 머리에 떠오른다.

역시 그리 유쾌치 못한 사실이다.

그러나 단순히 불쾌한 것이 아니라, 불쾌한 감정 그 뒤에 오는 꽤 맹랑하고도 해괴한—야릇한 감정을 그는 어떻게 처리해야 할지 종내 망설이지 않을 수가 없다.

사실은 오늘 종일 그는 이것과 실갱이를 했는지도 모른다.

정예라면 물론 안해와 제일 친하든 동무다. 뿐만 아니라 안해 생전에 이상한 처신으로 안해를 곤란케 한 사람이고 또 석재 자신을 두고 말해도 이 여자로 해서 대단 난처한 경우는 겪었을망정 참 한 번도 이 여자의 행동을 즐겨 받아들인 적은 없다고 생각한다. 그리고

가을 231

더욱 유감된 것은 이 여자의 그 후 행방이다.

듣는 바에 의하면 여자는 그 후 결혼을 했으나 곧 이혼을 했다는 것이고 이혼한 후엔 그 소위 '연애 관계'가 무척 번거로워서 그의 아는 사람도 여기 관계된 몇 사람이 있다고 한다. 이리되면 이건 그로서 도저히 이해할 수도 없으려니와, 불쾌하다니 그 정도를 넘고도 남는다. 또 사람의 기억이란 꽤 야속하게 되어서 사랑하는 안해와의 모든 것도 이 년이 지난 오늘엔 때로 구름을 바라보듯 묘연하거든 *항차 정예란 여자와의 지난날이 지금껏 그의 머릿속에 자리를 잡고 남아 있을 턱이 없다.

이러한 오늘에 다시 편지를 보내고 만나자니—만나 소용없단 것을 이 편보다도 저 편이 더 잘 알면서 만나자니—이제 그에게 '여자'란 대상이 다시금 알 수 없어지는 것도 또 이 여자가 가지는 바 그 풍속(風俗)이 더욱 *오리무중(五里霧中)인 것도 사실은 무리가 아닐지 모른다.

담배를 든 채 손이 따가워오도록 여전히 그는 망설이고 있었다.

맞은편에 걸린 시계가 어느새 일곱 시를 가리킨다. 지금 곧 일어서 간다고 해도 삼십 분은 걸릴 것……. 그는 일종 초조한 것도 같고 허전한 것도 같은 우스운 심사를 경험하는 것이었으나 여전 쉽사리 일어서려군 않는다.

점점 실내가 강감우레 해오고 뿜어내는 연기가 아삼아삼 가라앉는 것 같다.

그는 끝내 일어섰다. 그러나 이렇다고 뭘 이제서야 정예를 만나려 가는 것은 아니다.

거리에 나서도 역시 황혼이고 가을이다. 아직 낙엽이 아니건만 가로수(街路樹)는 낙엽처럼 소근대고 행인들의 그림자도 어째 어설픈 것만 같다.

문득 죽은 안해가 생각난다. ―순간 그는 정말 안타까운 고독과 슬픔을 자기에게서도 안해에게서도 아닌 먼―곳에서 느끼며 총독부 앞 큰길을 그냥 걸었다.

바로 집으로 가자면 광화문통에서 효자정으로 가는 전차를 타야 했으나 그는 어쩐지 걷고 싶었다.

바람이 불되 오월의 바람처럼 변덕스럽지도 않고, 또 겨울바람처럼 광폭하지 않아서 좋았다기보다 얼굴에 닿아 조금도 차지 않으나 그러나 추억처럼 싸늘한 가을바람은 또한 추억처럼 다정하기도 해서 그는 정다웠다.

조금 후 그는 경복궁을 끼고 올라 걷고 있었다. 물론 이 길로 자꾸 가노라면 오늘 정예가 약속한 장소가 나오는 것을 그는 모르는 바 아니나, 거진 한 시간 반이나 넘은 지금까지 여자가 기다리고 있으리라고는―더욱 자기로서 이것을 기대하고 이 길을 잡은 것은 결코 아니다. 그저 무료해서 *지향없는 발길이었고, 또 소란한 길보다 호젓한 길을 취한 것뿐이다.

그는 되도록 담 밑으로 다가가 효자정으로 넘어가는 돌층대를 밟으면서 다시금 자기 마음을 의심해 본다. 생각하면 이제 이다지 지향 없는 마음의 소치가 기실 정예에게 있는지도 모르기 때문이다.

하기야 정예가 안해와 가장 친했던 동무란 점에서 혹 정예로 인해 안해를 생각게 될 수도 있을 게고, 또 전에라도 그는 이렇게 안해를 생각게 되면 곧잘 지향 없어지는 것이 버릇이었지만 이렇다고 한대도 이제 정예로 인해 안해를 생각게 된 것이 정말이라면 어쩐지 그는 죄스럽다. 설사 이곳에 아무리 꺼림 없는 대답이 있다 친대도 그는 웬일인지 이것으로 맘이 무사해지지가 않는다.

생각이 이렇게 기울수록 그는 맘속으로 막연한 가책까지 느끼는 것이었으나, 그러나 알 수 없는 것은 이와 동시에 거의 무책임하리만큼 자꾸 어두워지려는 자기 마음이다.

마침내 그는 달리듯 층대를 밟기 시작했다.

그러나 길이 차차 말쑥한 신작로로 변해 왔을 때 역시 그의 눈은 자기도 모르는 사이에 *경무대(景武臺)쪽 솔밭 길을 더듬었다.

물론 정예가 있을 리 없다.

그는 처음부터도 그러했고 또 솔밭 쪽으로 눈을 가져갈 순간에도 그곳에 정예가 있으리라고는 아예 생각지 않았으나 순간 이상하게도 일종 열 없는 정이 이제 막 층대를 급히 달린 피곤을 한꺼번에 몰아온 것처럼 그는 끝내 제법 잡초가 우거진 솔밭에로 가 자리를 잡고 말았다.

이상한 피곤과 함께 일종 *자조적(自嘲的)인 허망한 심사를 겪으면서 그는 담배를 꺼내 불을 붙였다.

*

벌써 삼 년 전 일이다.

어느 날 그는 모유(母乳)가 부족한대 돼지발이 좋다는 말을 어떤 친구에게서 들었는지라 사엘 나오는 길로 곧 태평통을 들러 이것을 찾아 봤으나 마침 있지 않았다. 그래서 돼지발도 돼지고길 바에야 살점인들 어떻겠냐고 살코기 두 근을 사서 들고는 바른 길로 집으로 왔다. 그랬는데—마침 안방에 손님이 온 모양 같아서 고기는 심부름 하는 아이에게 준 후, 자기 방으로 들어오고 말았다.

곧 안해가 건너와서 그는 지금 온 손님이 바로 정예라는 여자인줄을 알았다.

그는 이 여자와 전부터 안면이 있는 건 아니다. 단지 평소 안해가 입버릇처럼 뭐고 칭찬을 많이 했고 또 흔히 부부간 말다툼이라도 있든지 혹은 뭐가 맞갖지가 않아서 짜증이라도 날 땐 곧잘

"나도 정예처럼 공부나 헐 걸."

하고 애매한 말을 해서 정말 그의 골을 울려준 적이 한두 번이 아니었기에 그는 정예가 뉘집 딸인데 무슨 학교를 다니는 것까지 또 그 얼굴이 검고 흰 것까지, 키가 작고 큰 것까지, 적어도 안해가 전하는 바 그대로는 제법 살피살피 다 알고 있는 터이다.

그가 자기 방에서 혼자 저녁을 치른 후 신문을 들추고 있으려니 무슨 영문인지 제법 번거로운 웃음을 터놓으면서 안해가 문을 열었

다.

　왜들 야단이냐고 그가 물어 볼 나위도 없이—
　"손님 오신대요."
하고, 안해가 들어선다. 뒤를 따라 정예도 들어섰다. 그는 하도 안해가 자랑한 끝이라 어째 좀 당황하기도 했으나 또 달리는 하도 많이 칭찬을 했기에 더 침착하게 일어 맞은 셈이다.
　과연 처음 보아 안해가 말한 그대로 별로 틀림이 없었다. 살빛은 그리 흰 폭이 아니었으나 무척 결이 고왔고 더욱 눈이 이상한 광채를 뿜는 것처럼 몹시 총명한 느낌까지 주었다. 단지 그가 상상한 바와 다소 어긋난 점이 있었다면—그는 막연하게 정예란 여자도 자기 안해처럼 섬약하고 천진해서 그저 귀여운 여자일 게라고 생각했든 것이 정예는 안해보다 훨씬 그늘이 있는, 뭔지 꽤 맹렬한 일면이 있을 것 같은 것이 첫째 달랐고 또 조금도 천진하지 못한 느낌이었다.
　그가 처음 받은 인상이 이러했고 또 이래서 그도 제법 옷깃을 여미어 정색하고 대한 때문인지는 몰라도 아무튼 두 사람은 터놓고 무슨 이야기를 나누지는 않았다. 그저 몸이 편찮아서 귀향했다는 안해 말에—
　"그 안됐습니다— 빨리 치료를 하셔야지요—"
하고 그가 말을 받았을 정도였다.
　이날 정예가 돌아간 후 안해는 그의 *별미적은 곳을 나무랐다.
　"왜 그렇게 재미가 없대요. 그 애가 남의 남자하고 인사나 하는 줄 아우. 남 기껏 소갤 해 놓으니까 이야기 한마디 없이 옆에서 딱하다니 난 첨 봤어. 이제 걘 우리 집에 다신 안 올 테니 난 몰루."
하고는 거반 화를 내다시피 했다.

처음 만난 사람하고 무슨 이야기가 그렇게 많아야 하느냐고 암만 말을 해도 안해는 영 듣지를 않았다. 이래서—결국은 별 대단치도 않은 동무 가지고 왜 야단이냐고, 짐짓 핀잔을 주게 되었고 이리되자니 안해는 뭐가 더 억울한 것처럼 더욱 자랑을 늘어놓은 셈이다.

본시 여자란 이야기를 내놓기 시작하면 나중엔 흔히 제 바람에 넘어가기가 쉬운 것인지, 안해도 처음엔 얌전하다느니 재주가 있다느니 또 몹시 다정한 사람이라는 둥, 그야말로 순전한 자랑만이든 것이 차차 웬만한 남자는 바로 보지도 않는다는 둥, 가령 누구를 사랑할 경우라도 무사한 편보다는 까다로운 편을 택하는 성격이라는 둥, 아무튼 본인을 위해 하지 않아도 좋을 말까지 삼갈 줄을 몰랐다. 이래서 그도 제법 *코대답으로 듣긴 했으나 끝내,

"그 대단한 여자로군—"
하고 피식이 웃기까지 했다.

이 모양으로 기껏 안해의 자랑으로부터 새로이 얻은 지식이란 불행히 그에게 별 보람이 없어서 결국 그리 유쾌치 못한 취미를 가진 위태로운 여자로밖엔 별로 남을 게 없었다.

이런 일이 있은 후에도 안해는 이따금 그에게 탓을 했기에 나중엔 그도—

'정말 안 오나 부다―'
하고는 일종 우습게 섭섭한 것 같은 혹은 미안한 것 같은 생각을 가지기도 했으나 안해의 예상한 바와는 달리 그 후 며칠이 못 가 정예는 다시 왔던 상 싶다.

차차 신록이 짙어오고 꽃이 피고 할 때쯤 해선 그도 두 사람 틈에 끼여 제법 어깨를 나란히 하고 거리를 돌아다닌 적이 한두 번은 없지도 않으나 그는 역시 무심하려 했다.

정예는 처음 받은 인상과 같이 비교적 과묵한 편이었다. 조금도 명랑하지 않을뿐더러 몸이 성찮아 그런지는 몰라도 이따금 이상하게 허망스런 얼굴을 가지기도 해서 이것이 그의 일종 퇴폐적인 애착을 끌기도 했으나, 그러나 어쩐지 이러한 한 꺼풀 밑엔 짙은 원색(原色)과도 같은 꽤 섬찍한 무엇이 꼭 있을 것만 같았다. 그가 *우정 저편의 존재를 무시한 때가 정예에게서 이러한 것을 본 때이기도 하지만 아무튼 그는 이 분명이 무슨 허방이 있을 것 같은 근역엔 역부로 가까워지기를 꺼려했다고 지금도 생각한다.

어느 날 안해는 저녁을 치르자―

"요번 일요일엔 영화구경 갑시다―"

하고 그에게 말을 했다.

그는 안해의 이 말에서 안해가 또 정예와 같이 가자는 게라고 생각을 하면서,

"무슨 일로 줄창 같이 다녀야만 해."

하고는 제법 안해 말에 퇴박을 주려니까 안해는 이 날도 뭔지 불평을 품은 채,

"그 같이 좀 다니면 무슨 지체가 떨어지우? 관두시구려. 우리끼리 갈테니."

하고 끝내 뾰로통했다. 이래서 안해는 우정 정예에게 엽서를 내는 모양이었으나 늘 온 일요일날 정예는 웬일인지 오지 않았다.

"얘가 웬일일까?"

하고 거두리는 안해 말에

"그 잘됐군."

하고 놀려 주면서 그도 이 날은 종일 집에서 해를 보낸 셈이다.

 이튿날 그가 사엘 나가니 웬 낯선 글씨의 편지 한 장이 다른 편지들과 섞여 있었다. 다시 한 번 살펴봤으나 역시 잘 모를 편지였다.

 그는 우정 맨 나중으로 편지를 뜯었지만 편지는 그가 처음 막연히 예감한 바 그대로 정예에게서 온 것이 분명했다. 그러나 내용은 별게 아니어서 잠깐 상의할 말이 있어 만나고 싶단 것과 몸이 불편해 찾아가지 못한다는 것을 말한 후 만날 장소와 시간을 알린 극히 간단한 편지였다.

 처음 그는 대뜸 그리 유쾌치 못했다. 그러나 뭘 불쾌히 생각기엔 너무 수월하게 말한 기탄없는 편지였기에 차라리 까다롭게 생각하려는 자기 마음이 되려 쑥스러운 것 같아서 나중엔 자기도 되도록 평범하려 했다.

이 날 집에 돌아와서도 그는 아무렇지 않은 양,

"당신 동무헌테서 편지 왔습디다—"

하고 편질 내놓으면서 마치 안해에게 온 편지나 전하듯 무심하려 했다.

안해는 자기에게 온 것이 아닌 줄 알자 좀 의아한 듯이,

"무슨 일일까, 신병에 대한 이 얘긴가?"

하고 의심쩍어 하는 것을 그가 우정,

"병에 대한 거라면 의사가 있지."

하고 말을 받으려니까,

"아무튼 어째서 편질 했든지 그애로서 헐만해서 했을 테니까 가보시구려—"

하고 안해는 역시 동무의 편역을 들었다.

이래서 그는 맘속으로 안해는 아직 한 사람의 여자로선 너무 어리다는 것을 느꼈고 또 이처럼 어린 안해의 순탄하고 단순한 맘씨를 이제 자기로 앉어 이대로 받어서 옳으냐 그르냐는 것은 둘째 문제로 아무튼 이날 그는 이렇게 되어서 정예를 만나려 간 것만은 사실이다.

그가 전차를 내려서 정예가 기다리고 있을 본정통 어느 찻집엘 들어섰을 땐 거진 여덟 시가 가까워서다.

정예는 들어가는 초옆 왼편에 자리를 잡고 앉어 있었기에 쉽사리 알아볼 수가 있었으나 어쩐지 —처음 그래봐서 그런지는 몰라도— 편지와는 좀 달러서 정예는 약간 당황한 듯이 인사를 했다.

그도 별 말없이 인사를 받았으나 기왕 왔을 바에야 설사 저편이야 어떤 태도로 나오든 자기만은 되도록 그야말로 기탄없이 대해야 하겠다고 생각하면서 그는 먼저 몸의 형편을 물은 후, 안해도 몹시 염려한다는 것과 그래서 오늘 같이 나오려다 못 왔다는 이야기를 제법 무관하게 늘어놓은 셈이다.

이랬는데도 정예는 웬일인지 이러한 이야기엔 별 흥미가 없다는 것처럼 *허투루 네―네―하고 대답할 뿐 무슨 이렇다는 이야기를 먼저 꺼내진 않았다. 이리되면 누가 만나자고 한 사람인지 알 수가 없어진다.

그가 차차 말을 잃고 거반 싸늘히 식은 찻잔에 다시 손을 가져 갈 무렵해서 여자는

"나가실까요?"

하고 별안간 말을 건넸다.

그는 얼결에

"네―"

하고 대답을 했으나 본정통 입구를 돌아 나오면서 그는 다시금 의아하지 않을 수 없었다.

그러나 이렇다고 뭘 내색할 수도 없었으므로 그저 *지망을 잃은 채 덤덤히 여자를 따라 걸었다.

두 사람이 남대문통으로 해서 부청 앞 넓은 길을 잡고는 다시 광화문통을 바라보고 걷기 시작했을 때 그는 끝내,

가을 241

"내게 무슨 얘기가 있었어요?"
하고 물어볼 수밖엔 없었다.
정예는 잠깐 주저했으나 인차—
"얘기 없었어요—"
하고 비교적 똑똑하게 대답을 했다.
두 사람은 다시 잠자코 걷기 시작했다.
그는 속으로 다시금 이상한 여자라고 생각했다. 그러나 — 이러한 때 느껴지는 이상한 여자란 분명이 존경할 수 없었음에도 불구하고 이 '이상한 여자'는 끝내 그의 이상한 호기심을 일으켰든 것이고, 또 이 호기심은 지금까지 가져온 그 마음의 어느 까다로운 일부분을 헐어 버린 것처럼 그는 다시 말을 이었다.
"허실 말씀이 있다고 편질 내시고서……."
하고 짐짓 건너다보려니까,
"거짓말이에요."
하고 대답하면서 여자는 태연했다. 이리되면 다음으로 물을 말은 "왜 거짓말을 했느냐?"는 것이겠으나 그는 어쩐지 이 말을 얼른 물을 수가 없었다.
광화문통을 지나 거진 총독부 앞까지 왔을 때 전차를 타느냐? 고, 그가 물으니까 정예는 그냥 걸어가겠다고 대답했다. 효자정에 집을 둔 그는 가회정으로 가야 할 정예를 앞에 두고 잠깐 망설이지 않을 수 없었다. 이것을 정예도 알았던지,

"전 산으로 해서 가겠는데 별일 없으시면 같이 산으로 해 가시지요—"

하고 말을 했다. 역시 전날 편지로 말할 때처럼 예사로운 투다.

그는 조금 전부터도 그러했지만 이 여자의 어떠한 태도에든 자기도 되도록 예사로우려고 하면서,

"그래도 좋습니다—"

하고는 쉽사리 대답했다.

경복궁 긴—담을 끼고 삼천동을 들어 가회정으로 넘어가는 널따란 길을 걸으면서도 두 사람은 별로 말이 없었다. 그는 이따금 우습게 역해오는 감정을 느끼기도 했으나, 그저 하는 대로 두고 볼 작정이었다.

길이 변해서 가회정 쪽으로 기울어질 때쯤 해서,

"이젠 혼자 가도 괜찮습니다—"

하고 정예가 돌아섰다.

그도 그저 그러냐—는 것처럼 따라 걸음을 멈췄으나 한순간 이상하게 어색한 분위기를 느끼며 그냥 서 있으려니까,

"괜히 고집을 부려서 미안합니다—"

하고 정예는 그 약간 허망한 투로 말을 했다.

그는 잠자코 있을까 하다가 이러한 경우에 '고집'이라니 생각할수록 하도 용하고 재미있는 말이어서

"왜 그런 고집을 부렸소?"

하고 우정 물어본다. 그랬더니—

"이상허세요?"
하고 정예가 다시 물었다.
그는 정예에게 배워서 자기도 일견 솔직한 체—
"네—"
하고 대답해 본다. 그러나 의외에도 이 말에 정예는
"나뻐요."
하면서 거반 쏘아보듯 그를 쳐다봤다. 그는 이 애매한 말에서 희한하게도 지금 정예가 자기를 나쁜 사람이라고 비난한단 것을 곧 알아챘으나 *얼결에 자기도 모를 말을—
"글쎄올시다—"
하고는 농치지 않을 수가 없었다.
지금 생각해도 이때 정예에게 당한 꾸지람은 참 억울한 것이다—.
그는 이날 밤 돌아와 자리에 누워서도 정예가 주고받은 말이 좀체 사라지지 않았다. 아무튼 이상한 여자인 게 제 말을 비춰서 본다면 결국 석재로 인해서 정예 자신이 어떤 박해를 당코 화를 입고 말 것이라는 것인데—이처럼 모든 것을 미리 잘 알 바에야 뭣하러 이런 방식으로 굳이 제 손으로 함정을 팔 게 없다. 얼른 생각해서 무슨 성격이 이런 성격이 있을 것 같지도 않고, 또 장난이라면 이건 너무 정도를 넘어 고약하다.
'두고 보리라—'
그는 결국 이렇게 생각한 후 이런 형태로 내달은 여자라면 응당

머지않아 다시 말이 있으리라 짐작했다.

그러나 그 후 정예에게선 웬일인지 일체 소식이 없었다. 한 주일이 지나고 한 달이 지나고 해도 전연 소식이 없었다.

그는 이상하게 궁금해지는 심사를 겪지 않는 바도 아니었으나 역시 두고 볼 일이었다.

*

일 년이 지나갔다.

그동안 두 부부는 정예가 결혼을 하고 다시 이혼을 했다는 소식을 들었으나 그런 일이 있은 다음부터는 그도 안해도 정예 이야기를 꺼내진 않았다.

그랬던 것이 단 한 번 안해가 죽기 전 어느 비오는 날 밤에 안해는 별안간,

"정예 못 봤어요?"

하고 물은 적이 있다. 이 때 그는 어쩐지 맘이 몹시 언짢았다.

여태껏 한 번도 그에게 묻지 않은 것을 봐서 안해에겐 제일 묻고 싶었든 말인지도 모르고 또 그처럼 꺼리는 말을 이제 하게 되는 것이 어째 불길한 *증조 같기도 해서 그는 우정 안해 옆으로 가까이,

"보다니 어데서 봐?"

하고 도리어 물어보면서

"봤으면 내 애기 않었을라구—"

하고는 웃어 보였다.

"혹 길거리에서라도 못 봤나 해서—"
하고 안해도 따라 웃었으나, 이 때 그는 뭔지 안해에게 몹시 잘못한 것 같은 생각이 앞을 서서,

"그깐 이야기를—무슨 그따위를……"
하고는 자기도 모를 말을 중얼거렸다. 그리고는 창 옆으로 가 담배를 집었다. —밤은 옻칠한 듯 검고 비는 쉴 새 없이 내리고……이따금 동병실로 가는 간호부들의 바쁜 걸음이 더 기막히게 싫은 밤이었다.

안해는 그가 뭐라고 하든, 정예와 *커난 여러 가지 그리운 기억을 혼자 속삭이듯 도란도란 이야기하면서,

"그래도 걔 착한 데 있다우— 다음 만나건 다정이 허세요—"
하고 말을 해서 그는 끝내 화를 내고 말았다.

거진 땅거미가 잡힐 때쯤 해서 그는 풀밭을 일어섰다.

어떤 일본인 노인이 손자뻘이나 되는 어린애를 앞세우고 제바람에 꼬리를 물고 달리는 점백이 삽살개를 놀리며 저리로 가는 게 보인다.

그는 어린아이의 뒷모양에서 지금쯤 라디오 가게 앞에서나 우체국 앞에서 할머니를 따라 놀고 있을—아들 영이를 생각하면서 그대로 걷기 시작했다.

그러나 이날따라 영이는 라디오 가게 앞에도, 우체통 앞에도 놀고 있지 않았다.

그가 새로이 아버지다운 불안을 안은 채 총총히 집엘 들어서려니 의외에도 어머니가

"애 손님 오셨다—"

하고 마주 나왔다.

뒤를 따라 정예가 영이를 안은 채

"이제 오세요?"

하고 인사를 한다. 그는 한동안 어이없은 채, 그저 보고만 있었으나, 옆에 어머니 역시 어리둥절해 있는 것을 느끼자

"여길 오셨군요— 언제 오셨어요?"

하고 그도 인사를 한 셈이다.

두 사람은 어머니와 영이를 사이에 두고 같이 저녁을 먹고 *이슥토록 놀았으나 정예가 어머니와 안해의 이야기를 했을 뿐 별로 말을 나누지 않았다.

마침내 어머니가 영이를 재우겠다고 안방으로 건너가신 후 방안은 더욱 거북한 분위기에서 그는 뭐고 말을 나누고도 싶었으나 대체나 할 말이 없었다.

정예 역시 이러했든지 결국 이야긴 그가 먼저 꺼낸 셈이다.

"낮에 편질 받고 마침 급한 일이 생겨서 미안하게 됐습니다. 이살해서 집을 모르실 텐데 어떻게 찾았습니까?"

하고 물어봤더니 정예는 —어제서야 죽은 안해의 소식을 듣고 그 전 집으로 갔었다고 하면서

"걔가 어떻게 그렇게……무슨 일이 그런 일이……"

하고는 석재가 먼저 무슨 말이든 꺼내기를 기다렸다는 것처럼 정예

가을 247

는 제 말을 시작했다. 어데까지 띠금띠금 끝을 맺지 못하는 정예 말에서 그는 지금 정예가 안해의 죽음을 대단 슬퍼한다고 생각하면서 자기도 말을 잃은 채

"글쎄올시다—"

하고만 있으려니까,

"오늘도 관둘까 허다가……."

하면서 여자는 눈물이 글썽한다.

그는 자기도 어쩐지 맘이 언짢아지려고 해서 그저 잠자코 있었다.

조금 후 정예는 죽은 사람이 뭐고 제 말을 하지 않더냐고 물었다. 그래서 했노라고 대답했더니 뭐가 언짢은 것처럼 정예는 끝내 울고 말았다. 소리를 내여 우는 것도 느끼는 것도 아닌 그저 무릎을 세우고 앉은 채, 잠자코 울었다. 다행히 그는 정예의 이마를 고인 두 손이 눈을 가렸기에 맘 놓고 여자의 얼굴을 바라볼 수 있었지만 지금껏 그는 이처럼 마구 쏟아지는 눈물을 본 적이 없다. 그러나 턱으로 뺨으로 함부로 쏟아지는 눈물에 비해, 손끝 하나 움직이지 않는 싸늘한 태도가 어쩐지 여자의 알지 못할 운명 같기도 해서 부지중 그는 얼굴을 돌리고 말았다.

과연 여자의 울음은 단지 벗을 잃은 슬픔만은 아닌 듯 했다.

그는 뭔지 자기도 점점 어두워지는 마음을 그저 잠자코 있을 수밖에 도리가 없었으나 다른 한 편으론 이러고 앉아 있는 동안 그는 일찍이 가져 보지 못한 이 여자에 대한 야릇한 불만과 비난의 감정을

어떻게 수사해야 좋을지를 몰랐다.

　다음 순간 그는 어떻게 됐듯 좌우간 안해로 인해 울기 시작한 이 여자의 울음을 이대로 두고 오래 당하기는 정말 견디기 어려운 노릇이었다. 이래서 생각한 나머지,

　"너무 언짢어 마십시오…… 소용없는 일을. 그보다도 그간 뭘 하고 계셨기에 그처럼 뵐 수가 없었습니까?"

하고 말을 해 봤다. 그랬더니 과연 이 약간 조소적인 말의 효과는 *적실해서

　"시굴 가있었어요—"

하고 대답하는 정예는 그처럼 몹시 울지는 않았다.

　"그래 시굴서 뭘 허셨기에……서울엔 언제 오셨오?"

하고 그가 다시 물어봤더니 여자는 그저 시무룩이 웃을 뿐 잠자코 있었다. 순간 그는 자기의 이러한 물음에 능히 웃어 대답할 수 있는 그 맘의 상태가 좌우간 싫었다. 그는 끝내 이상한 미움을 느끼며

　"그간 이야기나 좀 들읍시다."

하고 짐짓 건너다봤다. 그랬더니 여자는,

　"다 아시면서……."

하고 여전 같은 태도다. 그래서 그는 끝내 몹시 타락한 여자라고 생각을 했고 또 이렇게 생각이 들었기 때문에 차라리 이 여자에게 너 그러우려고도 했으나 그러나 어쩐지 이보다는 뭔지 불쾌한 감정이 앞을 서서 그는 자기도 모르게,

"하도 호사스런 얘기가 돼서 원……."

하고는 제법 피식이 웃고 말았다.

과연 정예는 많이 변했었다. 첫째 빛깔이 헬쑥할 정도로 하애졌고 성격도 훨씬 달라진 것 같아서, 전처럼 과묵한 인상을 주지도 않았다. 그 대신 전보다는 사뭇 품위가 없고 무게가 없어 보였다.

한동안 말을 잃은 채 앉아 있었으나 다음 순간 그는 우연히도 눈이 정예와 마주치고 놀라지 않을 수 없었다.

여자는 두 손을 무릎 위에 올려놓은 채 그냥 눈이 꽹해서 맞은편 벽을 보고 앉아 있었으나 여자의 이 버릇 같은 허망한 얼굴이 만일 전날의 것이 일종 건방져서 사치한 것이었다면 지금의 것은 이것과는 훨씬 달라서 어쩐지 처참했던 것이다.

인차 정예는

"가겠어요—"

하고 일어섰으나 그는 역시 말을 잃은 채 덤덤히 앉아 있었다. 그러나 조금 후 안방으로 건너가 어머니에게 인사를 하고 잠이든 영이를 들여다보고 할 때의 정예의 얼굴은 그가 의아하리만큼 조금 전과는 사뭇 달라서 일견 명랑해 보이기까지 했다.

그는 다시금 불쾌했다. 조금도 성실치 못한 그저 경박하고 방종한 성격의 표현 같기만 해서 일종 증오에 가까운 감정이 없지 않았으나 역시 좀체로 사라지지 않는 것은 조금 전 그 알 수 없는 얼굴이었다. 뭘 후회하는 얼굴이라면 좀 더 치사해야 하고, 이것도 저것도 아니라면 훨씬 더 분별이 없어야 한다.

'후회하지 않는 얼굴—싸늘한 밝은 눈으로 행위했고, 그 눈으로 내일을 피하지 않는 얼굴'

그러나 이렇기엔 좀 더 순띄게 절망해야 할 것 같았다.

그는 여전 갈피를 잡지 못한 채 정류장까지 정예를 따라 나온 셈이다.

그러나 전날처럼 여자가 굳이 이끈 것도 아닌—오히려 정예는 몇 번 사양까지 했으나 그역 뭘 그렇게 모지게 굴 흥미도 없어서 그저 먼 곳에 와 준 손님을 대접하듯—만일 여자가 전일처럼 산으로 해서 가겠다면 태반 바래다라도 줄 셈으로 그대로 경무대 앞길을 들어 걷기 시작했다.

차차 길이 호젓해 올수록 정예는 방안에서보다 훨씬 말이 많아졌다. 이따금 기탄없는 태도로 지내온 이야기를 하기도 하고 또 때로는 제법 가벼운 기분으로 제가 생각하는 바를 토로하기도 해서 흡사히 그것이 죽은 안해가 생전에 자기를 대하든 그 솔직하고도 단순한 태도 같기도 해서 그는 오히려 싫은 생각이 들기도 했다.

그러나 나중 정예는 점점 꽤 못 할 말까지 삼갈 줄을 몰랐다.

"연앨 많이 하는 여자는 사실 한 번도 연앨 못해 본 여자일지도 몰라요—"

하고 말을 하는가 하면 또

"단 한 사람의 자기 사람을 잃어버린다는 건 큰 약점이에요—"

하고는 얼른 들어 줄곧 모를 말을 그대로 소근거리기도 해서 꼭 딴 사람 같았다.

그가 듣다가 못해서

"그렇다고 숫한 연애를 헐 건 뭐요?"

하고 물어봤더니 여자는 더 뭔지 하염없는 태도로

"쓸쓸하니 말이지……사랑허기만 하면 백 년 천 년 보지 않아도 된다는 건 거짓말이었어요."

하고 잠깐 말을 끊었다가는 다시

"참는단 건 자랑이 있는 사람의 일일 게고, 또 자랑이 없는 사람은 외로워서 쓸쓸할 게고 그 쓸쓸한 걸 이겨 나갈 힘도 없을 게고…… 그러니까 결국 아까 말한 그런 약점이란 어리석은 여자에겐 운명처럼 두려운 것이에요."

하고는 혼잣말처럼 사분거리기도 했다.

그는 "쓸쓸하니 말이지……"하고 말하는 여자의 음성에서 이상하게 일종 측은한 정을 느끼며 그냥 잠자코 있으려니까

"사람을 진정 좋아하는 마음이란 그리 수월치가 않어서 무작정 보구 싶으니 말이지……여기 거역하자면 저를 상칠 밖에 도리가 없으니 말이지."

하고 정예는 여전 같은 태도로 이야기를 계속했다.

그는 여자의 이러한 대담한 이야기가 일종 징하게 느껴졌다거나 반대로 무슨 감동을 주었다기보다도 흔히 서양여자들에게 많다는 *

무도병(舞蹈病)이란 병처럼 이 여자에게도 무슨 고백병(告白病)이라는 게 있지나 않나 싶어서 차라리 의아할 정도였으나 역시 한편으론 언젠가—개는 제가 남을 사랑할 때라도 무사한 편보다는 까다로운 편을 취하는 성격이래요—하든 안해의 말이 생각나서 어쩐지 한 소녀의 당돌한 욕망이 이보다는 훨씬 사나운 현실에 패한 그 폐허를 보는 듯해서 싫었다.

얼마를 왔는지 길이 삼가람으로 된 곳에 이르자

"이리로 해서 전차를 타겠어요."

하는 정예 말에 그는 비로소 얼굴을 들었다. 그러나 의외에도 눈물에 마구 젖은 여자의 얼굴에 그는 다시금 놀라지 않을 수 없었다.

정말 생각지 못한 일이다. 그는 처음부터 여자가 울면서 이야기를 했다고는 암만해도 믿어지지가 않았다. 그는 여자가 새로이 알 수 없어지는 한편 이상하게도 맘이 무거워짐을 느꼈다.

두 사람이 피차 말을 잃은 채 경복궁 긴 담을 끼고 거진 반이나 내려왔을 때다.

정예는 다시 말을 이었다.

"인생이란 어떤 고약한 사람에게도 역시 소중하고 고귀한 것인가 봐요— 아무리 가혹한 운명이라도 이것을 완전히 뺏지는 못하나 봐요— 죽기 전 꼭 한번 뵙고 싶었어요. 뵙고는 젤 고약하고 숭없는 나의 이야기를 단 한 분 앞에서만 하고 싶었어요—"

하면서 역시 아까와 같은 어조로 도란도란 이야기했다.

그는 머리를 숙인 채 맘속으로 지금도 정예가 울면서 이야기를 할 게라고 생각했다. 뭔지 더 참을 수가 없었다. 당장 손이라도 쥐고 숱한 이야기를 하고도 싶은 이상한 충동을 순간 느끼는 것이었으나 역시 뭐라고 표현할 말이 없었다.

그는 끝내

"얘기 관둡시다……내가 고약한 사람일 거요. 당신 말마따나 내가 * 우열한 사람일거요. 그리고 당신은 숭없지도 아무렇지도 않소" 하고는 뭔지 자기도 모를 말을 중얼거렸다. 그리고는 비로소 처음으로 여자의 얼굴을 정면으로 바라보았다.

그러나 여자는 그의 말을 조금도 믿지 않았다. 믿지 않는 것을 그는 여자의 얼굴에서 보았다.

길이 거반 끝날 때쯤 해서 두 사람은 꼭 같은 말로—

"또 뵙시다."

"또 뵙겠어요."

하고 마지막 인사를 주고받았으나 전차가 떠날 때쯤 해서 어쩐지 그는 다시 정예를 못 볼 것만 같았다.

그는 자기도 모르는 사이 초조한 걸음으로 몇 발자국 앞으로 내다르며 제법 커다랗게 여자를 불러봤다. 그러나 이미 정예가 알 택이 없었다.

마침내 그는 오던 길을 향하고 발길을 돌이켰다. 정말로 지루한 걸음이었다. 이날 들어 발서 세 번째 오르내리게 된 꼭 같은 길은,

그 나가자빠진 꼴하고 천상 엄흉하기 짝이 없었다.

그가 여전 참기 어려운 역정을 품은 채 돌층대를 반이나 올라왔을 때다. 드디어 그는 맘속으로―

'정예는 제 말대로 흉악할지는 모른다. 그러나 거지는 아니다. 허다한 여자가 한껏 비굴함으로 겨우 흉악한 것을 면하는 거라면 여자란 영원이 아름답지 말란 법일까?'
하고 중얼거렸다.

그러나 다음 순간 눈앞엔 어느 거지같은 여자보다도 더 거지 같은 딴 것이 싸늘한 가을바람과 함께 그의 얼굴에 부딪혔다.

(『조광』, 1941. 11)

산길

 신발을 신고, 대문께로 나가는 발자취 소리까지 들렸으니, 뭘 더 의심할 여지도 없었으나, 순재는 역부로 미닫이를 열고 남편이 있나 없나를 한 번 더 살핀 다음 그제서야 자리로 와 앉았다. 앉아선 저도 모르게 호—한숨을 내쉬었다.
 생각하면 남편이 다른 여자를 사랑한다는, 이 거추장스런 문제를 안고, 비록 하룻밤 동안이라고는 하지만 남편 앞에서 내색하지 않은 것이 되려 의심쩍을 일이기도 하나 한편 순재로선 또 제대로 여기 대한 다소간이나마 마음의 준비 없이 뛰어들 수는 없었든 것이다.
 아직 단출한 살림이라 아침 볕살이 영창에서 쨍— 소리가 나도록 고요한 낮이다.
 이제 뭐보다도 사태와 관련시켜 자기 처신에 대한 것을 먼저 정해야 할 일이었으나, 웬일인지 그는 모든 것이 한껏 부피고 어지럽기만 해서 막상 머리에 떠오르는 생각이라는 것이 기껏 어제 문주와 주고받은 이야기의 내용이었다.

바로 어제 이맘 때 일이다.

일요일도 아닌데 문주가 오기도 뜻밖이거니와, 들어서는 참으로 그 난처해하는 표정이라니 일찍이 문주를 두고 상상할 수는 없었다.

학교는 어쩌고 왔느냐고 순재가 말을 건네도 그저

"응? 엉—"

하고 대답할 뿐, 통이 그 말에는 정신이 없었다. 그러더니 별안간

"너이분 그동안 늦게 들어오지 않았니?"

하고, 불쑥 묻는 것이다.

순재는 잠깐 어리둥절한 채

"그건 왜 묻니?"

하고 물어볼 수밖에 없었다.

"그래. 넌 조금도 몰랐니."

문주는 제 말을 계속한다.

"모루다니, 뭘 몰라?"

"연희 허고 만나는 걸 말이다."

"연희 허고?"

순재는 뭔지 직각적으로 가슴이 철썩했다. 그러나 너무도 꿈밖이고 창졸간이라 어찌 된 셈인지 종시 *요량키가 어려웠다.

"발서 퍽 오래 전부터래—"

문주는 처음 말을 시작하느라 긴장했던 마음이 잠깐 풀려 그런지, 훨씬 풀이 죽어 대답했다.

"누가 그러든?"

다시 순재가 물은 말이다.

"연희가 그랬다."

"연희가?"

"그러믄."

순재는 한순간 뭐라고 말을 이를 수가 없었다.

문주가 말을 꺼내기도 벼락으로 꺼냈거니와, 너무도 거창한 사실이 그야말로 벼락으로 앞에 와 나자빠진 셈이다.

말없이 앉아 있는 순재를 보자

"어떻게 얘기를 꺼내야 할지 잘 엄두가 나지 않아서 주저했지만, 언제까지 모를 것도 아니고, 그래서 오늘은……"

하고, 이번엔 문주가 말을 시작했다.

"그래 오늘에서야 알리러 왔단 말이냐?"

순간 그는 여지껏 막연했든 남편에 대한 분함과 연희에 대한 노여움이 한꺼번에 쏟아진 것처럼 애꿎은 문주를 잡고 언성을 높였다.

"나무랜대두 헐 말은 없다만, 사실은 너 때문에 만이 아니고 연희 때문에도……저야 무슨 짓을 했건 나를 동무로 알고 이야기하는 것을 내 바람에 말할 순 없지 않니?"

문주는 처음과는 달리 훨씬 말이 찬찬해졌다.

"연희만이 동무냐?"

순재는 여전 말소리가 어지러웠다.

"혹 너가 먼저 알고 물어봤다면, 연희 말을 너헌테 못하듯 나는 너를 속이지도 못했을지 모른다."

"지금은 물어봐서 얘길 허니?"

이번엔 순재도 비교적 침착했다.

"너가 묻기 전 먼저 연희가 부탁했다."

"나헌테 알리라구?"

두 사람은 잠깐 동안 말이 없었다.

"나헌테 알리란 부탁까진 난 암만해도 잘 알 수가 없다. 연희헌테 가건 장하다구 일러라—"

순재는 끝내 폐밭듯 일어섰으나, 다음 순간 어디로 가서 뭘 잡아야 할지 얼울한 그대로 다시 자리에 앉고 말았다.

"이런 것을 혹 운명이란 것에 돌린다면 누구 한 사람만 단지 미워할 수는 없을거다."

조금 후 문주가 건넨 말이다.

순재는 얼른 대척이 없었으나, 이 순간 그에게 이것은 분명히 역한 수작이었다. 사실 그는 몹시 역했기 때문에 훨씬 침착할 수 있었는지도 모른다.

제법 한참만에서야 순재는

"누가 미워한다니?"

하고 말을 받았다.

"이따금 몹시 미우니 말이다."

두 사람은 다시 말이 없었다.

순재는 평소에 문주를 자기네들 중 제일 원만한 성격으로 보아 왔었다. 그렇기에 누구보다도 공평한—때로는 어느 남성에게도 지지 않을 좋은 판단과 이해력을 가졌다고 믿어 왔었다. 그러나 어쩐지 이 순간만은 이것을 그대로 받을 수가 없었다. 이제 자기를 앞에 두고 홀로 침착한 그 태도에 감출 수 없는 적의(敵意)를 느낀다기보다도 점점 *안존해지고 차근차근해지는 말투까지가 더 할 수 없이 비위를 거슬렀다.

"얘기 더 없니?"

급기야 순재가 건넨 말이다.

"혼자 있고 싶으냐?"

문주가 도로 물었다.

순재는 뭔지 더 참을 수가 없었다.

"가거라!"

지극히 *별미적은 말이었으나, 문주는 별로 아무렇지도 않은 양, 가만히 웃었을 뿐이었다.

그 웃음이 결코 조소가 아닌 것을 알수록 그는 웬일인지 거듭 더 참을 수가 없었다.

*

　책상 위에 턱을 고인 채 순재는 여전 몽총하니 앉아 있었다.

　문득 창 너머로 앞산이 메이기 이마에 내려질듯 가깝다.

　순재는 전일 이렇게 앉아서 보는 산이 그리 좋지가 않았다. 뭐보다 그 너무 차고, 쇄락한 것이 싫었다. 그러나 이제 이러고 앉았는 동안 웬일인지 산은 전에 달러 뭔지 은윽하고 너그러운 것 같기도 해서 다시 이것을 잡고 한 번 더 바라다보려는 참인데 핏득 마음 한 귀통을 스치는—산은 사람보다도 오랜 마음과 숫한 이야기를 지녔을게다—하는 우스운 생각과 함께 별안간 덜미를 쥐고 덤비는 고독(孤獨)을 그는 한순간 어찌할 수가 없었다.

　조금 후, 그는 처음으로 남편이 자기와 관련되어 머리에 떠오르는 것이었으나, 역시 모를 일이다. 평소 남편을 두고는 도저히 상상할 수도 믿을 수도 없는 일이다.

　그러나 생각하면 이제 순재로서 믿기 어렵다는 뜻은 남편으로서 그런 짓을 해서는 못쓴다는 의미도 될지 모르고, 또 이것은 두 사람이 마음의 평화한 요구(要求)이고, 거래(去來)일지도 몰랐다. 허지만 가령 이 믿을 수 없는 사실이 그실 믿어야만 할 사실일 때는 두 사람은 벌써 그 마음의 거래를 달리 할 수밖에 없다. 이러기에 만일 이것이 정말이라면 그는 지금 스스로 감당해야 할 노여움이라든가 곤란한 감정도 그실은 군색하기 짝이 없는 것이어서—첫째 노여움의 감정이란 또 하나 구원(救援)의 표정이기도 하다면! 이제 그로서 남편에게 뭘 바라고 요구할 하등의 묘책이 없는 것이다.

생각이 점점 이렇게 기울수록 그는 무슨 타산(打算)에서 보다도 아직 흐리지 않은 젊은 여자의 자존심으로 해서도 연희에게는 물론, 남편에까지, 뭘 노하고 분해할 면목이 없고 염체가 없을 것만 같다.

순재는 그대로 앉은 채 여전 생각을 번거럽히고 있었다.

별루 어머니가 그리운 것도 같은 야릇한 심사를 겪으면서 우정 죽은 벗이라든가, 앓는 벗들의 쓸쓸한 자취를 더듬고 있었으나, 역시 그리 간단치 않고 만만치 않은 것은 남편이었다. 설사 순재로서 ─그 분은 '남편'인 동시 '자기'였든 것이고, 연희는 내 동무인 동시 아름다운 여자였다고─마음을 도사려 먹기쯤 그리 어려울 것도 없었으나 문제는 이게 아니라 이제 남편에게까지 이 싸늘한 이해(理解)라는 것을 하지 않고는 당장 저를 유지할 수 없는 사정이 더할 수 없이 유감되다기보다도 야속하기 짝이 없다.

순재는 자기도 모르는 사이

'저를 의지하려는 마음이 남을 의심할 때보다 더 괴로운 이유는 대체 어데 있는가?'

하고 가만히 일러 보는 것이었으나, 생각이 예까지 미치자 그는 웬일인지 몹시 피곤해져서 암만해도 뭘 더 생각해 나갈 수가 없었다.

*

베개를 내려 베고 뭘 꼬집어 생각하는 것도 없이 멍충이 누워 있으려니

"아지머니 점심 채려 와요?"

하고 심부름하는 아이가, 문을 연다. 그는 관두라고 하려다가,

"그래. 가져 온."

하고 대답했다. 그러나 쪼루루 저편으로 가든 아이가 되돌아오면서, 누군지

"김순재씨가 댁예요?"

하고 외치는 소리가 들린다.

어데 난 용달이다.

그는 편지를 손에 든 채 잠깐 주저했으나, 뜻밖에도 연희에게서 온 것을 알자, 놀라지 않을 수 없었다.

남편이 사랑하는 여자가 연희인 것을 어제 문주에게 들어 처음 알기는 했으나, 근근 두 달 동안이나 무단이 소식을 끊고 궁금함을 끼치든 연희를 두고는 참아 믿기 어려웠든 것처럼 그는 다시금 아연해질 뿐, 미처 두서를 잡을 수가 없었다.

'무슨 까닭으로 편지는 했을까?'

그는 겉봉을 찢으면서도 종을 잡을 수가 없었다.

그러나 편지는 지극 간단해서 '어'라는 찻집에서 기다릴 테니 네 시 정각에 꼭 좀 만나 달라는—이것이 그 전부요 내용이었다.

쭈뼛이 서있던 심부름꾼이

"가랍니까?"

하고 회답을 재촉했을 때야 비로소 그는,

"전했다고 이르시오."

하고 방으로 들어왔다.

마악 자리로 와 앉으려고 하는데, 이번엔 객쩍으리만치

"네니 내니 하고 어려서부터 자라온 동무는 아니래두 그래도 친했댔는데……."

하는, 당찮은 생각 때문에 한동안 그는 모든 것이 그저 야속하기만 했다.

"친했음 어쩌란 말야."

그는 다시 중얼거려 보는 것이었으나 역시 무심해야 할 일이었다.

순재는, 좌우간 아직 시간이 많이 남은 것을 다행으로, 아까마냥 베개를 베고 드러누웠다.

오두마니 천장을 향한 채—어제 문주는 무슨 이야기를 하려고 했든가? 혹 문주는 여기서 바로 연희에겔 갔는지도 또 오늘 연희가 만나자는 것은 어제 문주를 만났기 때문인지도 모른다는, 이러한 생각을 한참 두서없이 늘어놓고 있는 참인데 웬일로 눈앞에 연희가 별안간 뛰어드는 것이다. 허둥허둥 연희를 쫓아 달음질 할 수밖에 없었다.

아무리 보아도 그 시원스런 눈하고 뭔지 *다겹할 것도 같은 이쁜 입모습이라서, 대체 그 어느 곳에 이처럼 비상한 용기와 놀라운 개성(?)이 들어 있었는지 암만 생각해도 모를 일이다.

그는 여전 이 당돌하리만큼 정면으로 다가서는 아름다운 여자를 눈앞에 놓치려군 않았다.

하긴 지금 순재 앞에 있는 이 짧은 편지로도 능히 시방 연희가 무엇에도 누구에게도 조금도 구애(拘碍)받고 있지 않단 것을 알아내기엔 그리 어렵지가 않을뿐더러, 만일 연희로서 아무런 질서(秩序)에도 하등의 구속 없이 있을 때 순재로서 굳이 완고하단 건 어리석은 일이다. 설사 순재의 어떤 고집한 비위가 만나기를 꺼려하는 경우라고 한대도 연희로서 만일—저편이 노한 것이라고, 생각을 한다면 이건 당찮은 손이다.

순재는 벌써 노하는 편이 약한 편인 것을 잘 알고 있기 때문이다.

—거진 한 시간이나 앞서, 순재는 자리에서 일어났다.

화장도 하고, 역부로 장 속에 있는 치마까지 내어 입었다.

그리고 한 번 더 거울을 본 다음에 집을 나섰다.

그러나 *부핀 거리만은 그래도 싫었든지, 광화문통에서 내려 황금정으로 가는 전차를 바꿔 탔다.

타고 가다가 어디서고 길이 과히 어긋나지 않을 지점에서 어느 좁은 길로 해 찾아갈 요량이다.

*

봄날이라고는 해도 고대 한식이 지났을 뿐, 더욱 해질 무렵이라 그런지 아직 겨울인 듯 쌀쌀하다.

두 여자는 여전 말을 잃은 채 소화통(昭和通)으로 들어, 다시 산길을 잡았다.

순재는 조금 전 찻집에서도 그러하였거니와, 이제 거듭 보아도 연희는 그동안 놀랄 만치 이뻐진 대신, 또 놀랄 만치 자기와는 멀어진 것만 같다.

　단 두 달 동안인데 그처럼 가깝든 동무가 대체 무슨 조화로 이처럼 생소하냐고 스스로 물어본댔자 그저 기이할 뿐이다.

　첫째 만나면 손이라도 잡고 반겨해야 할 사람이 제법 정중이 일어선 채 깍듯이 위해 인사하는 폼이, 비록 순재로 하여 얼굴이 붉어지는 쑥스러움을 느끼게 했다고는 할 망정 웬일로 자기 역시 전처럼 대답할 수 없었든 것도 이 기이함에 하나였거니와, 이러한 종잡을 수 없는 느낌이 한데 뭉쳐 점점 어두워지고 무거워지는 마음 위에 급기야 모든 것이 한껏 너절하게만 생각되는―보다 먼 곳에의 고독감도 결국 이 순간에 있어 기이한 현상의 하나였다.

　한동안 그는 아무 것에도 격하고 싶지 않은 야릇한 상태를 겪으며 잠자코 걸었다.

　어디를 들어왔는지 두 여자는 수목이 짙은 좁다란 길을 잡고 개천을 낀 채 올려 걸었다. 방금 지나온 곳이 유달리 번화한 거리라서 그런지 바로 *유곡인 듯 호젓하다.

　"나 인제 새로이 뭘 후회하고 있진 않습니다. 단지 여태 잠자코 있어 괴로웠을 뿐예요!"

하고, 비로소 연희가 말을 건넨다.

　순재는 여전 쑥스러운 채,

　"잘 압니다."

하고, 연희 말에 대답을 했으나, 뭘 잘 안다는 것인지 스스로도 모를 말이다.

"날 비난하시려건 맘대로 하세요. 허지만 이제 내게도 말이 있다면 그분을 사랑했다는 것―사랑 앞에서 조금도 거짓말을 하지 않았다는 것입니다. 이것으로 내일 지옥엘 가도 그건 내가 몰라 좋을 겁니다."

연희는 다시 말을 이었다.

순재는 연희가 전에 달러, 몹시 건방진 것 같아서, 그것이 가볍게 비위를 거스르기도 했으나 이보다도 뭔지 그 말에서 느껴진 절박감 때문에

"네, 잘 알어요."

하고 똑같은 말을 되풀이했다.

그러나 이 약간 조소적인 말에도 연희는 별루 돌아 볼 배 없이

"그분을 사랑하고 싶은, 그분이 사랑하는 단 한 사람이고 싶은 마음 때문에 나는 아무 겨를도 없었습니다, 허지만 역시 그분 앞에 아름다운 여자는 당신이었어요―"

하고, 똑바로 앞을 향한 채 혼자 말하듯 가만가만 이야기를 계속했다.

순재는 힐끗 연희를 쳐다봤으나 그 깎아 낸 듯이 선이 분명한 측면 어느 곳에서도 전날 이쁜 눈이 그저 다정하기만 하던 연희를 찾아 낼 수는 없었다.

그가 잠깐 대답을 잊은 채 걷고 있는 동안 연희는 다시 말을 이었다.

"혹 이것이 내 최후의 감상(感傷)일지도 또 나보다 아름다운 사람

에 대한 노여움의 표현인지도 알 수 없으나 아무튼 꼭 한번 뵙고 싶었습니다."

"만나 무슨 이야기를 하려구요?"

비로소 순재가 물어본 말이다.

두 사람은 처음으로 눈이 서로 마주쳤으나 웬일인지 피차 *강잉하게 무심한 표정이려고 했다.

"글쎄요.—결국 당신이 이겼다는—내가졌다는 이야기를 하려구 했는지요."

하면서, 연희는 뭔지 가벼이 웃었다.

순재는 별안간 얼굴이 화끈 달아왔다.

"그럴 리가 있나요?"

하고 우정 능치면서도 애꾸지 빨칵하는 감정을 어찌는 수가 없었다.

"이제 우리 두 사람을 나란히 세워 놓고 누구의 형상이 숭 없는가 한번 바라다보십시오. 내 모양이 사뭇 고약할 테니."

연희는 여전 같은 태도로 말한다.

"안해란 훨씬 늙고 파렴치한 겁니다."

순재는 결국 그 노염을 이렇게 표현할 수밖엔 없었으나, 말이 맞자 연희의 표정 없는 얼굴이 무엇엔지 격노하고 있는 것을 놓질 수는 없었다. 과연 모를 일이다. 이제 막 순재가 한 말은 순재로서 대단 하기 어려웠든 말일뿐 아니라 또 어느 의미로 보아선 정말이기 때문이다.

"두 사람의 관계가 이미 삼자로선 상상 못할 정도로 깊어졌다면 어쩌겠어요?"

잠자코 있든 연희가 별안간 건넨 말이다.

아무리 호의로 해석한대도 이 말까지는 않아도 좋을 말이다. 순간, 그의 머리를 스치는—연희는 내가 얼마나 비겁한가를 자기류로 시험해 보고 싶은 게다—하는, 맹랑한 생각 때문에 그는 끝내

"깊고 옅고 간 결국 같을 겁니다."

하고, 자기도 모를 말을 중얼거렸다.

그러나 이 애매한 말을 연희가 어떻게 들었는지

"그야 그렇겠지만, 난 그것보다도 그분을 얼마나 사랑하는가를 물은 겁니다."

하고 다시 건너다봤다.

순재는 마치 덜미를 잽히고 휘둘리는 사람처럼 당황한 얼굴이기도 했으나 역시,

"당신헌테 지지 않을 겁니다."

하고 대답할 수밖엔 없었다.

∗

머리를 숙인 채 잠자코 걸으면서도 그는 일이 맹랑하기 짝이 없다. 조금 전까지도 오히려 쑥스러움을 느낄 정도였으니 무엇에 요동할 리 없었고 또 연희를 만나기까지도, 물론 저편이 연희라 다소간의 봉변은 예측한 바로 친대도 기실 은연중 곤경에 빠질 사람은 연희라고

생각했기 때문이다. 뭐보다도 불쾌한 것은 점점 평온하지 못한 자기 마음의 상태다.

순재가 마음속으로 다시 조금 전 연희가 한 말을 들치고 있으려니,

"다른 건 다 이겨도 그분을 사랑하는 것만은 나헌테 이기지 마세요. 여기까지 지게 되면 나는 스스로 타락할 길밖에 도리가 없습니다."

하고, 뭔지 훨씬 서글픈 어조로 연희가 말을 이었다. 그리고는 인차 순재가 뭐라고 대답 할 나위도 없이

"그분은 누구보다도 자기 생활의 질서를 소중히 아는 사람입니다. 설사 당신에 비해 나를 더 훨씬 사랑하는 경우라도 결코 현실에서 이것을 표현하지는 않을 겁니다."

하고, 제 말을 계속했다. 이제야 이야기는 바른길로 들어섰다. 결국 이 한 말을 하기 위해, 연희는 순재를 불러낸 것인지도 몰랐.

이리되면 세상 못할 말이 없다. 순재는 이젠 당황하기보다도 대체 무슨 까닭으로 이런 말을 하는지가 알 수 없다. 그러나 불행히도 그는 이 욕된 경우에 있을 말의 준비가 없었다. 평소 남편의 사람됨을 보아 방금 연희가 한 말이 정말일지도 모르기 때문이었다.

순재가 의연 잠자코 있는 것을 보자 이번엔,

"안해인 것을 다행으로 아세요?"

하고 연희가 다시 *채쳤다.

순재는 더 참을 수가 없었다.

"꿈에두요!"

"정말요?"

"네—"

"왜요?"

"당신과 같은 위치에 나란히 서 보구 싶어서요."

"자유로운 선택이 있으라구요?"

"네—"

별루 천천히 말을 주고받는 두 여자의 얼굴은 꼭 같이 핼쑥했다. 연희는 한동안 가만히 순재를 바라보고 있었다. 아무 표정도 없었으나 결코 무표정한 얼굴은 아니었다.

순재는 자기도 모르게 얼굴을 떨어뜨렸으나 순간 굴욕이 이 위에 더할 수가 없었다.

조금 후

"무서운 사람이에요, 가장 자신 있는 사람만이 능히 욕을 참을 수 있는 겁니다."

하고 연희가 혼잣말처럼 중얼거렸다.

순재는 거반 지쳐 그대로 입을 다물고 말았으나 연희야말로 무서운 여자였다. 단지 간이 큰 여자가 아니라, 어디까지 자기를 신뢰하는 대담한 여자다, 인생에 있어 이처럼 과감할 수가 없다. 도저히 그 체력을 당할 수 없어 순재로선 감히 어깨를 겨룰 수가 없었다.

—어디를 지나왔는지, 문득 널따란 산길이 가로 놓였다.

차차 어둠이 몰려와, 근역이 *자옥했다.

＊

    심부름 하는 아이가 우정 크다란 목소리로,
    "아지머니 이제 오세요?"
하고 마조 나오는 품이 돌아온 모양이었다.
    이제 막 문 밖에서 다짐받던 마음과는 달러, 별안간 두군거리는 가슴을, 그는 먼저 부엌으로 들어가,
    "벌써 오셨구나! 진지는 어쨌니?"
하는, 허튼 수작으로 겨우 진정한 후 그제사 방으로 들어왔다.
    남편은 두 팔을 벤 채, 맨 방바닥에 그냥 번듯이 드러누워 있었으나 웬일인지 안해가 들어와도 모른 척 그냥 누워 있었다.
    순재가 바꿔 입을 옷을 꺼내들고 나올 때쯤 해서, 그제사 남편은—
    "어딜 갔었오?"
하고 돌아다봤다.
    순재가 다시 들어오려니, 이번엔 철석 엎어져 누운 채 뭔지 눈이 킁—해서 있다가.
    "어딜 갔었오?"
하고, 한 번 더 묻는 것이다.
    "연희가 만나재서 갔댔어요."
하고 안해가 대답을 했으나, 남편은 여기 대답 대신 이번엔 혹닥 일어 앉어 담배를 붙였다. 그러더니
    "연희가 당신을 뭣 허러……"

하고 혼잣말처럼 중얼거리면서,

"그래 만나서 뭘 했오?"

하고 물었다.

순재는 뭐든 잠자코 있어선 안 된다고 생각하면서도 뭔지 지금껏 윽박질렀던 감정이 스스로 위태로워 얼른 말을 꺼낼 수가 없었다.

안해가 잠자코 있는 것을 보자,

"괜히 당신헌테꺼정 이런저런 생각을 끼치기도 싫었고 또 나 혼자서도 충분히 해결지울 자신도 있고 해서 잠자코 있었으나 결국 사람의 의지란 한도가 있었나 보. 생각하면 대단 유감스런 일이지만 이미 지나간 일이니 이해하시오—"

하고, 남편은 별루 천천히 말을 시작했다.

순재는 말을 할라면 한이 없었으나, 결국 할말이 없어, 역시 덤덤히 앉아 있으면서도, 이제 남편의 말과 연희의 말을 빚어 두 사람의 관계의 끝 간 데를 알기는 그리 어렵지가 않았다.

"사실은 당신으로서 이해하기가 어려운 게 아니라 이해를 암만해도 무사해지지 않는 '마음'이 어려운 거지만 사람은 많은 경우 힘으로 불행을 막을 수 없는 대신 닥쳐온 불행을 겪는데 지혜가 있어야 할거요."

하고 남편은 다시 말을 계속했다.

조금도 옳지 않은 말이나, 역시 옳은 말이기도 한 것이 딱했다. 그는 끝내 참기 어려운 역정으로 해서 자기도 모를 당찮은 말을,

"많이 괴로워요?"

하고, *배상 바르게 내던지고 말았다.

　남편은 제법 한참만에서야

　"괴롭다면 어찌겠오?"

하고 되물었다.

　"괴롭지 않을 방도를 생각하셔야지."

　"괴롭지 않을 방도란?"

　"그걸 내가 알게 뭐예요―"

　여전 배상 바른 말씨다.

　조금 후 남편은

　"당신 실수라는 것, 생각해 본 일 있소?"

하고 다시 물었다.

　"없어요―"

　"연애란 건?"

　"……."

　"있을 수 있습디까?"

　남편은 채쳐 물었으나, 그는 잠자코 있었다. 어쩌면 둘 다 있을지도 모르기 때문이다. 그러나 다음 순간 그는 끝내,

　"그래 실수를 했단 말예요?"

하고 물어볼 수밖엔 없었다.

　이 훨씬 조소적인 말을 남편이 어떻게 받는 것인지

"그럼 연애라야만 쓰오?"

하고 마주 보면서, 이번엔 훨씬 혼잣말처럼

"아무 것이고 해서는 못쓰는 겁니다."

했다.

"못쓰는 일을 왜 했어요?"

"그렇게 사과하지 않소—"

"사과를 해요?"

"맞았오—"

순재는 뭔지 더 참을 수가 없었다. 그는 무슨 까닭으로 이 순간 연희를 생각해 냈는지

"연희가 개가 무슨 봉변이겠어요……당신 개헌테도 나헌테도 나뿐 사람이에요."

하고는 허둥허둥 모를 말을 중얼거렸다.

남편은 뭔지 한동안 물끄러미 안해를 보고 있더니,

"그래 맞았오. 당신 말이—"

하고 대답하는 것이다.

"뭐가 맞았어요. 그런 법이 어데 있어요?"

하고, 거반 대받질을 해도, 남편은 역시 같은 태도다. 그러드니, 별안간

"사과 할 길밖엔 도리 없다는 사람 가지고 왜 자꾸 야단이요? 왜 따지려구만 드오. 따져선 뭘 하자는 거요? 당신 날 사랑한다는 것 거

짓말 아니요? 왜 무조건하고 용서할 수 없오?"
하고는 벌컥 하는 것이다.

이리 되면 이건 *언어도단이다. 너무도 이기적이라니 그 정도를 넘는다. 그러나 알 수 없는 일은 지금까지의 어느 말보다도 오히려 마음을 시원하게, 후련하게 해주는 것이 스스로도 섬찍하고 남을 일이었다.

*

밤이 이슥해서 두 부부는 벗처럼 베개를 나란히 하고 여전 이야기를 주고받았다.

차차 남편은 웃음의 말까지 하는 것이었으나, 순재는 여전 뭔지 맘이 편칠 못했다. 이것은 밤이 점점 기울수록 더 날카로워만 갔다.

생각하면 남편은 역시 훌륭하다. 가만히 곁눈질을 해 보아도 그 누워 있는 자세로부터 말하는 표정까지 그저 늠름하기 짝이 없다. 만사에 있어 능히 나무랠 건 나무래도 옹호할 것 옹호하고 살필 건 살피고 뉘우칠 건 뉘우쳐서, 세상에 거리낄게 없다. 어느 한곳에도 애여 남을 괴롭힐 군색한 인격이 들었든 것 같지 않고, *팔모로 뜯어봐야 상채기 한 곳 나있을 것 같지 않다. 단지 전보다 또 하나의 '경험'이 더했을 뿐 이제 그 겪은 바를 자기로서 처리하면 그뿐이다.

"연희 보구 싶지 않우?"

별루 쑥스럽고 돌연한 물음이었다. 그러나 남편은 이미 객쩍은 수작이라는 것처럼 시무룩이 웃어 보일 뿐, 굳이 대답하려구도 않는다.

"어째서 그렇게 무사하냐 말예요."

하고, 한 번 더 채치려니, 이번엔 뭐가 몹시 피곤한 것처럼 얼굴을 찡긴 채,

"사랑하는 사람을 두고 또 한 여자를 사랑한다는 건 한갓 실수로 돌릴 수밖에. 당신네들 신성한 연애파들이 보면, 변색을 하고 돌아설 찐 모루나, 연애란 결코 그리 많이 있는 게 아니고, 또 있대도 그것에 분별 있는 사람들이 오래 머물 순 없는 일이거든. 본시 어른들이란 훨씬 다른 것에 많은 시간이 분주해야 허니까."

하고, 제법 농조로 웃으면서,

"내가 만일 무사할 수 있다면 그것은 당신 덕택일거요. 하지만 이것보다도 다른 사람들 같으면 몇 달을 두고 법석을 할 텐데, 우리는 단 몇 시간에 능히 화해할 수 있지 않소"

하고, 행복해 하는 것이었다.

순재는 뭔지 기가 막혔다. 세상에 편리롭게 되었다니, 천길 벼랑에 차 내트려도 무슨 수로든 다시 기어 나올 사람들이다. 그는 그저 잠자코 남편의 이야기를 듣고 있었으나, 다음 순간

'평화란 이런 데로부터 오는 것인가? 평화해야만 하는 부부생활이란 이런 데로부터 시작되는 것인가?'

하는, 야릇한 생각에 썸둑 걸린다. 문득 좌우로 무성한 수목을 헤치고 베폭처럼 희게 버텨나간 산길을 성큼 성큼 채쳐올라가던 연희의 뒷모양이 눈앞에 떠오른다. 역시 총명하고, 아름다웠다. 누구보다 성

실하고 정직했다.

(『춘추』, 1942. 3)

도정

숨이 *노닷게 정거장엘 들어서 대뜸 시계부터 바라다보니 오정이 되기에도 아직 삼십 분이나 남았다. 두시 오십분에 떠나는 기차라면 앞으로 늘어지게 두 시간은 일찍이 온 셈이다.

밤을 새워 기다려야만 차를 탈 수 있는 요즘 형편으로 본다면 그닥 빨리 온 폭도 아니나, 미리 차표를 부탁해 놨을 뿐 아니라 대단히 늦은 줄로만 알고 오 분 십 분 이렇게 달음질쳐왔기 때문에, 그에겐 어처구니없이 일찍 온 편이 되고 말았다.

쏠려지는 시선을 땀띠와 함께 측면으로 느끼며, 석재(碩宰)는 제풀에 멀쑥해서 밖으로 나왔다.

아카시아나무 밑에 있는, 낡은 벤치에 가 털버덕 자리를 잡고 앉으니까 그제사 화끈하고 더위가 치쳐 오르기 시작하는데, 땀이 퍼붓는 듯 뚝뚝 떨어진다.

　수건으로 훔쳤댔자 소용도 없겠고, 이보다도 가만히 앉아 있으니까 더 숨이 막혀서 무턱대고 일어나 서성거려 보기라도 해야 할 것 같았으나, 그는 어디가 몹시 유린되어, 이도 흐지부지 결단하지 못한 채 무섭게 느껴지는 더위와 한바탕 지그시 씨름을 하는 수밖에 도리가 없다. 목덜미가 욱신거리고 손바닥 발바닥이 모두 얼얼하고 야단이다.

　이윽고 그는 숨을 돌이키며, 한 시간도 뭐할 텐데, 어쩐다고 거진 세 시간이나 헛짚어 이지경이냐고 생각을 하니 거반 딱하기도 하고 우습기도 하다.

　하긴 여게 이유를 들려면 근사한 이유가 하나둘이 아니다. 첫째 그가 이 지방으로 '소개'하여 온 것이 최근이었으므로 길이 초행일 뿐 아니라, 본시 시골길엔 곧잘 지음이 헷갈리는 모양인지 실히 오십 리라는 사람도 있었고, 혹은 칠십 리는 톡톡히 된다는 사람, 심지어는 거진 백릿길은 되리라는 사람까지 있고 보니 가까우면 놀다 갈 셈치고라도 우선 일찌감치 떠나오지 않을 수가 없었다.

　어디만치 왔을까, 문득 그는 지금 가방을 들고 길을 걷는 제 차림차림에서 영락없는 *군청고원을 발견하고, 또 그곳에 방금 퇴직 군수로 있는 장인이 연관되어 생각하자 더욱 얼울한 판인데, 기왕 고원 같으려거든 얌전한 고원으로나 보였으면 차라리 좋을 것을, 고원 치고는 이건 또 어째 건달 같아 뵈는 고원이다. 가방도 이젠 낡았는지 빠작빠작 가죽이 맞닿는 소리도 없이, 흡사 무슨 보퉁이를 내두르는 느낌이다. 역부러 가슴을 내밀고 팔을 저어 걸으면서, 이래봬도 이 가방으로 대학을 나왔고, 바로 이 속에 비밀한 출판물을 넣고는 서울을 문턱같이 다닌 적도 있지 않았더냐고, 우정 농조로 은근히 기운을 돋우어 보았으나, 그러나 생각이 이런 데로 미치자 그는 이날도 유쾌하지가 못하였다. 돌아다보면, 지난 육 년 동안을, 아무리 '보석'으로 나왔다 치고라도, 어쩌면 산 사람으로 그렇게도 죽은 듯 잠잠할 수가 있었던가 싶고, 또 이리 되면 그 자신에 대하여 어떤 알 수 없는 염증을 느낀다기보다도 참 용케도 흉물을 피우고 긴 동안을 살아 왔다 싶어, 먼저 고소가 날 지경이다.

이어 머릿속엔 강(姜)이 나타나고 기철(基哲)이 나타나고, 뒤를 이어 기철과 술을 먹던 날 밤이 떠오르고 한다. 술이 거나하게 취했을 무렵이었다. 석재는 오래 혼자서 울적하던 판이라, 전날 친구를 만나니 좌우간 반가웠다. 그날은 정말이지 광산을 한다고 돈을 두름박처럼 차고 내려온 기철에게 무슨 심사가 틀려 그런 것도 아니었고, 광산을 하든 뭘 하든 만나니 그저 반갑고 흡족해서 난생 처음 주정이라도 한번 부려 보고 싶도록 마음이 *허순해졌던 것이다. 이리하여 남같이 정을 표하는 데 묘한 재주도 없으면서, 그래도 제 깐엔 좋다고 무어라 내숭을 피었던지 기철이도 그저 만족해서,

"자네가 나 같은 부랑자를 이렇게 반가이 맞아 줄 적도 있었던가? ……아마 퍽은 적적했던가 보이."

하고 웃으며, 술을 권하였다. 그런데 이 '적적했던가 보이'라는 말을, 그가 어쩐다고 '외로웠던가 보이'로 들었는지는 모르겠으나 아무튼 그에겐 이렇게 들렸기에 느껴졌던 것이고 또 이것은 그에게 꼭 맞는 말이기도 하였던 것이다. 사실 그때 강(姜)을 만나 헤어진 후로, 날이 갈수록 그는 커다란 후회와 더불어 어떻다 말할 수도 없는 외로움이, 이젠 폐부에 사무치던 것이었다.

"그래, 외로웠네. 무척……."

기철의 말에 그는 무슨 급소를 찔린 듯, 먼저 이렇게 대거리를 해 놓고는 다시 마주 바라다보려는 참인데, 웬일인지 기분은 묘하게 엇나가기 시작하여 마침내 그는 만만하니 제 자신을 잡고 힐난하기 시작하였다.

친구가 듣다 못하여,

"자네 나한테 투정인가?"

하고 웃으며,

"글쎄 들어 보게나. 자네가 어느 놈의 벼슬을 해먹어 배반자란 말인가? 나처럼 투기장에 놀았단 말인가? 노변에서 술을 팔았으니 파렴치한이란 말인가? 아무튼 어느 모로 보나 자네면은 과히 추하게 살아온 편은 아니니 안심허게나."

하고 말을 가로채는 것이었다. 그런데 또 말이 이렇게 나오고 보면 그로선 투정인지 뭔지, 먼저 당황하지 않을 수가 없었다.

"아냐, 내 말은 그런 말이 아냐. 아무튼 자넨 날 잘 몰라. 자넨 나

보단 착하니까. 그렇지 나보다 착하지…… 그러니까 날 잘 모르거든. 누구보다도 나를 잘 보는 눈이 내 마음 어느 구석에 하나 들어 있거든. 특히 '악덕'한 나를 보는 눈이……."

그는 겁결에 저도 얼른 요령부득인 말로다 먼저 방패막이를 하며 눈을 크게 떴다. 그러나 친구는 큰 소리로 웃으며,

"관두게나. 자네 이야긴 들으면 들을수록 무슨 삼림 속을 헤매는 것처럼 아득허이."
하고 손을 저었다.

둘이는 다시 잔을 들었다. 그러나 이로부터 그는 웬일인지 점점 마음이 처량해 갔다. 아물아물 피어나는 회한의 정이, 그대로 잔 위에 갸울거리는 것 같았다. 어디라 지향없이 미안하고 죄스러워, 그는 소년처럼 자꾸 마음이 슬퍼졌다.

"……난 너무 오랫동안을 나만을 위해 살아왔어. 숨어 다니고 감옥엘 가고 그것 다 꼭 바로 말하면 날 위해서였거든. ……이십대엔 스스로 절 어떤 비범한 특수인간으로 설정하고 싶어서였고 삼십대에 와서는 모든 신망을 한 몸에 모으는 가장 양심적인 인간으로 자처하고 싶어서였고…… 그러다가 그만 이젠 제 구멍에 빠져 헤어나질 못하는 시늉이거든."

그는 취하였다. 친구도 취하여, 이미 색시와 희롱을 하는 터이었으므로 아무도 이야기를 들어 주는 사람은 없었으나 그는 중얼대듯 여전 말을 계속하는 것이었다.

*"……거년 정월에 강(姜)이 왔을 때, 상기도 사오부의 열이 계속 된다고 거짓말을 했것다! 일천 원 생긴다구 마늘 사러는 가면서…… 결국 강의 손을 잡고 다시 일을 시작한다는 게 무서웠거든. 그렇지! 전처럼 어느 신문이 있어 영웅처럼 기사를 취급할 리도 없었고 이젠 한 번만 걸리게 되면 귀신도 모르게 죽는 판이었거든. ……*부박한 허영을 가진 자에게 이러한 죽음은 개죽음과 마찬가질 테니까…… 이 사람!"

그는 소리를 버럭 질렀다. 그의 거짓말을 홈빡 곧이듣고는 앓는 친구에게 세상 걱정까지 끼쳐 실로 미안하다는 듯이 바라다보던 그 때 강의 얼굴이 떠올랐던 것이다.

친구가 이리로 왔다. 그는 말을 계속하였다.

"나는 말일세, 난 누구에게라도 좋아, 또 무엇에라도 좋고 아무튼 '나'를 떠난 정성과 정열을 한번 바쳐 보고 죽고 싶으이…… 왜! 왜 나라고 세상에 났다가 남 위해 좋은 일 한번 못 하란 법이 있나?"

이리 되면 주정이 아니라 원정이었다.

"이 사람 취했군. 왜 자네가 남을 위해 일을 않았어야 말이지……."

친구는 취한 벗을 안유하려 하였으나, 그는 줄곧 외고집을 세웠다.

"아니 난 한 번도 남 위한 적 없어. 인색하기에 난 구두쇠거든. 이를테면 난 장바닥에서 났단 말야. 땟국에 찌들린 *이읍내기 장사치의 후레자식이거든. ……그래두 자네 같은 사람은 한번 목욕만 잘 허구 나면 과거에서도 살 수 있고 미래에서도 살 수 있을지 몰라. 허지만 나는 말야, 이 못난 것이 말이지, 쓰레기란 쓰레기는 흠빡 다 뒤집어쓰고는 도시 현재에서 옴치고 뛸질 못하는 시늉이거든……"

"글쎄 이 사람아, 정신적으로 '기성사회'의 폐해를 입긴 너나 할 것이 있겠나. ……아무튼 자네 신경쇠약일세. ……그게 바로 결벽증이란 병일세."

친구는 한 번 더 소리를 내어 웃었다. 석재는 그 후로도 간혹 이날 밤에 주고받은 얘기가 생각되곤 하였다. 역시 취담이다. 돌처 생각하면 쑥스러웠으나 그러나 취하여 속말을 다 못했을지언정 결코 거짓말은 아니었다.

이와 같이 노상 그가 곤욕을 당하는 곳이 밖에 있는 것이 아니라, 이를테면 안으로 그 암실(暗室)에 트집을 잡은 것이었기에, 그예 문제는 '인간성'에 가 부닥치고 마는 것이었다. 결국 네가 나쁜 사람이라는 애매한 자책 아래 서게 되면, 그것이 형태도 죄목도 분명치 않은, 일종의 '윤리적'인 것이기 때문에 더 한층 그로선 용납할 도리가 없었다. 이번 처가 쪽으로 피난해 오는데도 무턱 '얌치 없는 놈! 제 목숨, 계집 자식 죽을까 기급이지……'이러한 심리적 난관을 적잖이 겪었기에 우선 '우리집에 내 갈라는데 무슨 참견이냐'고, 대받질을 하는 아내나 처가로 옮겨 준 후, 그는 어차피 서울도 가까워진 판이라, 양동(楊洞)서 도기공장을 한다는 김(金)을 찾아갈 심산이었던 것이므로 이리로 온 지 스무 날 만에 이제 그는 서울을 향하고 떠나는 길이었다.

아름드리 소나무가 좌우로 갈라선 산모랭이 길을 걸으려니 생각은 다시 그때 학생사건으로 들어와 감옥에서 처음 알게 된, 그 눈이 어글어글하고 몹시 순결한 인상을 주는 김이란 소년이 눈앞에 떠오르곤 한다.

문득 길이 협곡을 끼고 뻗어 올랐다. '영'이라고 할 것까지는 못 되나 앞으로 퍽 *깔푸막진 고개를 연상케 하였다. 이따금 다람쥐들이, 소군소군 장송을 타고 오르락내리락 장난을 치기에 보니 곳곳에 나무를 찍어 송유(松油)를 받는 깡통이 달려 있다. 워낙 나무들이 장대한 체구요 싱싱한 잎들이라 무슨 크게 살아 있는 것이 불의한 고문에나 걸리운 것처럼 야릇하게 안타까운 감정을 가져오기도 한다.

'저게 피라면 아프렷다⋯⋯.'

근자에 와 한층 더 마음이 여위어 어디라 닿기만 하면 상채기가 나려는지, 그는 침묵한 이 유곡을 향하여 일말의 측은한 감정을 금할 수가 없었다.

고개를 넘어 노변에 자리를 잡고 그는 잠깐 쉬기로 하였다. 얼마를 걸어왔는지 다리도 아프고 몹시 숨이 차고 하다.

담배를 붙여 제법 한가로운 자세로 길게 허공을 향하여 뿜어 보다 말고 그는 문득 당황하였다. 아무리 보아도 해가 서편으로 두 자는 더 기운 것 같다. 모를 일인 게 그는 지금껏 무슨 생각을 하고 얼마를 걸어왔는지 도무지 아득하다. 고대 막 떠나온 것도 같고, 까마득히 먼 길을 숫제 한눈을 팔고 노닥거리며 온 듯도 싶다. 이리 되면

장인이 역전 운송부에 부탁하여 차표를 미리 사놓게 한 것쯤 문제가 아니다. 앞으로 길이 얼마가 남았든지 간, 우선 뛰는 게 상책이었다.

그는 허둥지둥 담배를 문 채 일어섰던 것이다.

아카시아 나무 밑 벤치 위에 얼마를 이러고 앉아 있노라니 별안간 고막이 울리도록 크게 라디오 소리가 들려온다. 저—켠 운송부에서 정보 뉴스를 켜는 것이었다.

거진 한 달 동안을 라디오는커녕 신문 한 장 똑똑히 읽어 보지 못하던 참이라, 그는 '소문'을 들어 보고 싶은 유혹이 적잖이 일어났으나, 그러나 몸이 여전 신음하는 자세로 쉽사리 일어서지질 않는다.

뉴스가 끝날 즈음해서야 그는 겨우 자리를 떴다. 무엇보다도 차표를 알아봐야 할 필요에서였다.

마악 운송부 앞으로 가, 장인이 일러준 사람을 삐꿈히 안으로 향해 찾으려는 판인데 어째 이상하다. 지나치게 사람이 많았다. 많아도 그냥 많은 게 아니라, 서고 앉은 사람들의 이상하게 흥분된 표정은 묻지 않고라도, 그 중 적어도 두어 사람은 머리를 싸고 테이블에 엎드린 채 그냥 말이 없다. 이리 되면 차표고 뭐고 물어 볼 판국이 아닌 성싶다.

그는 잠깐 진퇴가 양난하였다.

이때 웬 소년 하나가 눈물을 뚝뚝 떨어트리며 밖으로 나온다. 그는 한걸음 뒤로 물러서며 얼결에 소년을 잡았다.

소년은 옷깃을 잡힌 채, 힐끗 한번 쳐다볼 뿐, 획 돌아서 저편으로 갔다. 그는 소년이 다만 흥분해 있을 뿐, 별반 적의가 없음을 알았기에 뒤를 따랐다.

소년은 이제 막 그가 앉아 있던 벤치에 가 앉아서도 순식간 슬퍼하였다.

"왜 그래 응, 왜?"

보고 있는 동안 이 눈이 몹시 영롱하고 빛깔이 흰 소년이 이상하게 정을 끌기도 하였지만, 그는 우정 더 다정한 목소리로 말을 건넸다.

소년은 구태여 그의 말에 대답할 의무에서라기보다도 이젠 웬만큼 그만 울 때가 되었다는 듯이,

"덴노 헤이카가 고상을 했어요(천황이 항복을 했어요)."

하고는 쉽사리 머리를 들었다.

"……?"

그는 가슴이 철썩하며 눈앞이 아찔하였다. 일본의 패망, 이것은 간절한 기다림이었기에 노상 목전에 선연했던 것인지도 모른다. '그러나 이렇게도 빨리 올 수가 있었던가?' 순간 생각이라기보다는 그림자와 같은 수천 수백 매듭의 *상념(想念)이 미칠 듯 급한 속도로 팽이를 돌리다가 이어 파문처럼 퍼져 침몰하는 상태였다. 그런데 이상한 것은 이것은 극히 순간이었을 뿐, 다음엔 신기할 정도로 평정한 마음이었다. 막연하게 이럴 리가 없다고, 의아해하면 할수록 더욱 아무렇지도 않다. 그러나 이상 더 이것을 캐물을 여유가 그에게 없었던 것을 보면 그는 역시 어떤 싸늘한, 거반 *질곡(桎梏)에 가까운 맹랑한

흥분에 사로잡혀 있었던 것인지도 몰랐다.

"우리 조선도 독립이 된대요. 이제 막 아베 소도쿠가 말했대요."

소년은 부자연할 정도로 눈가에 웃음까지 띄우며 이번엔 말하는 것이었으나, 그러나 벌써 별다른 새로운 감동이 오지는 않는다.

"역시 조선 아이였구나."

하는, 사뭇 객쩍은 것을 느끼며 잠깐 그대로 멍청히 앉아 있노라니, 이번엔 괴이하게도 방금 목도한 소년의 슬픈 심정에 자꾸 궁금증이 가는 것이다. 그러나 막연하나마 이제 소년의 말에 무슨 형태로든 먼저 대답이 없이 이것을 물어 볼 염치는 잠깐 없었던지 그대로 여전히 덤덤히 앉아 있노라니, 이번엔 차츰 소년 자신이 싱거워지는 모양이었다. 그도 그럴 것이 얼마나 벽력같은 소식을 전했기에, 이처럼 심심할 수가 있단 말인가?

소년은 좀 이상한 눈으로 그를 바라보며 말을 건넸다.

"기쁘잖어요?"

그는, 이 약간 짓궂은 웃음까지 띄우며 말을 묻는 소년이, 금시로 나이 다섯 살쯤 더 먹어 뵈는 것 같은, 이러한 것을 느끼며 당황하게 말을 받았다.

"왜? 왜…… 기쁘지! ……기쁘잖구!"

"……"

"너두 기쁘냐?"

"그러믄요."

"그럼 왜 울었어?"

그는 기어이 묻고 말았다.

소년은 좀 열적은 듯이 머리를 숙이며 대답하였다.

"*징 와가 신민 또 도모니, 하는데 그만 눈물이 나서 울었어요. ……덴노 헤이카가 참 불쌍해요."

"덴노 헤이카는 우리나라를 뺏어갔고, 약한 민족을 사십 년 동안이나 괴롭혔는데 불쌍하긴 뭐가 불쌍하지?"

"그래도 고상(항복)을 하니까 불쌍해요."

"……"

"……목소리가 아주 가엾어요."

그는 무어라 얼른 대답할 말이 생각나지 않았다. 설사 소년의 보드라운 가슴이 지나치게 '인도적'이라고 해서 이상 더 '미운 자를 미워하라'고 '어른의 진리'를 역설할 수는 없었다. 그는 내가 약한 탓일까, 반성해 보는 것이었으나, 역시 '복수'란 어른의 것인 듯싶었다. 착한 소년은 그 스스로가 너무 순수하기 때문에 미처 '미운 것'을 가리지 못한다, 느껴졌다.

"……넌 덴노 헤이카보다도 더 훌륭하다!"

그는 소년의 머리를 쓰담고 일어섰다.

소년은 칭찬을 해주니까 좋은지,

"그렇지만 우리 회사에 사이상허구 긴상허고, 기무라상, 가와지마상 이런 사람들은 주먹을 쥐고 아야 하면서, 막 내놓구 좋아했어요."

하고 따라 일어서며,

"야, 긴상 저기 있다."

하고는 이내 정거장 쪽으로 달아났다.

"……그 사람들은 너보다 더 훌륭하고……."

그는 소년이 이미 있지 않은 곳에 소년의 말의 대답을 혼자 중얼거리며 자기도 정거장을 향하고 걸음을 옮겼다. 역시 아무렇지도 않은데, 다리가 약간 후들거리는 게 좀 이상하다.

긴상이란 키가 작달막하니 퍽 단단하게 생긴 청년이었다. 방금 무슨 이야기를 하였는지, 많은 사람들은 입속에 기이한 외마디소리를 웅얼거릴 뿐, 얼이 빠진 듯 입을 다물지 못한다. 너무 긴장한 나머지의 얼굴이라기보다는 기막히게 어처구니없는 얼굴들이다.

"이제부터는 모두가 우리의 것이고, 모두가 자유이니 여러분 기뻐하십시오!"

이렇게 거듭 외쳐 주었으나 장내는 이상하게 잠잠할 뿐이었다.

시간이 되어 차표를 팔고, 석재가 운송부에서 표를 찾아오고 할 때에도 사람들은 별반 말이 없었다. 꼭 바보 같았다.

*

석재가 김이란 청년을 찾아온 지 사흘째 되는 날이었다.

아침에 잠을 깨니, 여느 때와 달리 먼저 머리에 떠오르는 건 '공산당(共産黨)'의 소문이었다.

눈을 크게 떠 그놈들 붙잡고는 다시 한 번 느근거려 가슴 위에 던져 보나, 그러나 그저 어안이 벙벙할 뿐, 알 수 없는 피곤으로 하여 다시금 눈이 감길 따름이다.

그는 허위 대듯 기급을 하고 벌떡 일어앉았다.

조금 후 그는 몸이 허공에 둥둥 떠 있는 것 같은, 어떤 내부로부터의 심한 '허탈증'을 느끼며,

'나는 타락한 것이 아닌가?'

하고 스스로 물어 보는 것이었다.

사실 그는 팔월 십오일 후에 생긴 병이 하나둘이 아니다. 이제 생각하면 병은 그날 그 아카시아나무 밑에서부터 시초였는지도 모르겠으나 아무튼 그가 깨닫기론 김이란 청년을 만나서부터다.

그날 차가 서울 가까이 오자 차츰 바깥 공기만이 아니라 기차 속 공기부터 달라지기 시작한 것이, 그가 역에 내렸을 때는 완연히 춤추는 거리의 모습이었다. 세 사람 다섯 사람 스무 사람, 이렇게 둘레를 지어 수군거리는가 하면, 웃통을 풀어헤친 또 한패의 군중이 동떨어진 목소리로 만세를 외쳤다. 그도 덩달아 가슴이 두근거리고 마음이 솟구쳐 얼결에 만세도 한번 불러 볼 뻔하였다. 사뭇 곧은 줄로 뻗친, 김포로 가는 군용 도로를 마냥 걸으며, 그는 해방, 자유, 독립, 이런 것을 아무 묘책 없이 천 번도 더 되풀이하면서, 또 한편으론 열차에서 본 일본 전재민의 참담한 모양을 눈앞에 그리기도 하였다. 그것은 정말 끔찍한 것이었다. 뚜껑 없는 화물차에다 여자와 아이들을 칸마다 가득히 실었는데 폭양에 며칠을 굶고 왔는지, 석탄 연기로 환을

그린 얼굴들이 영락없는 아귀였다. *섞바꿔 우는 열차에 병대들이 빵이랑 과자를 던졌다. 손을 벌리고 넘어지고, 젖먹이 애를 떨어뜨리고…… 그는 과연 군국주의 '전쟁'이란 비참한 것이라고 느껴졌다기보다도, 그때에서야 비로소 일본이 졌다는 것을 깨닫는 것이었다.

　석재가 청년의 집에 당도하기는 밤이 꽤 늦어서였다. 두 달 전에 왕래한 서신도 서신이려니와, 전날 친분으로 보아 그 동안 아무리 거친 세월이 흘렀기로 설마 폐스럽기야 하랴 싶어 총총히 들어서는데, 과연 청년은 반색을 하고 그를 맞아 주었다.

　"장성했구려—어른이 됐구려—"

　아귀가 버는 손에 다시금 힘을 주며 그는 대뜸 감개가 무량하였다.

　이때 그의 가냘픈 손을 청년이 두 손으로 움켜 몇 번인지 흔들기만 하다가 끝내 말을 이루지 못하고 그대로 어린애처럼 느껴 우는 것이었다. 아뿔싸! 그는 일변 당황하면서 자기도 눈시울이 뜨끈함을 느꼈으나, 그러나 다음 순간 그것은 어디까지 그의 눈물이 아니요, 시방 청년이 경험하는바 커다란 감동에서 오는 청년의 눈물인 것을 그는 알았다.

　이날 밤 그는 잠을 이루지 못하였다. 무엇인지 초조하여 견딜 수가 없었다. 반드시 울어야만 하는 것은 물론 아니었다. 그러나 아무튼 무슨 감동이든 한번 감동이 와야만 할 판이었다. 어찌하여 나에겐 이것이 오지 않을까? 언제까지나 오지 않을 것인가? 온다면 언제 무슨 형태로 올 것인가?

이튿날 그는 김을 따라, 마을 청년들의 외침에도 섞여 보고, 태극기를 단 수백 대의 자동차가 끊임없이 왕래하는 서울 거리로 만세를 부르며 군중을 따라 보기도 하였다. 그러나 돌아올 땐 또 하나의 벽력같은 소식에 아연하지 않을 수 없었다. '공산당'이 생겼다는 소문이었다.

'최고 간부의 한 사람이 기철이라 한다! ……이런 일도 있는가?'

그는 내부의 문제, 외부적인 문제가 일시에 엉켜 헤어날 길이 없었다. 그러나 언제까지 이러고 앉아서 '나는 타락한 것이 아닌가?' 고 주지박질을 해본댔자 무슨 솟아날 *궁기 생길 리도 없어, 석재가 마악 자리를 개키려는데 이때 청년이 들어왔다.

"서울 안 나가시렵니까?"

청년이 그의 상태를 알 리가 없었다. 그저 예나 지금이나 침착한 '동지'로만 믿는 모양인지, 앞으로의 계획 같은 것을 부단히 의논하였다. 이럴 때마다 그는,

"암, 그래야지. 혼란한 시기라고 해서 수수방관하는 기회주의는 금물이니까. 허다가 힘이 모자라 잘못을 범할 때 범하더래도 우선 일을 해야지."

이렇게 말은 하면서도,

"하루 집에 있으면서 쉬려오."

하고 누워 버렸다.

아침을 치르고 청년이 서울로 떠난 후 혼자 누워 있으려니 또 잠

이 오기 시작한다. 이 잠 오는 건 어제 들어 새로 생긴 병이다. 무얼 생각하면 할수록 점점 혼란하여 갈피를 못 잡게 되면, 차츰 머리가 몽롱하여지고 그만 졸음이 오기 시작하는 것이다.

'바보가 되려나 보다.'

그는 걷어차고 밖으로 나왔다.

거기는 옆으로 한강을 낀 펑퍼짐한 마을이었다. 섬같이 생긴 나지막씩 한 산들이 여기저기 놓여 있다.

그는 모르는 결에 나무가 많고, 강물이 가까운 곳으로 가 자리를 잡았다. 멀-리 안개 속으로 서울이 신기루와 같이 어른거리고, 철교가 보이고, 외인 묘지의 푸른 나무들이 보이고, 그리고 한강물이 지척에서 흘러가는 곳이었다.

잠깐 시선이 어디 가 머물러야 할지 눈앞이 아리송송한게 골치가 지끈지끈 아프다. 눈을 감았다. 순간 머릿속에 도깨비처럼 불끈 솟는 괴물이 있다. '공산당'이었다. 그는 눈을 번쩍 떴다.

다음 순간 이 괴물은 하늘에, 땅에, 강물에, 그대로 맴을 도는가 하니, *원간 찰거머리처럼 뇌리에 엉겨 붙어 도시 떨어지질 않는 것이었다. 생각하면 긴 동안을 그는 이 괴물로 하여 괴로웠고, 노여웠는지도 모른다. 괴물은 무서운 것이었다. 때로 억척같고 잔인하여, 어느 곳에 따뜻한 피가 흘러 숨을 쉬고 사는 것인지 알 수가 없었다. 그러나 귀 막고 눈 감고 그대로 절망하면 그뿐이라고 결심할 때에도 결코 이 괴물로부터 해방될 수는 없었다. 괴물은 칠같이 어두운 밤에서도 환히 밝은 단 하나의 '옳은 것'을 지니고 있다, 그는 믿었다. 옳다는— 이 어디까지 정확한 보편적 '진리'는 나쁘다는—이 어디까지 애매한 윤리적인 가책과 더불어 오랜 동안 그에겐 커다란 한 개 고민이었던 것이다.

차츰 흐려지는 시선을 다시 강물로 던지며 그는 생각하는 것이었다. 김, 이, 박, 서 그 외 또 누구누구…… 질서 없이 머리에 떠오른다. 모두 지하에 있거나 해외로 갔을 투사들이다. 그리고 지금 자기로선 보지도 못하고 이름도 모르는 새로운 용사들의 환영이 눈앞에 떠오르기도 하였다.

그는 불현듯 쓸쓸하였다.

'다들 모였단 말인가?'

그러나 이제 기철이 최고 간부의 한 사람이라면, 이보다도 우수한 지난날의 당원들이 몇이라도 서울엔 있을 것이다.

'그럼 이 사람들이 '당'을 만들었단 말인가?'

그는 다시금 알 수가 없어진다. 문득 기철이 눈앞에 나타난다. 장대한 체구에 패기만만한 얼굴이다. 돈이 제일일 땐 돈을 모으려 정열을 쏟고, 권력이 제일일 땐 권력을 잡으려 수단을 가리지 않을 사람이다. 어느 사회에 던져두어도 이런 사람이 불행할 리는 없다. 그러나 여기 한 개의 비밀이 있었다. 이런 사람이 영예로워지면 질수록 흉악해지는 비밀이었다. 대체로 '겉'이 그렇게 충실하고야 '속[良心]'이 있을 리가 없고, 속이 없는 사람이란 외곽이 화려하면 할수록 내부가 부패하는 법이었다.

'목욕을 한대도 비누하고 물쯤은 준비해야 하지 않는가?'

다시 눈앞엔 다른 한패의 사람이 나타났다. 어디까지 옹종한 주제에, 그래도 소위 그 '양심'이란 어금길에서 제간엔 스스로 고민하는 척 몸짓하며 살아온 사람들이다. 이를테면 석재 자신 *비젓한 축들이었다. 이건 더욱 보기 민망하다. 추졸하기 짝이 없다기보다도, 온통 비리비리하고 메식메식해서 더 바라다볼 수가 없다. 아무튼 통틀어 대매에 종아리를 맞고도 남을 사람들이다.

'그래 이 사람들이 모여 '당'을 만들었단 말인가?'

물론 그럴 리는 없다 하였다.

그러나 다음 순간 그는 얼굴이 후끈 달아옴을 깨달았다. 조금 전 기철이 최고 간부라는데 앙앙하던 마음속엔 '그럼 나라도 될 수 있다'는 엄폐된 자기감정이 숨어 있지 않았던가? 그는 벌컥 팔을 베고, *앙천(仰天)하여 드러눕고 말았다.

얼마가 지났는지, 아이들 떠드는 소리에 눈을 떴다. 그런데 웬일일까? 하늘이 이마에 와 닿아 있다. 실로 청옥같이 푸르고 넓은, 그것은 무한한 것이었다. 그러나 곧 그것은 하늘이 아니라 강물의 착각이었다. 순간 그는 이상한 흥분으로 하여 소리를 버럭 지르고 일어앉았다.

비로소 조금 전 산비탈에 누워 잠이 든 것을 깨닫는다. 어느 결에 석양이 되었는지 가을 같다.

그는 다시 한 번 커다랗게 소리를 질러 본다. 그러나 아무 의미도 없고 또한 아무것도 의미하지 않는 비상히 큰 목소리는, 그대로 웅얼웅얼 허공을 돌다가 다시 귓전에 와 떨어진다. 저 아래 기를 든 아이들이 만세를 부르며 놀고 있다.

외로웠다. 사지를 쭉 뻗어 땅을 안고 잔디를 한 움큼 쥐어 보니, 가슴이 메이는 듯 눈물이 쏙 나온다.

'나는 아직 젊다…… 나는 아직 젊다!'

조금 후 그는 연상 무엇인지를 정신없이 헤둥대둥 중얼거리고 있었다.

*

이튿날 석재는 청년을 따라 일찌감치 집을 나섰다.

어제 그는 꽤 어둑어둑해서야 산에서 내려왔던 것이고, 내려와 보니 어느새 청년이 돌아와, 마치 기다리고나 있던 것처럼,

"어딜 갔다 오세요?"

하면서, 그가

"벌써 돌아왔더랬소"

하고 대답할 나위도 없이 대뜸 큰일이 났다는 것이었다.

그는 이제까지의 자기 세계를 떠나, 이 씩씩한 후진에게 성의를 다할 임무가 있음을 깨달으며 옷깃을 바로하고 정색하여 마주 앉았다. 이야기는 대략 방금 일본인 공장주의 부도덕한 의도로 말미암아 모든 생산물이 홍수와 같이 가두로 쏟아졌다는 것, 이에 흥분한 종업원내지 일반 시민들은 가장 파괴적인 방법으로 '사리'만을 도모하여 영등포 등지 공장지대가 일대 수라장이 되었다는, 이러한 것들인데,

아닌 게 아니라 이야기를 듣고 보니 난처하였다. 한때의 피치 못할 현상일지는 모르나, 이대로 방임해 두었다가는 이른바 그들의 '개량주의화'의 위기를 초래하여 올지도 모르는 적잖은 사태였다. 이리 되면 그로서도 *피안화재시하고만 있을 수는 없었다.

"중앙에서 대책이 없습디까?"

"책상물림의 젊은이들이 몇 개인의 정열로 활동하는 모양인데, 너나없이 노동자라면 그대로 우상화하는 경향이 있어 놔서, 일의 두서를 잡지 못하더군요."

"그래, 김은 어딜 관계하고 있는 중이오?"

"조일직물과 123철공장인데 뭣보다도 기계를 뜯어 없애는 데는 참 딱해요. 대뜸 우리는 제국주의 치하에서 착취를 받았으니 얼마든지 먹어 좋다는 거거든요."

"…… '자계급'이 승리를 한 때라야 말이지. 또 승리를 한 때라두 그렇게 먹는 게 아니고…… 아무튼 큰일 났구려. ……그러다간 노동자 출신의 부르주아 나리다."

두 사람은 어이없이 웃었으나, 사실은 웃을 일이 아니었다. 뭘로 보나 노동자의 진지한 투쟁은 실로 이제부터라 할 것이었다. 지도자가 맥없이 노동자를 우상화한다거나 그 경제적 이익을 옹호해야 된다고 해서, 그들의 원시적 요구의 비위만을 맞추어 준다는 것은, 노동자 자신의 투쟁력을 상실케 하는 것 외에 아무것도 아니었다.

"자칫하면 앞으로 일하기 무척 힘들리다."

물론 이야기는 이 이상 더 계속되지 않았으나 석재는 청년의 부탁이 아니라도 날이 밝으면 영등포로 나가 볼 작정이었던 것이다.

곧장 신길정으로 가는 삼가람 길에서, 먼저 서울엘 들러 오겠다는 청년과 그는 나뉘었다.

혼자 123철공장을 향하고 걸으려니, 또 뭐가 마음 한 귀퉁이에서 티격티격을 한다. '네가 이젠 공장엘 다 가는구나? 노동자를 운운허구…… 그렇지! 이젠 잡힐 염려가 없으니까…….' 이렇게 고개를 들고 일어나는 것을, 그대로 윽박질러 처넣기도 하고 또 때로는 '암, 가야지. 반성이란 앞날을 위해서만 소용되는 것이니까. 과도한 자책이란 용기를 저상케 하는 것이고, 용기를 잃게 되면 제이 제삼의 잘못을 또다시 범하게 되는 거니까…….' 이렇게 누구나 다할 수 있는 말로다 배짱을 부려 보기도 하는 것이었으나 '용기'란 대목에 와서는 끝내 마음 한 귀퉁이에서 '뭐? 용기?' 하고는 방정맞게 깔깔거리는 바람에 그만 그도 따라 허-웃고 만 셈이다. 인차 길 가던 사람이 저를 보는 것 같아서 우정 시치밀 떼고 걸으며, 그는 여전히 지잖을 자세로, '그래 난 겁쟁이다. 그러나 본시 용기라는 말은 무서운 것이 있기 때문에, 즉 그 무서운 것을 이기는 데로부터 생긴 말이라면, 또 달리는 가장 무서움을 잘 타는 사람이, 가장 용기 있는 사람이 될 수도 있다는 역설이 나올 수도 있지 않은가…… 나도 이제부터 이기면 되잖나? ……앞으로도 무서운 것은 얼마든지 있을 것이고, 나는 이겨 나갈 자신이 있다.' 이렇게 *콩칠팔새삼륙으로 우겨대며 123철공장으로 들어섰다.

마악 정문으로 들어서려는데 누가,

"김군 아닌가?"

하고 손을 잡는다.

깜짝 놀라 쳐다보니 천만 뜻밖에도 그 사람은 민택이었다. 그와 같은 사건으로 들어갔을 뿐 아니라, 단지 친구로서도 퍽 진실한 데가 있는 사람이다.

"……이 사람아!"

그는 이 '이 사람아'를 되풀이할 뿐, 손을 쥔 채 잠깐 어쩔 줄을 몰랐다. 이런 순간에 민택이를 만나는 것이 어쩐지 눈물이 나도록 그는 반가웠다.

두 사람은 옆으로 둔대 위에 자리를 잡고 앉았다.

인차 그는 '당'의 구성이 역시 국내 있던 합법 인물 중심이란 것으로부터 방금 석재 자신에게도 전보로 연락을 취하고 있다는 소식까지 듣게 되었다.

지금까지 그럴 리는 없다고 부정은 해오면서도 열에 아홉은 그러려니 했던 것이고, 또 이러함으로 이제 와서 뭘 새로이 놀랄 것까지는 없었으나, 그래도 그는 무엇인지 연상 어이가 없다.

"그래, 이 사람아…… '당'을…… 허, 그 참……."

이렇게 갈팡질팡하는 모양이 딱한지,

"허긴 그래. 허지만 당이 둘 될 리 없고, 당이 됐단 바에야 어떡허

도정

나."

하고 민택이가 말을 하는 것이었다.

조금 후 두 사람은 신길정서 서울로 나가는 전차에 올랐다. '공산당'으로 가는 길이었다.

철교를 지나고 경성역을 돌아 차츰 목적한 지점이 가까워 올수록 그는 모르는 결에 가슴이 두근거렸다. 생각하면 일찍이 그 청춘과 더불어 '당'의 이름을 배울 때, 그것은 실로 엄숙한 두려운 것이었다.

그가 전차에서 내려 군데군데 목검을 짚고 경계하는 '공산당' 층계를 오르기 시작하였을 제는 오정이 훨씬 지난 때였다. 별안간 좌우에 사람이 물끓듯 하는데, 이따금 '김동무!' 하고 잡는 더운 손길이 있다. 모두 등골에 땀이 사뭇 차 얼굴이 붉고 호흡이 가쁘다.

그는 온몸이 화끈하며 가슴이 뻐근하였다. 얼마나 윽박지르고 밟히우던 지난날이었던가? '당'이라니 어느 한 장사가 있어 입 밖엔들 냄직한 말이었던가?

그는 소년처럼 부푸는 가슴 위에 일찍이 '당'의 이름 아래 넘어진 몇 사람의 친구를 안은 채, 이런 일도 있는가고 이렇게 백주 장안 네거리에서 '당'을 들고, 외우 뛰고 모로 뛰어도 아무도 잡아가지 않고, 아무도 죽이지 않는 이런 세상도 있는가고, 사람이든 기생이든 나무 토막이든, 무엇이든 잡고 팔이 *널치가 나도록 흔들며 큰 소리로 외쳐 묻고 싶은 충동을 순간 그는 어찌할 수가 없었다.

그는 뭐가 무엇인지, 어느 것이 옳고 그른 것인지, 한동안 전연 판단을 잃은 상태였다. 그저 웃는 얼굴들이 반가웠고, 손길들이 따뜻할 뿐이었다.

복도를 지나 왼편으로 꺾어진 넓은 방에서, 기철의 손을 잡았을 때에도 그는 전신이 얼얼한 것이 생각이 그저 띵할 뿐이었다. 그러나

"왜 이렇게 늦었나?"

"어찌 이리 늦소?"

하는, 똑같은 인사를 한 대여섯 번 받은 후, 그가 열 번이나 스무 번쯤 받았다고 느껴질 때쯤 해서, 그제사 조금 정신이 자리 잡히는 성부른데, 그런데 이 새로운 정신이 나면서부터 이와 동시에 마음 어느 구석에선지 퍼뜩,

'내가 무슨 버스를 타려다 참이 늦었더랬나?'

하고 딴청을 부리려 드는 맹랑한 심사였다.

이건 도무지 객쩍은 수작이라고, 허겁지겁 여게 퇴박을 주었는데도 웬일인지 이후부터는 찬물을 끼얹은 듯 점점 냉랭해지는 생각이었다. 그는 난처하였다.

잠깐 싱글해서 앉아 있는 석재를 기철이는 아무도 없는 옆으로 데리고 갔다.

그를 잘 알고 있는 기철은 먼저 '당'을 조직하게 된 이유부터 자상히 설명을 하면서,

"자넨 어찌 생각할지 모르나 정치란 다르이. ……지하에나 해외에 있는 동무들을 제쳐두고, 어떻게 함부로 당을 만드느냐고 할지 모르

나, 그러나 이 동무들은 아직 나타나지 않고 일은 해야 되겠고, 어떡 헌담, 조직을 해야지. 이리하여 일할 토대를 닦고 지반을 만들어 놓은 것이, 그 동무들을 위해서도 우리들의 떳떳한 도리가 아니겠느냐 말일세."

하고 말을 끊었다.

기철은 조금도 꿀릴 데가 없는 얼굴이었다.

그는 뭔지 그저 쾡해서 이야기를 듣고 있노라니 야릇하게도 이 '동무'란 말이 새삼스럽게 비위에 와 부닥친다. 참 희한한 말이었다. 어제까지 *고루거각에서 별별짓을 다 하던 사람도 오늘 이 말 한마디만 쓰고, 손을 잡고 보면, 그만 피차간 '일등 공산주의자'가 되고 마는 판이니, 대체 이 말의 조홧속을 알 길이 없다기보다도 십 년, 이십 년, 몽땅 팽개쳤던 이 말을, 이제 신주처럼 들고 나와, 꼭 무슨 흠집에 고약이나 붙이듯 철썩 올려붙이고는 용케도 냉큼 냉큼 불러 대는 그 염치나 뱃심을 도통 칭양할 길이 없었다. 물론 그는 십 년 전에 만나나 십 년 후에 만나나, 비록 말로 표현하지 못할 경우라도 눈이 먼저 만나면 꼭 '동무'라고 부르는 몇 사람의 선배와 친구를 알고 있다. 그러나 이들이 부르는 '동무'는 조금도 이렇지가 않았다. 그러기에 열 번 대하면 열 번, 그는 뭔지 가슴이 철썩하곤 하였던 것이다.

그는 차츰 긴 말을 지껄이기가 싫어졌다.

"잘 알겠네."

끝내 이렇게 대답하고 말았으나, 사실 기철의 이야기는 옳은 말

같으면서 또한 하나도 옳지 않은 말이기도 하였다. 어딘지 대단히 요긴한 대목에 대단히 불순한 것이 들어 있는 것만 같았다. 그러나 어떻게 된 '당'이든 당은 당인 거다. 그는 일찍이 이 당의 이름 아래 충성되기를 맹세하였던 것이고…… 또 당이 어리면 힘을 다하여 키워야 하고, 가사 당이 잘못을 범할 때라도 당과 함께 싸우다 죽을지언정 당을 버리진 못하는 것이라 알고 있다. 이러하기에 이것을 꼬집어 이제 그로서 '당'을 비난할 수는 도저히 없는 것이었다.

잠깐 그대로 앉아 있노라니 별안간 기철이란 '인간'에 대한 어떤 불신과 염증이 혹 끼쳐 온다.

그는 모르는 결에 시선을 돌리고 말았다.

좌우간 이상 더 이야기가 있을 것이 그는 괴로웠다.

"자네 바쁘지? ……나 내일 또 들름세."

그는 끝내 자리를 일어서려 하였다.

그러나 기철은 황망히 그를 잡았다.

"무슨 말인가? 안 되네! 자네 같은 사람이 이럭허면 '당'이 누구와 잡고 일을 헌단 말인가?"

순간 그는 가슴이 찌르르하였다. 생각하면 그 동안 부끄러운 세월을 보냈기는 제나 내나 매한가지였다. 가령 살인 도모를 하고 야간도주를 한대도, 같이 하고 같이 죽을 일이었다. 뿐만 아니라 이제 기철이 당의 중요 인물일진대, 기철을 비난하는 것은 곧 당의 비난이 되는 것이었다.

"앞에도 적(敵)이요, 뒤에도 적인 오늘 이것이 허용된단 말인가?"

그는 제 자신에 미운 정이 들었다. 이제 와서 홀로 착한 척 까다로움을 피우는 제 자신이 아니꼬웠다.

그러나 결국 그는 사람 못 좋은 사람이었다. 조직부에 자리를 비워두었다고 거듭 붙잡는 것을, 갖은 말로 다 물리친 후 우선 입당의 수속만을 밟아 놓기로 하였다.

그는 기철이 주는 붓을 받아 먼저 주소와 씨명을 쓴 후 직업을 썼다. 이젠 '계급'을 쓸 차례였다. 그러나 그는 붓을 멈추고 잠깐 망설이지 않을 수가 없다.

투사도 아니요, 혁명가는 더욱 아니었고…… 공산주의자, 사회주의자, 운동자—모두 맞지 않는 이름들이다.

마침내 그는 '小부르주아'라고 쓰고 붓을 놓았다. 그러고는 기철이 뭐라고 하든 말든 급히 밖으로 나왔다.

거리에 나서니 서늘한 바람이 후끈거리는 얼굴을 식혀 준다.

그는 급히 정류장 쪽으로 걸음을 옮겼다.

노량진행 전차를 타고 섰노라니, 무엇인지 입속에서 뱅뱅 도는 맴쟁이가 있다. 자세히 알아보니 별것이 아니라 고대 막 종이 위에 쓰고 나온 '小부르주아'라는 말이다.

'……흠……?'

그는 육 년 징역(懲役)을 받은 적이 있는 과거의 당원인 자신에 대하여 무슨 보복이나 하듯, 일종의 잔인한 심사로 무심코 피식이 고소를 하는 참인데, 대체나 신기한 말이다. 과히 탄복할 정도로 적절한 말이었다. 지금까지 그는 그 자신을 들어 뭐니 뭐니 해왔어도, 이렇게 몰아 단두대에 올려놓고, 댓바람에 목을 댕강 칠 용기는 없었던 것이다. 그러나 이제 막 피식이 고소할 순간까지도, 차마 믿지 못할 이 '심판' 아래 이제 그는 고스란히 항복하는 것이었다.

다음 순간 그는 몸이 허전하도록 마음이 후련함을 깨닫는다 ─통쾌하였다.

그러나 이와 동시에 무엇인지 하나 가슴 위에 외쳐 소생하는 것이었다.

드디어 그는 전후를 잃고 저도 모를 소리를 정신없이 중얼거렸다.

'나는 나의 방식으로 나의 '소시민(小市民)'과 싸우자. 싸움이 끝나는 날 나는 죽고, 나는 다시 탄생할 것이다. ……나는 지금 영등포로 간다. 그렇다! 나의 묘지가 이곳이라면 나의 고향도 이곳이 될 것이다.'

별안간 홧홧증이 나도록 전차가 느리다.

그는 환히 뚫어진 영등포로 가는 대한길을 두 활개를 치고 뛰고 싶은 충동에 가만히 눈을 감으며 쥠대에 기대어 섰다.

(『문학』, 1946. 7)

| 낱말 풀이 |

구루마 수레.
가사 설사.
감상벽感傷癖. 조그만 일에도 쉽게 감상에 젖는 버릇.
강감우레하니 가무레하니. '가무레하다'는 '엷게 가무스름하다'라는 뜻.
강잉하게 억지로 참다. 또는 마지못하여 그대로 하다.
객쩍으리만치 객쩍다. 행동이나 말, 생각이 쓸데없고 싱겁다.
거년 지난해.
거반 ① 거의 절반 가까이 ② 지난번.
거울거울해서는 거나하게 취해서는.
거적 짚을 두툼하게 엮거나, 새끼로 날을 하여 짚으로 쳐서 자리처럼 만든 물건.
걸물傑物. 뛰어난 사람이나 잘난 사람을 비유적으로 이르는 말.
겹저고리 솜을 두지 않고 거죽과 안을 맞추어 지은 저고리.
경무대武臺. '청와대'의 전 이름.
경치게도 아주 심한 상태를 못마땅하게 여겨 이르는 말.
곁방살이 남의 집 곁방을 빌려서 생활함.
고대 이제 막.
고루거각高樓巨閣. 높고 크게 지은 집.
고마까시 [일본어] 속임. 속임수.
공일 보수를 받지 않고 거저 하는 일.
관평 간평(看坪). 농작물을 수확하기 전에 미리 작황을 조사해 소작료율을 결정하던 일.
광대무변 넓고 커서 끝이 없음.
광막한 아득하게 넓다. 늑묘막하다.
구근球根. 알뿌리. 지하에 있는 식물체의 일부인 뿌리나 줄기 또는 잎 따위가 달걀 모양으로 비대하여 양분을 저장한 것.

겹저고리

구처 변통하여 처리함. 또는 그런 방법.
군청고원 관청에서 사무를 돕기 위하여 두는 임시 직원.
궁기 구멍이.
금시 바로 지금.
기맥 '기회'로 추정.
깍정이 '깍쟁이'의 잘못.
깔푸막진 가풀막진. '가풀막지다'는 '땅바닥이 가파르게 비탈져 있다'는 뜻.
남부여대 남자는 지고 여자는 인다는 뜻으로, 가난한 사람들이 살 곳을 찾아 이리저리 떠돌아다님을 비유적으로 이르는 말.
남새 채소.
냉돌 불기 없는 찬 온돌.
널치가 나도록 굶거나 피곤해 몹시 지친 상태가 되다.
노꼴스럽게 뇌꼴스럽다. 보기에 아니꼽고 얄미우며 못마땅한 데가 있다.
노닷게 '턱까지 찰 정도로 숨이 차게'로 추정.
다겁할 겁이 많다.
다렸다 당겼다.
당삭 해산달.
대받질 남의 말에 반항해 들이대는 짓.
덧저고리 저고리 위에 겹쳐 입는 저고리.
도합 모두 합한 셈. '모두', '합계'로 순화. ≒도총(都總)·도통(都統).
동당발 동동발.
되따 오랑캐 땅.
딴대리 딴전. 어떤 일을 하는 데 그 일과는 전혀 관계없는 일이나 행동.
만경창파 한없이 넓고 넓은 바다. ≒만경파.
매축지埋築地. 바닷가나 강가 따위의 우묵한 곳을 메워서 뭍으로 만든 땅.
맹쟁이 '어퀴'의 북한어.
모잽이 옆의 방향.
무도병舞蹈病. 얼굴·손·발·혀 따위가 뜻대로 되지 않고 저절로 심하게 움직여, 마치 춤을 추는 듯한 모습이 되는 신경병.

갓

무지몰각 무지몰각.
문둥환자 나병 환자.
바투 두 대상이나 물체의 사이가 썩 가깝게.
방관적傍觀的. 어떤 일에 직접 나서서 관여하지 않고 곁에서 보기만 하는. 또는 그런 것.
배상 바르게 배상하게. 좀스럽고 아니꼽다.
배타기排唾器. 침을 뱉는 그릇.
백죄 백줴. 드러내 놓고 터무니없게 억지로.
별미적은 별미쩍은. '별미쩍다'는 '말이나 행동이 어울리지 아니하고 멋이 없다'는 뜻.
부박한 부박하다. 천박하고 경솔하다.
부시기 물통 그릇 따위를 씻는 물통.
부핀 붐비는.
분기충천 분한 마음이 하늘을 찌를 듯 격렬하게 북받쳐 오름. 늑분기등천·분기탱천.
분만(憤懣) 분한 마음이 일어나 답답함.
비젓한 비슷한.
뽑스리기나 거만을 떨기나.
사물거린다 아리송한 것이 눈앞에 떠올라 자꾸 아른거리다.
사방공사砂防工事. 산, 강가, 바닷가 따위에서 흙, 모래, 자갈 따위가 비나 바람에 씻기어 무너져서 떠내려가는 것을 막기 위하여 시설하는 공사. 강가 따위의 비탈에 층이 지게 하여 떼도 입히고 나무도 심으며, 골짜기에는 돌로 쌓아 올리기도 함.
사부랑거린다 '사부랑거리다'는 '주책없이 쓸데없는 말을 자꾸 지껄이다'라는 뜻.
사환 심부름을 함. 또는 심부름을 시킴.
상구 '아직'의 방언(경남, 평안, 황해)
상글한 상쾌한.
상념想念. 마음속에 품고 있는 여러 가지 생각.
상량식上梁式. 기둥에 보를 얹고 그 위에 처마 도리와 중도리를 걸고 마지막으로 마룻대를 옮기는 것을 축하하는 의식.
섞바꿔 뒤죽박죽 뒤섞여 혼란스러운 모양.
셀 세(勢)를.
소견머리 '소견(所見)'을 속되게 이르는 말.
소두 작은 되.

소라통 소라고둥. 여기서는 '속이 좁다'는 것을 비유적으로 일컫는 것으로 여겨짐.
쇠줄글 전보(電報). 전신을 이용한 통신이나 통보.
순이順伊. 여자 이름.
숭얼대고 마음에 들지 않아 남이 알아듣지 못할 정도의 낮은 목소리로 자꾸 혼잣말을 하다.
신병 몸에 생긴 병.
아삼푸레 '아슴푸레'. 또렷하게 보이거나 들리지 아니하고 희미하고 흐릿한 모양.
악머구리떼 잘 우는 개구리라는 뜻으로, '참개구리'를 이르는 말.
안존 성품이 얌전하고 조용함.
안태胎 태아를 둘러싸고 있는 조직. 태반과 탯줄을 이른다.
앙천仰天. 하늘을 우러러봄.
양통머리 얌통머리. '얌치'를 속되게 이르는 말. 늑야마리 · 얌통.

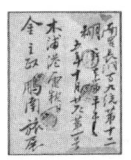

전보

언어도단 말할 길이 끊어졌다는 뜻으로, 어이가 없어서 말하려 해도 말할 수 없음을 이르는 말. '말이 안 됨'으로 순화.
얼결 주로 '얼결에' 꼴로 쓰여. =얼떨결.
얼싸녕 얼. 정신의 줏대.
얼울한 일 따위가 어그러져서 마음이 불안하다.
역부로 '일부러'의 방언(강원, 경남, 전라, 충남).
연상 '연방'의 잘못. 잇따라 자꾸. 또는 연이어 금방.
연연한 [북한어] 길게 계속 뻗어 잇달려 있는 모양.
염천炎天. 몹시 더운 날씨. 늑열천(熱天).
오리무중五里霧中. 오리나 되는 짙은 안개 속에 있다는 뜻으로, 무슨 일에 대하여 방향이나 갈피를 잡을 수 없음을 이르는 말.
요량 앞일을 잘 헤아려 생각함. 또는 그런 생각.
요롱요롱하고 건들거리고.
우무룩한 '우무룩하다'는 '앙큼하다'는 뜻의 강원도 사투리다.
우봉 우엉의 방언.
우열한愚劣. 어리석고 못난.

옥색 두루마기

우정 '일부러'의 방언(강원).
웃음엣말 웃음엣소리. 웃기느라고 하는 말.
원간 '워낙'의 경상도 방언.
위압 위엄이나 위력 따위로 압박하거나 정신적으로 억누름. 또는 그런 압력.
유곡幽谷. 깊은 산골짜기.
이녁 '당신이'의 뜻으로 추정.
이밥 '쌀밥'의 방언.
이생 이 세상에 살아 있는 동안.
이슥토록 밤이 꽤 깊다.
이심이 뱀도 용도 아닌 이상한 동물. 꼭두각시놀음에 나온다.
이읍내기 대를 이어 어떤 일을 함.
인차 [북한어] 이내.
일당백 한 사람이 백 사람을 당해낸다는 뜻.
일방 어느 한쪽. 또는 어느 한편.
일변 어느 한편. 또는 한쪽 부분. 한편.
일즉 '일찍'의 옛말.
자별하니 친분이 남보다 특별하다.
자옥했다 연기나 안개 따위가 잔뜩 끼어 흐릿하다. 늑자욱하다.
자조적自嘲的. 자기를 비웃는 듯한. 또는 그런 것.
자취끼 '발자국 소리가 들리지 않게'라는 뜻으로 추정.
작다구니 작대기.
잔교 부두에서 선박에 닿을 수 있도록 해 놓은 다리 모양의 구조물.
장가청 혼인 잔치가 열리는 방.
장질부사 장티푸스.
적빈赤貧. 몹시 가난함.
적실해서 틀림이 없이 확실하다.
전심전력 온 마음과 온 힘을 한곳에 모아 씀.
제바람 스스로의 행동에서 생긴 영향.
제육감第六感. 오감 이외의 감각. 일반적으로 도무지 알 수 없는 사물의 본질을 직감적으로 포착하는 심리 작용.

조당수 좁쌀을 물에 불린 다음 갈아서 묽게 쑨 음식. 늑속탕수(粟湯水).

조소적嘲笑的. 다른 사람을 업신여겨 빈정거리며 웃는. 또는 그런 것.

조약 민간요법에서 쓰는 약.

종차 이 뒤. 이로부터.

주정질 술에 취하여 정신없이 말이나 행동을 하는 짓. 딸이 하는 말이 주정질처럼 보인다는 뜻이다.

죽이 두 손바닥으로 뭉쳐 쥔 정도의 삶은 나물.

준령峻嶺. 높고 가파른 고개. 고되고 어려운 고비를 비유적으로 이르는 말.

줌이 사뭇 버는 '줌이 벌다'는 '한 줌으로 쥐기에는 너무 지나치다'라는 뜻.

증조 징조.

지망志望. 뜻을 두어 바람. 또는 그 뜻. 여기서는 '갈 곳'을 의미함.

지향 작정하거나 지정한 방향으로 나아감. 또는 그 방향.

질겁 뜻밖의 일에 자지러질 정도로 깜짝 놀람.

질곡桎梏. 몹시 속박하여 자유를 가질 수 없는 고통의 상태를 비유적으로 이르는 말.

짐 와가 신민 또 도모니 '짐(朕)이 신민(臣民)과 함께'라는 뜻.

짚수세 짚수세미.

찬장 음식이나 그릇 따위를 넣어 두는 장.

채쳤다 일을 재촉해 다그치다.

척당 성이 다른 일가.

천변만화 끝없이 변화함.

첩장가 예를 갖추어 첩을 맞아 혼인하는 일.

초화 꽃이 피는 풀. 또는 그 풀에 핀 꽃.

총망히 매우 급하고 바쁘게.

축구 늑축생(畜生). 사람이 기르는 온갖 짐승. 사람답지 못한 짓을 하는 사람을 낮잡아 이르는 말.

축음기 레코드에서 녹음한 음을 재생하는 장치. 판의 회전에 따라 바늘이 레코드에 새겨진 음구(音溝)를 지나감으로써 일어나는 진동을 기계적으로 증폭하여 금속의 진동판에 전하여 재생하는데, 후에 바늘의 진동을 전기 신호로 변환하는 방식이 되었다. 1877년에 미국의 에디슨이 발명하였다. 늑유성기

축음기

치경齒鏡. 입 안에 넣어 잘 보이지 아니하는 이를 비추어 보는 거울. 손잡이가 달려 있다.

커난 커온. 또는 키워 온.

코대답 탐탁하지 아니하거나 대수롭지 아니하게 여겨 건성으로 하는 대답.

콩칠팔새삼륙 '콩팔칠팔'의 잘못. 갈피를 잡을 수 없도록 마구 지껄이는 모양.

쿠울리 육체노동에 종사하는 하층의 중국인·인도인 노동자. 19세기에 아프리카·인도·아시아의 식민지에서 혹사당하였다.

팔모 여러 방면. 또는 여러 측면.

편벽 남의 비위를 잘 맞추어 아첨함. 또는 그런 사람.

편협偏狹. 한쪽으로 치우쳐 도량이 좁고 너그럽지 못함.

피안화재시彼岸火災視. 강 건너 불 보듯.

하이칼라 예전에, 서양식 유행을 따르던 멋쟁이를 이르던 말.

행포行暴. 함부로 사납게 굶. 또는 그런 짓.

항거抗拒. 순종하지 아니하고 맞서서 반항함.

항차 황차(況且). 하물며.

허순해 '느슨하다'의 잘못.

허투루 아무렇게나 되는대로.

험구險口. 남의 흠을 들추어 헐뜯거나 험상궂은 욕을 함. 또는 그 욕. ≒악구(惡口).

헛불 '헤플'로 추정.

호미

호미 김을 매거나 감자나 고구마 따위를 캘 때 쓰는 쇠로 만든 농기구. 끝은 뾰족하고 위는 대개 넓적한 삼각형으로 되어 있는데 목을 가늘게 휘어 구부린 뒤 둥근 나무 자루에 박는다.

후둑해서 휘득해서. '휘뜩하다'는 '몹시 놀라다'라는 뜻의 북한어.

흥청벙청 '흥청망청'의 잘못.

| 작가 연보 _ 백신애 |

1908년(1세) 5월 20일 경북 영천군 영천읍 창구동 출생
1922년(15세) 빈궁한 가세 때문에 어려서부터 독학을 하다가 영천공립보통학교 4학년 편입학.
1923~1924년(16~17세) 경북도립사범학교 강습과 입학 및 졸업.
1925년(18세) 경북 경산군 자인공립보통학교 교사로 부임 후 여성 계몽운동에 뛰어들어 조선여성동우회, 경성청년여성동맹에서 활약함.
1926년(19세) 여성 계몽운동이 발각되자 교사를 사임하고 상경하여 두 단체의 상임위원으로 활동함.
1927년(20세) 9월경 일경에 검거되어 심한 고문을 당함.
1929년(22세) '박계화'란 필명으로 『조선일보』 신춘문예에 단편 「나의 어머니」가 당선됨.
1930년(23세) 도일, 니혼대학(日本大學) 예술과 입학. 가을에 귀국했다가 재차 도일한 후 문학과 연극에 심취하여 공부함.
1932년(25세) 귀국한 뒤 경산군 안심면 반야월의 과수원에 기거하며 가난한 농민들의 세계를 체험함.
1933년(26세) 이근채와 결혼.
1934년(27세) 단편 「꺼래이」(『신여성』 1월호), 수필 「백합화단」(『중앙』 4월호), 단편 「복선이」(『신가정』 5월호), 단편 「채색교」(『신

	조선』, 10월호), 단편 「적빈」(『개벽』 속간호, 11월호), 단편 「낙오」(『중앙』, 12월호) 등을 발표함.
1935년(28세)	수필 「무상의 낙」(『삼천리』, 3월호), 단편 「부자」(『신조선』, 8월호), 단편 「의혹의 흑모」(『중앙』 8월호), 단편 「정현주」(『조선문단』, 12월호) 등을 발표함.
1936년(29세)	단편 「학사」(『삼천리』, 1월호), 수필 「울음」(『중앙』, 4월호), 수필 「납량 2제」(『조선문단』 7월호), 단편 「빈곤」(비판』, 7월호), 단편 「정조원」(『삼천리』, 8월호) 등을 발표함.
1937년(30세)	수필 「춘맹」(『조광』, 4월호), 수필 「녹음하」(『조광』 6월호), 「동화사」(『조광』, 8월호) 등을 발표함.
1938년(31세)	중국 상해로 건너감. 중편 「광인수기」(『조선일보』, 6.25~7.7)를 연속 게재하고, 단편 「소독부」(『조광』, 7월호), 단편 「여인」(『사해공론』, 9월호) 등을 발표함.
1939년(32세)	단편 「혼명에서」(『조광』, 5월호)를 발표하고, 췌장암으로 사망함. 유고 「아름다운 노을」(『여성』, 11월호~1940년 2월호)가 분재 발표됨.

| 작가 연보 _ 지하련 |

1912년(1세)   7월 11일 경남 거창 출생.
1931년(19세) 도일하여 일본 쇼와여고 졸업
1935년(23세) 카프 해산 당시 마산에서 휴양하고 있던 당대 카프 지도자였던 임화와 결혼함.
1940년(38세) 백철의 추천으로 첫 작품 「결별」(『문장』, 12월호)을 발표하여 작가로 데뷔함.
1941년(39세) 단편 「제향초」(『문장』, 3월호), 「가을」(『조광』, 11월호) 등을 발표함.
1942년(40세) 단편 「산길」(『춘추』, 3월호)을 발표함.
1946년(44세) 「도정」(『문학』 8월호)을 발표함. 이 작품으로 조선문학가동맹의 제1회 조선문학상을 수상함. 시 「어느 야속한 동포가 있어」(『학병』, 3월호)를 발표함.
1947년(45세) 남편 임화와 함께 월북. 단편 「광나루」(『조선춘추』, 12월호)를 발표함.
1948년(46세) 소설집 『도정』(백양당)을 간행함.
1953년(51세) 남편 임화가 미제 간첩혐의로 사형당한 것에 충격을 받음.
1960년(58세) 평안도 희천 부근 교화소에 수용되었다가 사망한 것으로 알려짐.

| 작품 해설 |

일상의 욕망과 여성적 글쓰기

전 은 경(경북대)

1. 욕망이 지니는 두 가지 함의

　글쓰기는 표현이라는 수단을 통해 인간의 욕망을 표출하는 행위이다. 이는 자기 스스로를 발견하려는 정체성의 탐구이기도 하고, 또 한편으로는 타인과의 소통을 위한 수단이기도 하다. 따라서 이 글쓰기라는 욕망은 두 가지의 방식으로 이루어진다. 하나는 나를 발견하고자 하는 욕망이고, 다른 하나는 나에서 더 나아가 세계를 구성하려는 욕망이다. 이러한 욕망의 두 가지 함의를 그대로 보여주고 있는 작가가 바로 백신애와 지하련이라 할 수 있다.
　백신애는 1908년 경상북도 영천에서 태어나 1939년 32세의 젊은 나이에 지병이었던 췌장암으로 사망했다. 1929년 『조선일보』 신춘문예에 「나의 어머니」라는 작품으로 등단했다. 필명은 박계주였다. 사회주의

운동가였던 오빠 백기호의 영향으로 백신애 역시 사회주의 여성단체에서 활동했으며 사회에 대한 강렬한 비판 의식을 보여주기도 했다. 블로디보스토크나 시베리아에 간 경험으로 러시아 이민 소설이라 할 수 있는 「꺼래이」를 발표하기도 했다. 이후 아버지의 결혼 강요에 일본으로 도피하여 니혼대학 예술과에 입학하기도 했다. 26세의 나이에 은행원인 남편과 결혼하지만 그 결혼은 오래가지 못하고 별거를 거쳐 이혼을 하기에 이른다. 등단한 이래 식민지인의 처절한 가난을 고발의 형식으로 그려내기도 했다. 그러한 고발정신은 이후 풍자라는 형식으로 변형되기에 이른다.

지하련은 1912년 경상남도 거창에서 태어났다. 본명은 이숙희였으며, 필명으로 이현욱과 지하련이라는 이름을 사용하였다. 지하련은 사실 사회주의자이자 시인이었던 임화의 아내라 유명하다. 도쿄에서 유학하며 도쿄 여자경제전문학교에 진학하기도 했다. 임화는 이북만의 동생인 이귀례와 결혼했지만 결국 이혼하고 지하련을 만나 결혼에 이른다. 1938년에 마산에서 서울로 올라오면서 문인들과의 교류를 본격적으로 시작하게 되는데, 지하련은 남편인 임화의 아내로 그러한 교류에 참여하게 되었다. 특히 1940년 폐결핵에 걸려 마산에서 요양을 하게 되는데, 그때부터 소설가로서의 삶을 살게 된다. 이러한 일상이 실제 자신의 소설에서도 그대로 반영되기도 했다. 또한 지하련은 1940년 12월 백철이 「결별」을 『문장』에 추천하여 작가로 등단하게 되었다. 지하련의 작품은 실제 자신의 삶을 매개로 담담하면서 객관적으로 묘사한 내용이 많다. 1948년에 첫 작품집인 『도정』을 출간했다. 임화와 함께 월북했던 지하련은 임화가 처형되자 그 충격에 정신을 놓고 평양시내를 돌아다녔다고 한다.

　백신애와 지하련 모두 그렇게 많은 작품을 쓰지는 못했다. 백신애는 요절했고, 지하련은 월북 후 임화의 처형으로 미쳐버리는 바람에 그들의 작품의 수는 그리 많지 않다. 그러나 그들이 이루어낸 성과는 매우 크다고 할 수 있다. 이들은 여성적인 글쓰기가 어떤 욕망을 담고 있는지 현저하게 보여주고 있다. 또한 그것이 단순히 여성이라는 울타리 안에 가두어지는 것이 아니라 세계를 향한 발견으로 이어지고 있다는 면에서 이들의 작품은 매우 중요하다고 할 수 있다.

　이들의 작품에서는 바로 글쓰기의 두 가지 욕망이 그대로 드러나고 있다. 나 자신을 찾고자 하는 정체성에 대한 고민과 그 이후 세계를 구성하려는 욕망으로 드러난다. 이들은 여성이기 때문에 남성 작가들이 보여주지 못한 일상과 또 그 속에서의 섬세한 심리를 보여주고 있다. 그러나 그들은 거기에 멈춰 서지 않는다. 백신애와 지하련은 자아의 성찰과 정체성의 확립이 어떻게 새로운 세계에 대한 고민으로 이어지는지 잘 보여주고 있는 작가라 할 수 있다.

2. 고발과 풍자를 통해 뒤집어 보는 세상

　백신애의 소설은 식민지의 현실의 상황을 있는 그대로 처절하게 고발해낸다. 그러한 처절한 삶은 「꺼래이」와 「빈곤」에서 매우 사실적으로 그려지고 있다. 「꺼래이」(1934)는 시베리아에 이민 온 고려인들(꺼래이)의 비참함을 묘사하고 있다.

> "여보셔요. 나으리 우리 세 사람은 참 억울합니다. 나의 남편이 삼 년 전에 이 땅에 앉아 농사터를 얻어 살았는데 지난 봄에 그만 병으로 죽었구려. 우리 세 사람은 고국서 이 소식을 듣고 셋이 목숨이 끊어질지라도 남편의 해골을 찾아가려고 왔는데 ×××에서 그만 붙잡혀 한 마디 사정 이야기도 하지 못한 채 몇 달을 가두어져 있다가 또 이렇게 여기까지 끌려왔습니다. 어떻게든지 놓아 주시면 남편의 해골을 찾아서 곧 고국으로 돌아가겠습니다."
> 라고 순이 어머니는 군인에게 애걸을 하듯 빌었습니다.
> ―「꺼래이」, 20쪽

순이네는 예전에는 남부럽지 않게 살았다. 그런데 어느 순간 있던 토지는 남의 손에 다 빼앗기고 먹고 살 길이 없어서 순이의 아버지는 러시아에까지 오게 되었다. "이 나라에는 돈 없는 사람에게도 토지를 꼭 나누어 준다는 말을 듣고"(21쪽) 타국까지 오게 되었지만, 결국 이 낯선 땅에서 처절하게 죽게 된다. 조선에서는 굶어죽을 수밖에 없는 현실이라 타국으로 오게 되지만, 결국 병들어 죽게 되는 비참한 결말만 보여주게 된다. 결국 어디에서도 삶을 영위할 그들의 공간은 없었다.
「빈곤」(『비판』, 1936. 7)에서는 식민지 안에서 살 수 없는 현실을 사실적이면서도 처절하게 묘사되고 있다.

> "이년, 이것뿐이야?"

하며 단번에 밥과 국을 휩쓸어 삼켜 버렸다. 그는 차마 그 밥과 국을 먹는 양을 바라볼 수가 없었다. 그의 산후에 오는 맹렬한 식욕은 혓바닥이 뚫어질 듯이 침이 삼켜지는 까닭이었다. 그는 눈을 돌려 애기에게 젖꼭지를 물리려 했다. 그러나 애기는 젖꼭지를 물지 않았다. 조그마한 입에서 뽀얀 젖을 뽈쪽 내놓으며 두 눈은 연달아 뒤꼭지 쪽으로 넘어가고 있었다.

"아이구—"

그는 알았다. 이미 첫째와 둘째가 죽을 때 모양이 지금 애기의 모양에 복사(複寫)되었던 것이다.

"이년이, 소리는 왜 질러?"

하며 남편은 벌떡 일어서며 얼빠진 그의 뺨을 후려갈겼다.

"이년, 벌써 죽은 지가 오래다."

하며 휭 밖으로 나가버렸다.

얼마 전에 자기 머리채를 잡고 애기를 찰 때 애기는 그 몹쓸 발길에 채여 죽었고나 하는 것을 비로소 알았다.

—「빈곤」, 68쪽

「빈곤」은 최가의 아내인 옥남이의 비참한 삶이 전체 내용을 관통하고 있다. 여인네의 비참한 삶은 유학까지 다녀온 남편의 부랑자 같은 삶이 대비된다. 남편은 자기의 아이조차 발로 차서 죽여 버린다. 여자는 해산하고서도 남편에게 두들겨 맞으며, 밥을 해 먹여야 하는 상황이 전개된다. 가난보다도 남편의 폭력과 방탕이 더 힘든 상황이다. 결국 이 작품은 식민지의 현실과 부랑자 같은 남편을 이중적으로 고발하고 있다.

「적빈」(『개벽』, 1934. 11)에서는 '매촌 늙은이'라고 불리는 귀남이라는 이름의 노파가 찢어지게 가난한 현실 속에서도 두 며느리에게 똑같이 먹을 것을 나눠 주는 등 조금은 담담하게 현실의 리얼리티를 살려내고 있다. 또한 동시에 가난한 가운데 두 며느리에게 공평하게 대우하려는 늙은 노파의 모습은 희극적으로까지 보이게 만든다.

> 그는 이윽히 걸어가는 사이에 몹시 뒤가 마려워서 잠깐 발길을 멈추고 사방을 둘러본 후 속곳을 헤치려다가 무엇에 놀란 듯 다시 재빠르게,
> "사람은 똥힘으로 사는데……"
> 하는 것을 생각해 내었던 것이다. 이제 집으로 돌아간들 밥 한 술 남겨 두었을 리가 없음에 반드시 내일 아침까지 굶고 자야 할 처지이므로 똥을 누어 버리면 당장에 앞으로 거꾸러지고 말 것 같았던 까닭이다.
> 그는 흘러내리는 옷을 연방 움켜잡아 올리며 코끼리 껍질 같은 몸뚱이를 벌름거리는 그대로 뒤가 마려운 것을 무시하려고 입을 꼭 다문 채 아물거리는 어두운 길을 줄달음치는 것이었다.
> ―「적빈」, 54~55쪽

가난하기 때문에 함부로 배뇨조차 할 수 없는 현실이 갑갑하지만, 백신애는 이를 희극적으로 그려낸다. 단순히 처절한 삶의 고발에만 그치는 것이 아니라 담담한 문체로 감정에 매몰되지 않고 객관적으로 바라볼 수 있도록 만들어주고 있는 것이다. 이러한 비판적 의식은 한편으로는 사실적인 묘사로 고발하고 있으면서, 또 한편으로는 반어나 풍자 등의 방법으로 돌려 표현하고 있기도 한다.

「턱부자」(『신조선』, 1935. 8)의 경우는 현진건의 「운수좋은 날」(『개벽』, 1924. 6)을 연상시킨다. 이름과 달리 불운한 경춘은 아내가 폐병으로 죽고 만다. 턱부자라는 별명을 통해 이름의 반어법을 사용하고 있다. 이는 가난과 아내의 죽음이라는 사건과 맞물리면서 고발을 극대화시키고 있다.

백신애의 소설들은 식민지 조선인의 처절한 삶의 밑바닥까지 보여주고 있지만, 또 한편으로는 그 안에 다양한 장치를 사용하여 감정에 매몰되지 않도록 그려내고 있다. 「정현수」(『조선문단』, 1935. 12)』와 「광인수기」(『조선일보』, 1937)는 이러한 면에서 '풍자'적인 장치와 희극적 요소를 적절히 배치하고 있다. 「정현수」는 정직하고 우직한 치과의사이지만 남들은 그러한 면을 오해하기도 하고 잘 알지 못한다. 그래서 자신에 대해 회의감이 들기도 한다. 그러나 자신에게 화를 낸 환자가 돌아오고, 아파 누운 형의 병문안도 가지 못하지만 엄청나게 걱정하고 있다는 것을 형도 알게 되면서 현수의 마음까지도 알게 된다. 거기에서 정현수는 조금씩 희망을 가지게 된다. 이러한 면은 단순히 식민지 현실을 고발하고 있는 데에서 더 나아가 그곳에서 희망까지 보려고 하게 되는 것이다.

> 그 놈의 무슨 주의자라나 그것 까닭에 몇 번이나 감옥에 드나들었지요. 그뿐입니까. 몸이 약하여 밤낮 앓지요. 그래서 나는 엄동설한 추운 겨울에…… 그래도 추운 줄을 모르고 밤마다 냉수에 멱을 감고 정성을 드렸지요.
> "하느님, 부디부디 몸 성하게 해 주시고 주의자 하지 말게 해주

시기 바랍니다."
라고 밤마다 빌었답니다. 어떤 때는 빌고 나면 온몸이 얼음덩어리가 되는 것 같더군요. 그래도 추위를 느끼면 행여나 정신이 부실하다고 하느님 당신이 비는 말을 들어주지 않을까 봐 한번도 춥다고 여겨보지 않았습니다. 아이구 맙시사. 아이구, 빌어먹을 도둑놈.

네가 하느님이야? 도둑놈이지.

그치만 내가 정성을 드렸으면 조금이라도 효험을 보여주어야 되지 않느냐?

우리 시어머니나 시누이나 조금도 틀림없는 것이 하느님 당신이 아닌가?

그래 내 청을 하나인들 들었던가 말이다. 그이와 살림을 잡혔다고는 하지마는 단 하루라도 내 마음을 놓게 한 적이 있었느냐 말이다.

그 주의자인가 하는 것은 버렸지마는 그것을 버리고나드니 또 불 하나가 터지지 않았나 말이다.

후유ㅡ. 처음엔 친구 집에 간다고만 속였으니 내가 알 리가 있어야지.

—「광인수기」, 131~132쪽

「광인수기」는 열일곱에 결혼을 한 아내가 시어미, 시누이의 등쌀에 견뎌가며 20년간 결혼 생활을 한다. 그러나 남편은 자신의 먼 친척인 계집애와 바람이 나고, 아내는 결국 신을 원망하며 미쳐버리고 만다. 백신애는 이 작품을 통해 광인의 언어로 이중적인 풍자를 보여준다. 식민지 현실에 대한 비판임과 동시에 가부장제적인 가정에 대해 신랄하게 비판하고 있다. 사회주의자였던 남편을 방탕한 인간으로 만든 사회에 대해 욕을 하고, 또 자신을 억압하는 가부장제적인 구사회에 대해 욕을 한다. 이는 사회주의자였다가 전향한 인물에 대한 비판일 수도 있다. 그러나 또한 그렇게 만들어가는 사회에 대해 비판하고 있는 것일 수도 있다. 이 광인의 마무리는 신에 대한 욕이다. 신이 도둑놈이라며 신을 욕하는 듯이 식민지 사회를 비판하고 풍자하고 있는 것이다.

3. '여성'으로서의 자아 찾기

지하련의 소설은 가족관계 속에서 내재하는 갈등과 고민을 담담한 문체로 서술하고 있다. 특히 여성적인 섬세한 문체로 표현하면서도 객관성을 잃지 않는 것이 그 특징이라 할 수 있다. 또한 상대와의 관계 속에서 정립되는 여성이 아니라 자아의 주체적인 판단과 자아 정체성을 가진 여성을 표현하고 있다. 즉 여성의 자아 찾기를 통해 여성 스스로의 정체성을 발견하고자 했다.

지하련의 소설 중 「결별」(『문장』, 1940. 12), 「가을」(『조광』 1941. 11), 「산길」(『춘추』, 1942. 3)은 비슷한 사건의 다른 시점이라는 측면에서 주목받은 바 있다. 「결별」은 백철이 『문장』 12월호에 추천하면서 지하련이 공식적으로 등단할 수 있게 한 작품이다. 이 세 단편의 기본 구성은 매우 유사하다. 남편과 아내, 그리고 아내의 여자 친구가 삼각관계로 얽혀든다. 남편이 아내를 두고서도 아내의 여자 친구와 미묘한 감정의 교류를 가지게 되는 것이다. 이러한 미묘한 관계를 이 세 작품은 인물 각자의 시선으로 보여주고 있다. 「결별」은 아내의 여자 친구의 입장에서, 「가을」은 남편의 입장에서, 「산길」은 아내의 입장에서 각각 서술되어 있다.

사실 남편이 아내의 여자 친구와 바람을 핀다는 이야기는 흑백논리적인 사고로 흔히 서술되고는 했다. 그런데 지하련은 이러한 상황에 대해 매우 깊이 있는 통찰을 보여주고 있다. 「결별」은 주인공인 형례가 친구 정희의 집에 놀러가서 그 남편을 만나게 되는 이야기이다. 정희와 그 남편의 다정한 모습을 보면서 형례는 무덤덤해져 버린 자신과 남편의 관계를 비교해 보게 된다.

"정말 인어라는 게 있을까?"
형례는 싫도록 들어 온 이야기지만 어째 이상한 생각이 수릇이 들어서 정희보고 말한 것인데,
"그럼 있지 않구요."
하고 신랑이 말을 받았다.
"내 보기엔 당신네들부터 수상한 것 같수다."
하는 것처럼 색시들의 얼굴을 보며 웃는 것이다.
형례는 전에 없이 아름답고 즐거운 밤인 것을 확실히 느낄수록 어쩐지 점점 물새처럼 외로워졌다. 저와 상관되고 가까운 모든 사람이 한낱 이방인처럼 느껴지는 순간, 그는 저와 가장 멀리 있고 일찍이 한 번도 사랑해 본 기억이 없는 허다한 사람을 따르려고 했다. 별안간 눈물이 쑥 나오려고 한다.
— 「결별」, 175쪽

정희와 그 남편은 자정 넘어 집으로 가는 형례를 위해 형례의 집까지 바래다준다. 집으로 가는 동안에도 정희와 남편은 그런데 형례는 정희와 그 남편의 다정한 모습에서 소외감을 느끼게 된다. 형례는 그 어디에도 끼일 수 없는 이방인의 존재라고 여기게 되는 것이다. 이는 형례와 남편의 관계가 현저히 대비되면서 형례는 자기 자신을 성찰하게 된다.

「가을」에서는 죽은 아내의 친구인 정예가 석재에게 만나자며 편지를 보낸다. 4년 전 아내가 살아 있을 때도 정예는 석재에게 편지를 보내서 만나자고 해서 석재를 곤란하게 했던 적이 있다. 석재에게 마음을 보이는 정예와는 달리, 석재는 정예에 대해 매우 경계하는 태도를 취하고 있다. 그러면서도 다시 만난 정예에 대해 "당장 손이라도 쥐고 숫한 이야기를 하고도 싶은 이상한 충동"(254쪽)을 느끼기도 한다.

이에 반해 「산길」에서는 아내의 시점으로 보여주고 있다. 순재는 남편과 자신의 친구인 연희가 사랑하는 사이라는 이야기를 듣게 된다. 유부남을 만나면서도 연희는 도리어 순재를 찾아와서 자신은 사랑을 하고 있노라고 당당하게 밝힌다. 순재는 그런 연희를 두고 "어디까지 자기를 신뢰하는 대담한 여자"(271쪽)라고 표현한다. 인생에 있어 과감하고 당당한 여자이기에 순재 앞에서 자신의 남편을 사랑한다고 떳떳하게 말할 수 있는 것이다. 그러한 면에 대해 순재는 화를 내기보다는 도리어 대단하고 정직하다고 여긴다.

세 가지 작품을 통해서 지하련은 각자의 입장과 각각의 삶을 보여준다. 누군가의 도덕적인 문제를 지적하기보다는 각자의 위치에서 그 사람의 생각과 태도를 담담하게 그려내고 있다. 그렇기 때문에 이 이야기는 진부한 삼각관계나 현재 유행하는 막장 드라마와는 거리를 두게 된다. 윤리적 입장에서의 흑백논리를 보여주는 것 대신에 인간에 대한 이해를 보여주고 있는 것이다.

따라서 지하련의 소설들 속에 등장하는 아내들은 남편의 아내나, 아이의 어머니라는 등의 누군가의 무엇이 되기 이전에 여성으로서의 '자기세계'를 꿈꾸고 있다. 같은 시기 남성 소설들에 등장하는 순종하는 아내의 모습은 찾기가 어렵다. 지하련의 소설에서 보이는 아내들은 아내라는 이름보다는 남편과 동등한 독립체로서의 존재로 등장하고 싶어 한다.

얼마 후 형례는,
'내가 아주 괴상한 짓을 할 때도 그는 역시, 모양이 뭐 되우, 내 암말두 않으리다 할 건가?'
싶어진다. 이렇게 생각하고 보니 어쩐지 정말 꼭 그러할 것만 같다. 동시에,
'이렇게 욕주고 사람을 천대할 법이 있느냐?'
는 외침이 전광처럼 지나간다. 순간 관대하고 인망이 높고 심지가 깊은 '훌륭한 남편'이 더 할 수 없이 우월한 남편으로 한낱 비굴한 정신과 그 방법을 가진 무서운 사람으로 형례 앞에 나타났다. 점점 이것은 과장되어 나중엔,
'그가 반드시 나를 해치리라.'
는 데서 그는 오래도록 노여웠다.
웬일로 밤이 점점 기울수록 악머구리떼처럼 버러지들이 죽게 울

어댄다.

'저 기다랗게 끼록끼록 하는 것은 지렁이일 테고, 끼뜩끼뜩 하는 것은 귀뚜라미일 테지만, 저 쏴르르 쏴르르 하고 쪽쪽쪽 하는 벌레는 대체 어떤 형상을 한 무슨 벌레일까? 왜 저렇게 몹시 울까?' 싶다. 갑자기 밀물처럼 고독이 온다. 드디어 형례는 완전히 혼자인 것을 깨닫는다.

―「결별」, 179~180쪽

「결별」에서 형례는 자신의 남편 앞에서 친구 남편에 대해 칭찬을 한다. 그러자 남편이 처음에는 신경 쓰는 듯했으나, 형례가 왜 그러느냐며 몇 마디 대꾸하자 남편은 곧 더 이상 아무 말 하지 않겠다는 무심한 발언을 하고야 만다. 형례는 자신에게 이제 아무 말도 하지 않겠다는 그러한 수수방관적인 남편의 태도에 분노하게 된다. 무심한 남편의 모습은 친구 정희의 남편과는 큰 대조를 보이고 있었다. 정희와 그 남편의 소소하지만 정다웠던 대화를 떠올려보면, 형례와 남편의 대화는 배려를 가장한 무관심이었다.

형례는 남편에게 단지 아무 이름 없는, 아무 정체성 없는 '아내'라는 의미 없는 단어에 불과했다. 형례의 그러한 마음은 밤이 깊어질수록 시끄럽게 울어대는 이름 모를 버러지들에 의해 표현된다. 지렁이도, 귀뚜라미도 자신의 이름과 정체성을 지니고 있지만, 벌레는 형상도 이름도 없이 목놓아 울고 있다. 그 이름 없는 벌레는 바로 형례의 또 다른 모습이었다. 그러나 그 벌레는 밤이 깊을수록 더욱 깊은 울음을 운다. 이름도 없고, 관계도 없는 오로지 '벌레'라는 묶음 속에 들어가는 정체성

없는 존재, 그것이 바로 형례 자신이었던 것이다. 그 때문에 형례는 처절한 고독 속에서 자신을 뼈저리게 자각하게 된다. 이 '결별'의 의미는 매우 다양하게 해석될 수 있다. 남편과 아내라는 관계에 대한 결별일 수도 있으며, 무심한 남편에게서 마음이 떠난 결별을 의미할 수도 있다. 그러나 이 결별은 결국 이름이라는 자신의 정체성을 찾기 위한 시작을 의미한다.

이러한 형례의 모습은 「산길」에서도 비슷하게 등장한다. 순재의 남편을 사랑한다며 순재 앞에서 당당히 외치는 연희에게 순재는 "안해란 훨씬 늙고 파렴치한 겁니다"(「산길」, 268쪽)라고 단언해 버린다. 사랑을 말할 수 있는 '여성' 앞에서 아내라는 이름은 무의미한 것이었다. 아내의 자리는 '여성'의 정체성으로 가질 수 있는 것이 아니라 무의미한 존재로 전락한 것에 불과했다. 따라서 사랑에 당당한 '여성'의 정체성을 지닌 연희 앞에서 순재는 자신의 무의미함에 좌절할 수밖에 없는 것이다.

결국 이는 아내의 이름 이전에 한 여성으로서의 정체성을 찾고자 하는 시도였다고 할 수 있다. 따라서 이러한 의식은 다른 남자와의 미묘한 감정 교감으로 드러나고 있기도 한다. 이것은 단순히 유부녀의 바람이 아니라 정체성을 찾기 위한 여성으로서의 자아 찾기의 한 일환으로 봐야할 것이다. 「체향초」(『문학』, 1941. 3)에서 오빠의 친구인 태일과 미묘한 감정의 교류를 느끼는 삼희 역시 이와 유사한 것이다. 따라서 지하련의 소설들은 아내의 이름 전에 인격을 가진 존재로서의 여성, 그 자리를 찾고자 하는 시도를 보여주고 있다고 할 수 있을 것이다.

4. 일상의 언어와 사고의 역전

　백신애와 지하련은 모두 현실을 객관적으로 바라보고 있다. 그렇다고 목적의식적이지도 않고, 그렇다고 맹목적인 구호를 외치고 있지도 않다. 이 두 작가는 일상을 그리고 있다. 개인적인 고발에서 그것의 실제 배후가 되는 상황들을 냉정하면서도 풍자적인 시선으로 그려내기도 하고, 일상 속에서 정체성을 확립하며 새로운 세계를 정립해 나가기도 한다.
　백신애의 소설에서 주인공들은 가난한 가운데 삶과 일상을 놓지 않는 강한 생명력을 보여주고 있기도 하다. 물론 「빈곤」에서처럼 처절함이 가득한 경우도 있으나 대부분 백신애는 처절한 상황에 벽을 치고 객관성을 유지하고자 한다. 백신애는 고발과 풍자를 통해 세상의 전복을 꿈꾼다. 날카롭다 못해 처절할 만큼의 현실을 보여준다. 그러나 그 가운데에 스스로 매몰되지 않는다.

　　　키 큰 군인은 다시 모자를 쓴 후,
　　　"순이!"
　　하고 부른 후 이미 시체가 된 할아버지 목을 안고 부르짖는 순이의 어깨를 가만히 쓰다듬었습니다.
　　　그때 천군만마같이 시베리아 넓은 벌판을 제 맘대로 달려온 바람결이 쏴! 싸리 숲을 흔들며,
　　　"순이야, 울지 말고 일어서라."
　　고 명령하듯 소리를 쳤습니다.

　　　　　　　　　　　　　　　　　　—「꺼래이」, 36~37쪽

「꺼래이」에서는 결국 순이의 아버지는 찾지 못하고 돌아가던 중 순이의 할아버지가 시베리아 벌판에서 죽고 만다. 이러한 상황은 충분히 비극적으로 침잠할 수 있지만, 백신애는 순이라는 여성에게 힘을 싣고 있다. 충분히 절망할 수밖에 없는 상황이지만, 순이라는 여성이 주체적으로 일어서서 일해야 한다는 의미를 담고 있다. 식민지 현실 속에서 여성의 역할, 여성의 주체적 역할을 강조하고 있다고도 할 수 있다.

한편 지하련은 여성의 자아 찾기를 통해 모성이나 아내라는 가부장제적 억압을 벗어나 여성의 '나의 정체성'을 발견하고자 했다. 일종의 역지사지의 표현을 통해 자기 자신조차도 객관적으로 대상화하여 남녀의 관계를 이분법적인 판단에서 벗어나고 있다. 이후 이는 세계에 대한 깊은 해석과 통찰로 이어지게 된다. 일상이 결국 "소시민"으로서 세계 속에서 싸워 나가게 만드는 힘이 된다.

「체향초」에서 삼희는 요양 차 친정에 머물면서 자신의 오빠와 정신적인 교류를 하게 된다. 또한 오빠의 친구 태일과의 교류 역시 어떻게 살 것인가를 고민하게 한다. 이 소설에서는 사회 운동에서 전향을 하고 대신 주어진 일에 과도할 만큼 노동을 하는 오빠를 통해, 또 오빠의 삶에 대한 고민을 통해 자아의 발견에서 더 나아가 세계를 향한 통찰을 보여주고 있다. 결국 자아의 발견은 이 세계 속에서 어떻게 살 것인가라는 화두를 던져주게 되는 것이다.

이러한 고민은 해방 후 「도정」(『문학』, 1946. 7)에서 더욱 더 크게 등장하게 된다. 이 작품은 당대 대단한 호평을 받으면서 주목을 받았다. 이 작품은 해방 후 조선문학상의 후보에까지 올라 실제 수상작이었던 이태준의 「해방전후」와 함께 큰 격찬을 받았다. 「도정」은 해방 이후의 상황을 매우 담담하게 관조하는 언어로 표현하고 있다.

마침내 그는 '소부르주아'라고 쓰고 붓을 놓았다. 그러고는 기철이 뭐라고 하든 말든 급히 밖으로 나왔다.
거리에 나서니 서늘한 바람이 후끈거리는 얼굴을 식혀 준다.
그는 급히 정류장 쪽으로 걸음을 옮겼다.
노량진행 전차를 타고 섰노라니, 무엇인지 입속에서 뱅뱅 도는 맴쟁이가 있다. 자세히 알아보니 별것이 아니라 고대 막 종이 위에 쓰고 나온 '소부르주아'라는 말이다.
'……흠……?'
그는 육 년 징역(懲役)을 받은 적이 있는 과거의 당원인 자신에 대하여 무슨 보복이나 하듯, 일종의 잔인한 심사로 무심코 피식이 고소를 하는 참인데, 대체나 신기한 말이다. 과히 탄복할 정도로 적절한 말이었다. 지금까지 그는 그 자신을 들어 뭐니 뭐니 해왔어도, 이렇게 몰아 단두대에 올려놓고, 댓바람에 목을 댕강 칠 용기는 없었던 것이다. 그러나 이제 막 피식이 고소할 순간까지도, 차마 믿지 못할 이 '심판' 아래 이제 그는 고스란히 항복하는 것이었다.
다음 순간 그는 몸이 허전하도록 마음이 후련함을 깨닫는다 ─ 통쾌하였다.
그러나 이와 동시에 무엇인지 하나 가슴 위에 외쳐 소생하는 것이었다.
드디어 그는 전후를 잃고 저도 모를 소리를 정신없이 중얼거렸다.
'나는 나의 방식으로 나의 '소시민(小市民)'과 싸우자. 싸움이 끝나는 날 나는 죽고, 나는 다시 탄생할 것이다. ……나는 지금 영등

포로 간다. 그렇다! 나의 묘지가 이곳이라면 나의 고향도 이곳이 될
　　것이다.'

―「도정」, 307~308쪽

　갑작스럽게 닥친 해방은 여러모로 혼란을 야기했다. 그 와중에 사회주의 활동을 했던 석재는 해방 후 자신의 정체성에 대해서 고민하게 된다. 기회주의자들이 조직에서 권력을 잡는 인물들 사이에서 석재는 결국 스스로를 '소부르주아'라고 결론을 내린다. 즉 자신의 잘못을 단순히 덮어두는 것이 아니라 고백이라는 방식으로 드러냄으로써 자신의 한계를 넘어서려고 한다.

　자아의 정체성을 찾아가던 작가의 눈은 이제 세계를 향해 나아가기 시작한다. 일상에서 출발된 일상의 발견은 그 속에서 살아가고 있는 소시민으로서의 자신을 발견할 수 있게 한다. 이것은 반성과 성찰, 그리고 세계를 향한 통찰에서 나온 대안이라 할 수 있다. 그러나 여기에서 그치는 것이 아니라 그 자신의 소시민 자체와도 싸워 나가려는 의지로 표명된다. 이 모든 일련의 과정은 결국 자아의 발견이 일상으로 전환되면서 세계를 새롭게 구성하려는 노력으로 역전되고 있는 것이다.

5. 여성적 글쓰기와 소시민적 일상의 발견

　여성이 글을 쓴다는 것이 낯선 시절에는 여성의 글쓰기가 신변잡기적이라고 폄하된 적도 있다. 혹은 시대의 문제 앞에서 사적인 감정을

내세운다고 하여 남성 작가들에 비해 역사의식이나 사회에 대한 문제의식이 뒤떨어진다는 평가를 듣기도 했다. 그러나 백신애와 지하련으로 대표되는 식민지 시기 여성 작가의 글은 남성 작가들과는 또 다른 새로운 글쓰기의 지평을 열었다. 식민지 시기 여성 글쓰기의 힘은 남성 작가들에 비해 훨씬 담담하고 객관적인 문체로 자신의 정체성을 찾아가는 데 있다. 이들의 글에서는 대의라는 명목 하에 무시 되었던 개인의 삶이 복원되고, 일상 속에서 관계의 회복을 꿈꾸며, 여성으로서의 자리 찾기를 보여주고 있다.

사실 이러한 면들은 지금 현실과도 매우 비슷하다. 여전히 우리의 일상은 수많은 관계 속에서 다양한 방식으로 드러나고 있다. 어쩌면 지금은 일상의 시대라고 할 수 있다. 일상은 인터넷과 미니 홈피, 블로그를 통해서 대중들의 소소한 삶이 서로가 소통하는 가운데 힘을 얻고 있다. 특별한 사람들의 특별한 행위였던 글쓰기가 이제는 일상 속에서 이루어지는 평범하고도 일반적인 일이 되었다. 그러면서 일상에서의 관계와 소통에 대해 고민하게 되고, 자기 자신의 정체성에 대해 물음을 던지며, 개개인의 소소한 삶에 관심을 기울이기 시작했다.

선동적인 이념을 담지는 않았지만 자기 성찰적인 반성을 보여주고, 고발과 반어, 풍자 속에서도 감정선을 살려내는 잔잔한 여성적 글쓰기는 지금 이 시대에 강렬한 힘을 발휘하게 되었다. 담담하지만 성찰적이고, 사소하지만 일상과 맞물려 그 일상은 다시 세계를 변혁시키기도 하는 것이다. 나에 대한 성찰이 "일상"을 새롭게 발견하고 그 새로운 쓰기가 다시 내가 살고 있는 세계에 대한 성찰로 이어진다.

"세계에 대한 너의 투쟁 속에서 세계를 지원하라"라는 프란츠 카프카의 말처럼, 이러한 일상의 글은 자신의 정체성을 찾아나가고, 끊임없이 질문을 던지면서 새로운 글쓰기의 가능성을 열어가고 있다. 그러한 점에서 백신애와 지하련은 이미 우리가 살고 있는 시대를 앞당겨 산 인물들이라 할 수 있다.